KB269238

재벌에 곡한다

재벌에 곡한다

최용운 장편소설

문이당

작가의 말

이 땅의 경제를 쥐락펴락하던 재벌이 무한 경쟁 시대라는 복병을 만나 상처 입고 비틀거릴 때, 나는 그들의 몰락이 나와는 아무런 관계가 없는 줄 알았다.

그러나 아니었다.

내 혈족 서넛이 실업자가 됐고, 가까운 벗 꽤 여럿이 수십 년 몸담았던 직장을 잃었다.

나는 이 소설 속에 한바탕 요란한 꿈 같은 한국 재벌사를 온전히 그려 보려 했다. 욕심은 그랬으나 경험과 앎이 너무 얇아 애초의 마음먹고 갈았던 날 선 펜은 무뎌지고 호흡도 가빠져, 만족할 만한 함량의 결과를 얻을 수 없었다.

위로라면 소설을 쓰는 동안 사회가 매도하는 재벌의 경영 방식이 재벌만의 잘못이 아니라는 것을 알았다는 것이다.

2001년 9월
최 용 운

낮에 지는 해

나는, 1990년대 세계적인 경제 잡지 〈포브스〉와 〈포춘〉이 해마다 까다로운 방법으로 선정하는 세계 5백대 기업에 7년 연속 포함되었고, 국내 재벌 서열 3위의 자리를 부동으로 지켰던 육대주(六大洲) 그룹의 총수(總帥)를 지근거리에서 보좌하며 수수족(首手足) 노릇을 했던 사람이다.

비서실의 사장(우리 그룹에서는 비서실장이라는 말을 쓰지 않았으나 밖에서는 나를 실장이라고 부르기도 했다)이 되기까지 25년여 동안 나는 회장을 주군(主君)으로 받들며 충성했다.

난데없이 내가 회장을 주군이라고 부르는 게 이상하게 들릴지도 모르겠다. 하지만 나는 우리나라 재벌 기업의 30년 역사를 봉건제도의 한 변형이라 감히 단정 짓고 얘기를 시작한다. 변형이란 회장급(그룹 활동을 위해 회장이라는 직급이 주어지지만 그들도 총수의 명령을 받는다)과 사장급이 영지(회사)를 하사받는 것이 아니라 잠시 맡아 운영한다는 것이다. 나라니 애국이니 하는 것과는 그 개념이 다르다. 그러니 총수는 곧 왕이요 주인인데, 그 둘을 합쳐 주군이라고 한다면 조금은 이해가 될지.

내 인생을 좌지우지하던 주군이 이국 만리 삼류 호텔에서 햄버거와 빵으로 끼니를 때운다는 기사를 읽었을 때 내 몸은 동시에 두 가지 느낌에 젖어 들었다. 하나는 주체할 수 없는 아픔이었고 또 하나는 짜릿한 쾌감이었다. 하지만 쾌감은 잠깐 사이에 사라져 버렸고 가슴을 찢는 듯한 아픔이 나를 짓눌렀다. 한 가닥 희망이었던 주군의 사정이 그렇다면 내 인생도 이제는 끝장났다는 절망감이 한없이 밀려들었다.

알렉산더 대왕은 원정을 나가기 전에 가진 재물을 전군에 나누어 주었다고 한다. 그것은 장병들이 재산이 있어야만 가족의 뒷일에 대한 걱정이 줄어들어 용감히 싸울 수 있을 것이라는 판단에서였다. 측근 장수들이 한번은 이상히 여겨, 우리에게 모든 것을 나누어 준 당신은 자신에게 무엇을 남겼느냐고 물었다. 그러자 알렉산더는 이렇게 대답했다고 한다. 세계가 다 나의 것인데 무엇을 남긴다는 말인가?

내 주군은 그룹의 깃발을 내리기 두어 해 전부터 여기저기서 구걸하다시피 돈을 빌려 직원들에게 겨우 월급을 줄 정도로 벼랑 끝에 서 있었다. 그런 사정으로 전별금은커녕 측근들의 직장조차 보장할 수 없었다. 형님 동생 하던 정치인들은 등을 돌리고 죽음도 불사할 것 같던 임원들도 적극적으로 뛰기는커녕 숨듯 엎드려 바람 잘 날만 기다렸다. 우리의 자랑이요 막강한 기업 문화였던 도전 정신은 보신(保身)으로 전락하였고, 조직은 그 생명력을 잃어 갔다.

우리와 30년간 공범이며 종범(從犯) 관계에 있던 정치인들은 국민의 분노와 이중 심리를 이용하여 우리 그룹을 나라 경제를 망친 범인으로 지목하더니 느닷없이 전에 없던 강력한 제재를 가하기 시작했다. 그 제재는 이미 죽은 시체에 채찍질하듯이 애면글면 지키고 있던 우리 그룹의 최후의 자존마저 잔인하게 짓밟고 말았다.

과거 우리의 경영 방식을 경외로운 시선으로 보며 박수 치고 목소리 높여 추켜세우던 그 많은 학자들과 언론들은 태도를 바꿔 주군의 경영 방식을 드러내 놓고 질타했으며, 끈끈한 유대를 앞세워 미래를 의논하던 관료들도 더는 우리 편이 아니었다.

육대주 그룹의 수십조 원에 달하는 부실 금융을 발표한 사람은 공교롭게도 예전에 그룹의 이사로 재직했던 관료였다. 그들은 수천억을 들여 투자한 최신 기계 설비를 중고 가격도 아닌 고철 가격으로 계산하고, 금액으로 환산할 수 없는 사람과 미래에 대한 이런저런 투자는 아예 포함시키지도 않았다. 그들에게 과연 세계 각처에 퍼져 있는 4백여 개의 지사와 현지 법인들을 종합 검토할 능력이 있는지도 의심스럽다. 게다가 계산법은 기업 사냥꾼들이나 씀 직한 후려치기에 다름 아니었다.

파리를 30여 번이나 드나들었으면서도 그 도시의 상징인 에펠탑과 센 강변 한 번 거닐어 보지 못했고, 모스크바를 셀 수 없이 드나들었으면서도 크렘린과 붉은 광장의 귀퉁이 땅도 밟아 보지 못한 것이 내 주군과 우리 측근들의 삶이었다.

그렇게 미친 듯이 일하던 우리에게 돌아온 것은 국민들에게 부채를 떠넘긴 파렴치한 기업인과 그 하수인이라는 낙인이었다. 그보다 우리의 몰락은 어딘가 이상하고 억울하며 그 배후가 수상쩍다. 믿는 도끼에 발등을 찍혀 본 사람은 내 기분을 알리라. 내가 이런데 내 주군의 심정은 오죽할까. 그의 심장이 터지지 않고 살아 있다는 것만도 이상할 지경이다.

「백인에게 덤벼든 결과라고는 하지만, 그놈들보다 그 가락에 춤추는 책상물림들이 더 나쁘고 하는 짓도 더 잔인해…….」

주군은 다국적 기업들의 농간에 우로 쏠리고 좌로 쏠리는 국내 정치 관료들 때문에 위기를 맞았다고 굳게 믿고 있었다. 나 또한 그 부분에서는 주군의 생각과 같다. 결국 우리 그룹이 추구했던 '국제 경영'이라는 거대한 계획은 아군에게서조차 무모한 짓거리였다는 판정을 받고 말았다. 그것이 바로 다국적 기업들의 노림수였다. 무릎까지 올라왔다고 생각하는 순간, 어느새 어깨까지 올라온 육대주의 국제 경영을 그들은 아군을 이용해 제거하는 데 성공한 셈이었다.

나는 한국의 경제 신탁 통치가 시작되면서, 그러니까 아직 우리 그룹이 간판을 내리기 1년 8개월 전에 회사를 떠났었는데, 내 사직을 두고 사내에서는 이러쿵저러쿵 말들이 많았다. 내가 사직서를 내어 분위기를 잡아 보려고 했던 시점은, 국민을 속여 오던 정부가 느닷없이 IMF(국제통화기금)에 금융 지원을 요청하고 나서였다. 기업들은 초비상이 걸렸고 차입금이 많은 육대주 그룹은 급한 불을 끄느라 연일 회장·사장단 회의였다.

아무도 위기 극복에 대한 대안을 내놓지 못하는 답답한 회의가 이

어지면서 급기야 회장이 재떨이를 집어 던지고 욕설을 퍼붓는 일이
생겼다. 무안을 당하고 개처럼 몰려도 중역들에게 대안이 있을 리
없었다. 경쟁력 있는 회사를 매각하려고 해도 제 발등에 떨어진 불
을 끄느라 급해진 기업들은 입질조차 하지 않았다. 외국에 팔려니
기업 가치는커녕 푼돈을 받고 적을 내부로 끌어들이는 결과를 낳는
다는 생각에 그 수(手)는 최후로 미뤄졌다.

돌파구를 고민하던 나는 우선 3백여 명이나 되는 중역의 수를 줄
여야 한다고 판단했다. 그룹 임원 전원에게서 백지 사표를 받고 주
군에게 필요한 사람만을 엄선하게 하는 방법이 최선이라고 생각했
던 것이다. 임원들이 받는 임금과 그들이 쓰는 경비는 육대주 그룹
사원 총임금의 10퍼센트를 웃돌았으므로 그걸 반으로 줄이기만 해
도 엄청난 절약임은 말할 나위도 없고 어쩌면 위기를 극복할 돌파구
가 마련될지도 모른다고 생각했던 것이다.

그들의 저항을 덜 받으면서 사표를 받아 낼 돌파구를 마련하느라
나는 끼니를 잊고 잠도 못 잘 정도였다. 결국 나는 회장·사장단 회
의에서 먼저 사표를 내어 분위기를 잡아가기로 작정했다.

그리하여 회의 중에 머리를 싸쥐고 있는 주군에게 사직서를 내밀
었다.

「이게 뭐야?」

「사직섭니다.」

「누가 너더러 사표 내래?」

「……」

나는 말없이 사직서를 탁자 위에 놓고 주위를 둘러보았다. 모든

시선이 나를 향했다가 약속이라도 한 듯이 회장을 향했다.

「하는 짓이…… 이거 못 치워! 대가리 굴려서 어떻게든 살 생각은 안 하고 피할 생각만 해! 내가 이런 것들을 믿고…….」

지난 세월, 약간의 공이 있다고 주야장천 무위도식하는 중역들이 절반이나 됩니다. 그들을 도태시키기 위해서는 미끼가 필요합니다. 나는 그 말을 하고 싶었지만 꿀꺽 삼켰다.

「치워!」

회장이 다시 소리를 질렀지만 나는 사직서를 집어넣는 대신 돌아섰다. 그리고 천천히 회의실을 걸어 나왔다. 내 뇌리에는 줄줄이 사표를 쓰는 중역들의 얼굴이 어른거렸다.

그날 나는 짐도 싸지 않은 채 마치 퇴근하듯이 집으로 돌아와 느긋이 주군의 전화를 기다렸다. 그러나 전화는 오지 않았고, 그 대신 이튿날 오후 김형구(金衡九) 이사와 신재형(申材形) 이사가 내 짐을 가져왔다.

「짐을 왜 가져왔어? 회장님이 뭐라셔?」

「아침에 출국하셨습니다.」

「그런데 왜 갑자기 짐을 가져와?」

나는 치솟는 분기를 누르며 물었다.

「유 회장님이 가져다 드리라고…….」

유 회장이란 유인종(劉仁鐘) 비서실 회장을 가리키는 것이었다. 그는 명색만 비서실 회장이지 능력도 없고 실권도 없어 나는 그에게 결재도 받지 않았다. 비서실에는 그 말고도 두 명의 회장이 더 있었지만 그들은 각기 남녀 비서 한 명씩을 제외하고는 조직이 없었다.

옛 공이 있고 각각 정부 관료 출신이라 월급과 명함만 회장이었던 것이다.

「한잔하고 가지?」

그러나 두 이사는 머리를 긁으며 궁색하게 변명을 늘어놓았다.

「회장님에게 전화도 드려야 하고 할 일도 아직 있고…….」

「전화는 여기서 하면 되잖아?」

「자료가 모두 회사에 있습니다.」

나는 그들이 나를 피하고 있다고 느꼈다. 배신감과 처량함이 버무려져 머릿속이 후끈후끈 달아올랐다. 현관에서 엉거주춤 배웅을 하면서 비서실의 두 회장을 먼저 제거하리라 마음먹었다.

그러나 며칠을 재다 회사로 간 나는 깜짝 놀라고 말았다. 내 책상과 집기들은 이미 치워져 있었고, 내 방 입구에는 '구조 조정 본부'라는 팻말이 붙어 있었다. 그 방에서 열 명의 과장·부장급들이 촘촘히 책상을 붙여 놓고 작업을 하고 있었다. 물어보니 직원들을 계열사로 전출시키기 위한 작업과 개인의 연봉 책정 작업을 한다는 것이었다. 그러면서 내게는 얼마 전까지 이 부서의 사장이었다는 최소한의 예의는 지켜 주었지만, 더 자세한 내용은 말해 주지 않으려 했다. 나는 나의 화려한 영광이 끝났다는 현실을 깨닫기 시작했다.

그러나 받아들일 수 없는 현실이었다. 내 사직이 오히려 주군의 성을 돋우어 결과가 이렇게 됐다는 생각은 들었지만 주군이 저토록 화를 내는 것은 이해할 수 없었다.

구조 조정 본부가 무슨 대단한 일을 하는 것처럼 직원들을 분류하고 있었지만, 내 경험으로 미뤄 계열사로 간 직원들은 오래 버티지 못하고 사직서를 내게 될 것이었다. 비서실에서 군림해 온 버릇이 몸에 밴 직원들이 타의로든 자의로든 계열사로 전출했다가 오래 근무한 예는 드물었다. 게다가 지금은 그 어느 때보다 사정이 나빴다. 계열사에서도 구조 조정이 시작될 것이고, 그곳에 근무하던 직원들도 이리저리 내몰릴 것이기 때문이었다.

그렇더라도 우선은 구조 조정이라는 이름으로 전출시키는 길밖에 다른 방법은 없을 터이다. 평소 아끼던 한 부장이 내가 어색하게 서 있자 얼른 의자를 가져왔다.

「퇴직금은 어떻게 처리하나?」

「계열사로 이월시키는 게 아니라 전액 지급합니다.」

그 소리는 결국 끝났다는 걸 의미했다. 나는 회사에 더 있고 싶지 않았다. 그때서야 내가 왔다는 말을 듣고 임원들이 달려와 자신들의 방으로 끌었지만 나는 거절했다.

「선약이 있어. 자 그럼, 언제 만나 소주나 한잔하지……」

악수를 청하는 손이 떨리는 걸 감추느라 나는 애를 썼다. 그리고 마치 손님처럼 배웅을 받으면서 사옥을 나왔다.

그날 이후 집에서, 구조 조정 본부가 절반으로 줄고 또다시 절반으로 줄었다는 소식을 들으면서도 나는 돌아갈 희망을 꺾지 않았다. 그리고 문득문득 판도라의 상자를 떠올리며 그 속에 남은 것을 믿었다.

그즈음 나는 회사에서 전화가 왔다고 하면 머리를 감다가도 뛰어나왔다. 주군이 도쿠가와 이에야스의 세키가하라(關原) 전투와 마오쩌둥의 대장정처럼 전세를 뒤집을 것이라고 굳게 믿은 까닭이었다. 일본과 중국의 두 패자는 그곳에서 자신을 위해 죽기로 싸울 진정한 아군을 뚜렷이 구분하였고, 결국 위정자의 자리에 앉았다. 어쩌면 주군도 진정한 자신의 사람과 언제든지 구할 수 있는 월급쟁이를 구별하고 있는지도 몰랐다. 위기는 또 하나의 기회라고 생각하는 주군이 아니던가.

1년이 지나자 업무에 관련된 전화도 끊어졌다. 더 이상 그룹 소식을 들을 수 없게 되자 나는 당황했다. 아는 채널을 모두 동원하여 주군과의 면담이나 통화를 시도하는 동안, 육대주 그룹은 살아날 기미는커녕 이상하다는 생각이 들 정도로 빠르게 몰락해 갔다. 그사이 두 번 귀국해 회사를 살려 보려 애쓰던 회장은 그 후로는 연락이 끊겼다는 소문만 들렸다.

해가 바뀌고 봄이 왔다. 어느 날 신문을 보니 회장은 여전히 연락 두절이었고 절친했던 그룹 계열사 사장들은 줄줄이 구속되었다. 그들이 적자투성이의 회사를 분식 결산(粉飾決算)으로 속여 은행에서 거액의 자금을 대출 받아 부실을 키웠다는 것이 구속 사유였다.

나는 직위만 사장이었지 한 회사를 온전히 운영했던 적은 없었다. 한때 남미의 에콰도르와 중동의 두바이, 북아프리카 수단에서 이사로서 지사장을 지낸 적은 있었다. 하지만 지사는 국내 법인의 지시를 받았고 적자를 내든 흑자를 내든 본사에서 경비를 타 썼다. 세 곳에서 2년 반 동안 지사장으로 있을 때 회장이 들른 횟수는 무려 124회였다.

지사원들은 회장이 오면 수행하느라 업무가 마비되고 보고할 실적을 부풀리느라 뼈가 아플 지경이었다. 또 그 나라의 권력자들과의 회담 약속도 편의상 지사에서 맡았고, 만찬이며 간담회 준비 등으로 얼이 빠졌다. 나는 그래도 회장의 측근이라 일하는 데 별 어려움이 없었지만 경험이 없는 지사장이나 법인장들은 코피를 쏟으며 일을 하다가 병을 얻어 귀국하는 경우가 흔했다.

회장이 떴다 하면 40여 명에서 때로는 1백 명이 넘는 인원이 한꺼번에 몰려드는 통에 그들의 숙소를 배정하고 뒤처리를 하다 보면, 우리가 제품을 팔러 왔는지 여행안내를 하러 왔는지 모를 때가 많았다. 또 주한 대사관이나 영사관이 없는 나라나 도시의 경우, 관광인지 견학인지 목적이 뚜렷지 않은 정치인과 관료들의 길 안내를 도맡아함은 물론 그들의 숙식비까지 지불해야 했다.

하늘같이 떠받들고 모시던 사람이 나라를 말아먹은 주범처럼 되어 비서 한 명 없이 떠돈다는 사실이 도무지 실감나지 않았지만 가만히 헤아려 보니 회장 옆에 사람이 없다는 것은 사실인 것 같았다. 수행 비서들은 모두 열 명이었는데, 이사급이 두 명, 부장급이 두 명, 과장과 대리급이 네 명, 그리고 두 명은 사원이었다. 그 열 명은 적어도 2개 국어를 동시통역할 수 있는 실력을 갖추어야 했으므로 회장의 가족 일을 하는 서너 명을 빼고는 모두 미국에서 학사 이상의 학위를 취득한 인재들이었다. 그들 모두가 회사를 그만두고 이직을 했거나 먹고살기 위해 장사를 시작했다는 소식을 간간이 들을 수 있었다. 자세히 헤아려 볼 필요도 없이 예전 비서들은 모두 주군의 곁을 떠난 것이었다.

주군은 혼자 있는 것을 병적으로 싫어해 해외 출장 때는 밤늦도록 중역들을 불러 이것저것 지시하거나 마음에 드는 중역과 가볍게 바둑을 두지 않으면 홍콩 블록버스터 비디오를 즐겨 봤다. 파자마 바

람으로 비디오를 보다가 소파에 그대로 누워 자버리는 게 그의 버릇
이기도 했다.

　상무 이상 임원만도 3백여 명을 이끌던 재벌 총수가 하루아침에
도망자 신세가 되다니…….

　주군에게는 중역들에게 돌아가며 화만 내도 일이 해결되던 시절이
있었다. 회장과 두 시간을 독대하고 나온 어느 중역은 그날 밤 뇌졸
중으로 쓰러져 한동안 못 일어난 적도 있었다. 또 회장에게 불려 가
부진한 실적에 대해 추궁을 당한 한 중역은 그 후로 신경성 위장병에
걸려 약도 소용없다고 했다. 뿐만 아니라 회장 앞에만 서면 몸을 사
시나무 떨듯 하고 말을 더듬는 사람도 여럿이었다. 그들 모두가 회사
나 부서로 돌아가면 수십, 수백, 수천 명을 이끄는 장(長)들이었다.

　나는 나오려는 오열을 억지로 참고 있었다. 25년여 동안 내가 주
군에게 간절히 바란 것은 특별한 반대급부가 아니라 한마디 칭찬이
었다. ‘수고했어.’ ‘어, 이번 일 매끄러워.’ ‘이렇게 일을 잘하는 놈이
그동안 뭐 했냐? 매번 이번 일처럼 처리하면 네가 다 해도 되겠다?’

　머리를 아무리 쥐어짜도 망해 버린 옛 주군을 위해 내가 할 일을
얼른 찾을 수 없었다. 돈이야 아직 그가 더 많을 것이고(밝혀진 위장
계열사 말고도 몇 개 더 있으니), 나에게는 정치인 리스트 같은 것도
없었다. 억대를 넘는 정치 자금은 당신이 직접 처리했고 나나 측근
들은 주로 몇천에서 몇백을 만졌다. 나와 수작한 그들은 털어 봐야
실세의 입김에도 이리저리 날아다니는 깃털들이었다. 세상은 온통
재벌을 없애고 그들이 경영하던 기업체를 외국에 팔아 치우면 당장
에라도 좋은 세상이 올 것처럼 난리였다.

한강 다리 하나가 풀썩 장난처럼 내려앉았을 때, 절친한 그룹 내 건설 임원이 나를 찾아와 차를 나누면서 했던 말이 느닷없이 떠올랐다.

「우리가 외국 나가서 한 공사에 부실이나 불량률이 적은 것은 새어 나가는 게 적기 때문이지 뭐, 별다른 방법을 쓰는 게 아니에요. 국내 공사비는 여기저기서 뜯기다 보면 설계대로 공사를 진행할 수가 없어요. 새어 나간 돈을 충당하기 위해 재료를 줄이다 보면 부실이 날 수밖에요. 다른 거 다 필요 없어요. 먼저 관료들이 깨끗해지면 저절로 모든 것이 좋아집니다. 수주 뇌물도 그래요. 주지 않으면 일을 따낼 수 없는데 어떻게 안 줍니까. 회사가 크면 그들이 원하는 숫자도 동시에 늘어나죠. 받는 사람 입장에서는 어차피 안에서 이리저리 새는 거 나눠 먹는다고 생각할지 모릅니다. 실제로 안에서도 많이 샙니다. 하지만 밖으로 새지 않으면 안에서도 함부로 못 빼 먹어요. 또 우리끼리는 빠진 걸 보면 압니다. 저절로 안전장치가 되고 또 자정(自淨)이 되는 것이죠.」

그룹이 건재할 때 회장 비서실에는 모두 12개 부서, 2백여 명의 난다 긴다 하는 명문대 출신 직원이 포진하고 있었다. 그때는 기획조정실이라는 부서명을 썼는데, 1992년에 청와대로 입성한 위정자가 기획조정실을 비서실로 바꾸라는 웃기는 엄명을 내렸고 기업들은 그것을 따라야 했다. 명칭이 무슨 소용이 있는가, 하는 일이 중요하지. 우리는 모두 그렇게 말하며 그들의 덜떨어진 간섭을 비웃었었다.

관료들을 비웃던 치기와 거만함은 상대를 만나서 부딪쳐 보고 그들의 실력이 결코 우리보다 우월하지 않다는 진단 뒤에 나왔다. 그들의 느려 터진 일 처리가 꼼꼼해서가 아니라 체질적으로 굼뜨고 어설퍼서라는 것을 우리는 순식간에 알아 버렸다. 그러니 우리는 그들보다 늘 한 수 위였다. 그들이 기업에 어떤 일을 간섭하려고 하면 우리는 이미 그 일을 덮고 다음 단계로 도망갈 정도였다. 그러나 이제는 흘러간 옛 노랫가락같이 하나의 추억일 뿐이다. 어쨌건 그들은 건재하고 우리는 거리로, 법정으로 내몰리고 있으니.

글을 시작했으나 한 번도 가본 적이 없는 원고지로의 긴 여행이 두렵고 막막하다. 오랜 세월, 나는 회장의 극비 지시를 제외하고는 늘 누군가에게 일을 시켜 그 일을 바탕으로 내 생각과 경험을 덧칠해 왔다. 극비 문건들은 절대 사본을 남기지 않았다. 회장이 본 후에는 받아 즉시 폐기하는 것이 또한 내 업무 중 하나였다. 또 그런 문건들은 주로 핵심만 적으면 됐으므로 문장이나 단어에 신경을 쓸 필요도 없었다.

전쟁은 이길 수 있는 백 퍼센트의 보장도 없이 도전이라는 의욕만으로 일으켜서는 안 되지만, 긴 글로의 여행이란 가치 있는 도전이 아니겠는가. 거창하게 자서전이니 참회록이니 수상록이니 하는 이름을 달고 출판할 것도 아닌 마당에, 또 섬세한 구성이나 밀도 있는 글을 쓰지도 못할 바에야, 놔두면 그대로 묻혀 버릴 일화들이나 햇볕에 꺼내 놓자는 작은 소망으로 이 글을 시작하련다.

더 잃을 것도 없을 것 같은 주군을 다시 한 번 욕되게 하는 게 아닌가 싶어 마음이 어둡기도 하다. 하지만 한편으로는 이 글이 주군의 추락한 명성을 조금이나마 회복시켰으면 하는 욕심을 품어 본다.

메아리

「회장님 팔다리 노릇하던 사람이 모르는 걸 필드에서 땀 흘리며
일한 나 같은 게 어찌 안단 말이오? 그런 거라면 더 연락하지 마
시오, 정말 모르니까.」

더 심한 말을 하는 중역도 있었다.

「자꾸 먼저 그만뒀다고 책임 회피하는데 웃기지 좀 마시오. 당신
들 그 잘난 따까리들이 다 잘못 모셔서 이렇게 된 것 아니오? 회
장님도 그래요, 우리에게는 끝까지 남아 뒤치다꺼리나 하게 하고
측근인 당신은 집에서 편안히 쉬게 했잖소. 그게 다 회사 넘어갈
줄 알고 미리 당신에게 전별금주기 위한 방법 아니었소? 난 모릅
니다. 내일도 검찰에서 부르는데 이제 회장 얘기만 나오면 살이
떨려요, 살이. 이러지 맙시다, 프로끼리. 평사원도 아는 얘기를 자
꾸 되풀이하지 맙시다. 좋은 일 있을 때나 연락해 주시오.」

그들의 심기를 이해 못하는 것은 아니었지만 기분이 씁쓸했다. 그들은 회장으로부터 신임과 신뢰가 남달라 많은 부를 축적하고 중역의 권리를 누렸던 사람들이었다. 침몰하는 배와 운명을 같이하는 선장이 있다지만 우리 육대주 선단(船團)에서는 작은 책임이라도 지겠다는 사람이 한 명도 나오지 않았다.

채권단이 장악한 회사에서 정부에 어떻게 손을 썼는지 옛 직위를 그대로 차지하고 있는 임원도 꽤 됐다. 그들은 회장의 근황을 알고 있는 것 같았으나 대부분 전화를 받기 바쁘게 제발 살려 주는 셈치고 연락하지 말라며 매달렸다. 친분이 남달랐던 임원도 회사로 찾아간다면 펄쩍 뛰었다.

「당신이 아직도 보안사령관인 줄 아는 모양인데, 꿈에서 깨시오. 정말 누굴 잡으려고 이러시오. 힘들게 여기까지 올 것 없이 집 가까운 데 어디 식당이나 대시오, 내 갈 테니. 뭐요? 회장 소식? 몰라요. 그런 거라면 만날 일도 없겠네요. 좀 바빠서 이만.」

인사(人事) 철이 되면 나를 만나고 싶어 안달하던 사람들로부터 그런 말을 들으니 뒷목이 뻣뻣해지는 기분이었다. 임원들의 동태를 파악하고 그 진급과 전출에 막대한 힘을 발휘한다 하여 임원들은 나를 보안사령관이라 불렀다. 경영의 예민한 부분을 제외하고는 회장이 내 제의와 보고를 무시한 적이 없었던 것도 그 한 이유가 됐다.

쉰네 명에게 연락을 하고서야 나는 회장의 전화번호를 겨우 손에 넣을 수 있었다. 번호를 준 사람은 육대주자동차의 손일한(孫一漢) 상무였다. 그는 내 대학 1년 선배이기도 했다. 내가 비서실에서 초고속으로 승진할 때 계열사의 임원들 승진은 거북이걸음이었다. 그러다 보니 내가 사장 2년차일 때 그는 상무로 승진했던 것이다.

나는 회사에서건 밖에서건 그를 정중히 선배로 대했고, 그도 회장에게 전할 긴급한 문건이 있거나 시간을 다툴 때는 나를 통로로 삼았다. 그 유대가 결국 회장의 전화번호를 내놓게 한 것 같았다. 양주 두 병을 비웠을 때 그가 말했다.

「정말 기밀이오. 나는 술은 같이 먹었으나 연락처를 준 일은 없소.」

「번호를 보니 영국인데 가서 만나 본 사람이 있습니까?」

「누가 갔겠소?」

나는 한때 무식하게도 범인은닉죄에 대해 가족도 포함되는 줄 알고 천륜을 저버리게 하는 법이라며 욕한 적이 있었다. 그러다가 법대를 나온 한 친구로부터 그 법이 적용되는 것은 국가보안법만이라는 걸 듣고는 괜히 기뻐 말했었다. 법도 의외로 인간적인 면이 있는데!

런던의 비밀 계좌를 밝혀 냈느니, 노동조합원으로 구성된 회장 체포 조가 프랑스와 미국으로 가느니, 검찰이 인터폴에 수사를 의뢰했으니 곧 체포될 것이라느니 하며 전국이 시끄럽던 어느 날, 나는 방문을 닫아걸고 영국으로 전화를 걸었다.

남자가 전화를 받았다. 나는 영어로 회장을 바꿔 달라고 했다.

「그런 사람은 이곳에 없습니다.」

그가 전화를 끊을까 봐 나는 다급하게 말했다.

「회장님이 거기 계시다는 걸 알고 전화했습니다. 회장님께 꼭 드릴 말씀이 있습니다. 부탁입니다. 제발 회장님을 바꿔 주십시오. 계시지 않다면 계신 곳의 전화번호를 알려주십시오. 부탁드립니

다. 저는 이십오 년이나 회장님을 옆에서 모신 제갈동(諸葛東)이
라고 합니다.」

잠시 동안 그 남자의 숨소리만 들려왔다. 1분이 때에 따라 한 시간
보다 더 길게 느껴질 수 있다는 경험을 숱하게 한 나였지만 기다리
는 순간이 말 그대로 삼추(三秋)였다. 그때 회장의 목소리가 들려왔
다. 회장은 연결된 다른 전화로 외국인과 나와의 대화를 듣고 있었
던 것이다.

「내가 여기 있는 건 어떻게 알았어?」

「회장님, 접니다……」

전화를 걸기 전 나는 주군이 나오면 당당하게 당신의 근황을 묻고
앞으로의 대책에 일조(一助)를 담당하고 싶다고 말하리라 마음먹었
었다. 그러나 순간적으로 주군의 목소리를 듣자 왈칵 눈물이 쏟아져
나왔다.

「너 지금 울고 있는 거냐? 전화번호를 어디서 얻었냐니까?」

「걱정하지 마십시오. 저만 알고 있습니다.」

「네가 아는 걸 다른 사람은 왜 모른다고만 생각해? 그러니까 이렇
게 됐지…… 멍청한 놈들!」

멍청한 놈들이란 바로 최근에 연락을 주고받은 비선(秘線) 조직을
말하는 것이었다. 예전에도 비선 조직은 있어 왔다. 그 비선 조직 때
문에 측근들은 어느 쪽이 진정한 회장의 싱크탱크일까 착잡할 때가
많았다. 하지만 그렇게 알려고 뛰었어도 답을 얻지는 못했다. 그들
이 국내외의 교수들과 해외에 고르게 퍼져 있는 신문 기자들, 정부의
관료들 중에 있다는 것까지만 범위를 좁혔을 뿐이었다.

「……죄송합니다…….」

「네가 죄송할 게 뭐 있어. 다 내 능력과 덕이 부족해서 생긴 일인데.」

생각보다 회장은 담담하게 말하고 있었다. 위로라면 회장이 나처럼 감정을 표시하지 않는다는 거였다. 그것은 아직도 건재하다는 걸 뜻하리라. 회장은 숱한 위기를 동물적 감각과 차가운 계산과 뚝심으로 모면하곤 했다. 10·26사태 이후의 얼어붙은 기업 환경과 국가보위비상대책위원회와의 줄다리기, 사유 재산의 사회 환원 발표와 경쟁 기업과의 우위 경쟁, 방위 산업 로비 사건, 대통령 출마와 포기 선언, 그리고 세계 최대 기업인 제너럴 모터스(GM)와의 동유럽 자동차 인수 경쟁 등은 보좌하는 우리도 손을 놓고 포기하려던 것들이었다.

그러나 회장은 한 명 한 명에게 일을 나누어 주면서 헤쳐 나갈 방법까지 세밀히 일러 주었다. 그럴 때의 회장은 자신만만한 주군이었고 믿음직한 총수였다. 엄명을 받은 우리는 모두 죽기로 따랐고, 결국 시간이 지나면서 완전하지는 못했지만 하나씩 하나씩 해결되곤 했다.

칭기즈칸과 장보고(張保皐)를 동경하던 그는 박정희 시대에 이미 국내와 국외의 은밀한 장소에서 미사일 개발을 진행한 적이 있었다. 뒤를 이은 위정자가 미국에 미사일 개발을 포기한다고 선언하지만 않았다면, 육대주는 미국의 거대 기업들처럼 최첨단 무기를 판매하며 먹고 살았을 게 분명했다. 중공업은 군함과 잠수함과 항공기 제작을 동시에 진행했고, 장갑차며 탱크 따위는 하청을 줄 정도였다.

미국이 일본과 협력하여 최첨단 전자 장비와 핵무기를 탑재한 이지스함을 건조한다는 정보를 얻었을 때였다. 회장이 다짜고짜 3년 이내에 이지스함에 버금가는 순양함과 구축함, 잠수함을 만들어 내라고 중공업 임원들을 닦달해 댔다. 그 결과, 이지스함에는 못 미치지만 우리는 개발도상국이 군침을 흘리며 탐을 낼 만한 수준의 잠수함까지는 만들어 냈다. 그 군함들과 잠수함은 국방부에 전량 납품하는 것으로 돼 있었다. 그러나 우리는 정부의 묵인 아래 미국의 감시를 피해 은밀히 잠수함과 군함을 수출했고 투자비 상당액을 건질 수 있었다.

‘다음은 전투기다.’ 창원의 공작 기계 제4공장에서 열린 비공개 헬리콥터 시제품(試製品) 축하연에서 흥분으로 얼굴이 벌게진 회장이 술잔을 높이 들며 말했었다.

법정에 섰던 회장의 당당하던 모습도 떠올랐다. 국내는 물론이고 3국 간 무역으로 판 무기들이 문제가 되어 해외 법정에 선 관계자들을 위해 회장은 증인으로 나오는 것도 서슴지 않았다. 3국 간 무역이란 자국 제품을 외국에 수출하거나 외국 제품을 수입하는 것이 아니라, 외국에서 여러 나라의 제품을 사들여 다른 여러 나라에 팔아 수익을 내는 무역 개념이다. 그러므로 그 품목은 그 나라의 법에 저촉되지 않는 한 무한정이었다.

흔히들 국내 종합 상사의 거래 품목이 라면과 걸레에서부터 미사일까지라고 하지만, 3국 간 무역은 그보다 범위가 훨씬 넓었다. 이를테면 지렁이와 구더기에서부터 인공위성 부품까지. 게다가 이 나라에서 안 되는 품목은 저 나라로 가 중개를 하면 됐다. 그렇게 재주를 부려도 무기와 예민한 첨단 전자 장비 등은 그 나라 법에 저촉되는 경우가 있었던 것이다. 그 3국 간 무역이 한 해 50억 달러에 육박하기도 했다.

사람들이 알고 있는 것과는 달리 내 주군은 겁쟁이가 아니라 효웅(梟雄)의 기질이 있는 사람이었다. 그를 겁쟁이로 둔갑시킨 것은 우리 측근들이었다. 조조 앞에서 젓가락을 떨어뜨리는 유비처럼 권력자들에게 겁쟁이로 보이는 것이 훗날을 위해 보다 효율적이라는 판단에서였다. 생각해 보라. 겁쟁이가 어찌 해외 4백여 군데의 현지법인체를 운영하고 25만의 직원을 이끌 수 있었겠는가.

「왜 당하고만 계십니까?」

마음 같아서는 들어오라고 하고 싶었으나 나는 돌려서 말하고 있었다.

「뭘 당해?」

「왜 우리가 외환 위기의 주범이 되어야 합니까?」

「업보겠지…… 우리 잘못도 많고…….」

재벌해체론이 고개를 들 때마다 특히 육대주는 박정희 대통령과의 옛 관계 때문인지 정경 유착의 전범(典範)처럼 되어 버렸다. 내가 아는 한, 우리가 병아리의 몸집과 가냘픈 힘을 가졌다면 외국의 대기업은 공룡의 몸집에 가공할 힘을 가지고 있었다. 게다가 이미 1백 년 전부터 그들은 다국적 기업의 기치를 올리고 세계 시장을 장악해 왔다. 그들과 경쟁하려면 몸집을 불려야 했고 그 과정에서 박정희 정권의 남다른 지원을 받은 것은 사실이었다.

「더 조여 오면 터뜨리십시오.」

「터뜨리긴 뭘 터뜨려? 너희들 그런 식으로 되지도 않는 소리를 해

대니까 일이 해결되지 않고 자꾸 꼬이기만 하는 거야. 뭐가 있어야 터뜨리든가 보여 주든가 하지. 내가 무슨 대단한 화약고인 줄 아는 모양인데 화약은 무슨 화약, 자폭할 화약도 없다. 덜떨어진 인간들은 아직도 내가 무슨 대단한 리스트를 가지고 있다고 생각하나?」

「관료들은 이제 저 같은 건 만나 주지도 않아 모릅니다. 회장님 밑에 있을 때와 너무도 다릅니다. 게다가 그들은 이미 차기 정권이 누구에게 가는가 재기 바쁠 겁니다. 늘 그래 왔으니까요.」

「우리 자동차는 살릴 것 같나?」

회장은 그 말을 물으면서 유독 목소리에 힘을 실었다. 나는 회장이 자동차에 엄청난 애정을 가지고 있다는 걸 너무도 잘 알고 있었다. 그러나 곧바로 대답을 하기가 망설여졌다. 회장의 전화번호를 그쪽에서 알아냈고, 아직도 회장의 또 다른 측근들이 요소요소에 배치되어 있을 것이라는 생각 때문이었다. 하지만 나는 아는 대로 대답하기로 했다. 언제나처럼 판단은 당신이 내릴 것이었다.

「채권단이 부도를 냈습니다. 노조는 지엠(GM)에 팔아야 한다는 파와 매각해서는 안 된다는 파가 갈렸다가, 여론에 밀려 팔아서는 안 된다는 파가 종업원 고용 보장을 조건으로 내걸고 강경한 입장의 깃발을 스스로 내리고 있습니다. 협력업체들이 수없이 쓰러졌습니다. 그러자 주한 미국 상공회의소 소장이 단돈 일 달러에라도 자동차를 빨리 팔아야 산다는 말을 했습니다. 그러자 지엠은 시간을 끌다가 일단 양해각서(MOU)를 체결했습니다. 하지만 결과가 어떻게 될지 아무도 모릅니다. 회장님도 아시다시피 양해각서는 법적 구속력이 없습니다.」

「나도 신문 봤다. 개자식들, 십조도 넘게 퍼부은 회사를……. 바로 그걸 조심해야 돼. 우리가 폴란드 에프에스오(FSO)를 인수할 때 지엠이 폴란드 정부와 양해각서를 체결하고 가격을 낮추기 위해 수년을 끌었을 때였어. 그 기간 동안 에프에스오는 거의 숨이 넘어갈 직전이었지. 지엠이 시간을 끄는 이유가 바로 우리가 제풀에 무너져 손을 들게 하려는 거야. 아이엠에프 최대 물주들이 미국제조업협회들이라는 걸 국민들이 아나?」

「모릅니다. 언론도 이상하게 그런 건 발표하지 않습니다. 예나 지금이나 국민들이야 공개된 정보만을 가지고 판단하니까요. 정부와 채권단이 재벌을 해체하고 팔아야 산다는 논리를 펴니, 그러려니 하고 있습니다. 또 각기 제 살기가 바빠 깊이 생각할 겨를도 없는 것 같습니다.」

「매각이나 합작이 당장은 좋은 것 같지만 그렇지 않아. 길게는 공문 양식 하나 바꾸는 것도 우리 맘대로 못하고 끌려 다녀야 해. 연구 개발 투자는 건건이 가로막히고. 그들이 브랜드 이미지로 화장해 몇 년간 생산품을 팔아 실속을 채우면 우리는 또 빈 껍데기만 받게 돼. 그때 가서 경영권을 되찾으려면 제값을 지불하거나 주권(株券)을 달라는 대로 줘야 해. 우리가 자동차를 어디 일이 년 합작했어? 결국 잘못하면 국내 자동차 사업장은 하청 공장이 되는 거지. 그게 저들의 전략이야.」

그 내용은 과거 내가 올린 보고서에 들어 있었다.

「회장님…….」

「말해 봐.」

「집권당이 당을 새로 만들려고 할 때 우리 그룹에 천문학적인 정치 자금을 요구했다는 게 정말입니까?」

주군은 정치 자금에 대해서만은 측근이라고 해도 많이 아는 것을 꺼려 직접 뛰었다.

「기업이 정치 자금 내는 거 한두 번이야? 알면 어쩌려구. 꿈 깨.」

「무슨 뜻인지 알겠습니다. 하지만 저도 들은 게 있습니다.」

「만나서들 그런 얘기도 하나?」

「처음엔 그런 얘기를 하기도 하고 재기를 꿈꾸기도 했지만 이제는 서로 연락이 안 되는 사람들이 더 많습니다. 모두들 포기한 것 같습니다.」

「포기? 지금 억울하다고 해봤자 남의 말 하기 좋아하는 사람들만 즐겁게 해줄 뿐이야. 우리 말을 누가 믿어.」

「우리가 돈을 못 내놓자 다른 기업과 손을 잡고 주식 시장에 국민들을 끌어들여 몇 개월 안에 몇 배의 돈을 빼갔다고 합니다. 국민들의 돈을 말이죠.」

「그래서?」

「아이엠에프가 터지고 주가는 삼백 선까지 내려갔었습니다. 그런데 무슨 영문인지 기업의 실적이 좋아진 것도 아닌데 몇 개월 사이 천백 선까지 올랐습니다. 코스닥은 육십에서 삼백 가까이 올랐구요. 주가가 미국을 따라 뛰네, 한국 증권이 이천까지 오르네, 울산 그룹 증권 회사의 회장이 떠벌리면서 그 상승은 시작되었습니다. 일개 증권 회사만의 재주라고 보기에는 너무 수상합니다. 정치권 쪽에서 힘들여 밀지 않으면 도저히 불가능한 일이니까요. 문제는 작전이든 정략이든 그렇게 올랐던 주식이 마치 깨진 독의 물이 빠지듯 하지만 않았다면 시중에 돈이 많아 그러려니 했을 것입니다. 그러나 아니었습니다. 미친 듯이 올라가던 주식은 눈 깜짝할 사이에 내리꽂히듯 폭락을 하기 시작한 것입니다. 결국 사백 선까지 밀리며 숱한 투자자들이 거덜났습니다. 코스닥도 다시 육십으로 되돌아왔구요. 그 와중에 몇몇 거부가 된 이들이 잡지에 얼굴을 내밀었지만 거의 모든 사람들이 털렸습니다. 두 장(場)에서 모두 백 조의 돈이 날아갔다고 합니다. 여론이 흉흉해지자 서른도 안 된 애송이 서넛이 금고나 펀드를 조직해 몇천억씩을 해먹었다고 구속됐습니다. 그러나 정치권의 진짜 작전 파트너는 그들이 아니라는 걸 알 만한 사람은 다 압니다. 그 올챙이들은 정보를 대충 가지고 있는 실세들 몇 명과 사설 팀을 짠 것이겠죠. 그런 의혹이 제기돼 소문이 무성해지자 실제로 실세 몇 명의 이름이 언론에 뜨기도 했습니다.」

「넌 예전에도 마치 소설 같은 얘기를 잘했지.」

「잘못된 정보가 아닙니다.」

「그럼, 물증이 있어? 잡은 범인도 증거가 없으면 풀려 나는 세상에 살면서 술안주로 떠도는 정보를 믿고 그걸 기정사실화해? 한때 우린 주식 가치 올리는 작전 안 했어?」

「……」

할 말이 없었다.

「다른 그룹에선 애들을 많이 뽑나?」

회장이 대화를 돌렸다.

「아닙니다. 내리 삼 년 동안 거의 뽑지 않아 대졸 실업자가 몇십만에 육박하고 있습니다.」

그룹이 건재할 때 우리는 매년 6만에서 8만의 신입 사원을 뽑았다. 대학은 대기업이 요구하는 과를 다투어 신설했고 젊은 인재들은 푸른 꿈을 안고 대기업으로 몰려들었다. 결혼 상대자의 최고 점수를 대기업 사원에게 주던 때가 바로 그때였다. 5대 그룹의 채용률도 우리와 비슷하여 외환 위기만 오지 않았다면 다 취직되었을 젊은이들이었다.

「북한과는 잘되나?」

「남북정상회담은 회장님도 들으셨을 겁니다. 예, 많이 알고 계시는군요. 거기서 더 발전하지는 못했습니다. 반응요? 대다수 국민들이 북에만 퍼준다고 불만에 가득 찼습니다. 살기도 힘든데 일방적으로 퍼주니까 그런 불만이 터지는 것입니다. 예, 저요? 사실 저는 이 정권에 점수를 줄 것은 남북 관계라고 생각했습니다. 손해가 나더라도 누군가가 하지 않으면 안 된다고 생각했기 때문입니다. 회장님도 우리가 맨 처음 북한에 들어갈 때 당분간은 줘야 된다고 하신 걸 기억하시는지 모르겠습니다. 예, 기억하신다구요. 그렇습니다. 제가 북한에 들어가는 첫 팀을 짰죠. 그래서 저도 나름대로 그 방면을 깊이 생각해 봤기 때문에 걱정을 많이 했지만 속으로는 은근히 결과가 좋기를 바랐습니다. 그런데 갈수록 이상해지고 있습니다. 정작 책임지고 이끌어야 할 국내 경제는 뒷전으로 밀어 놓고 김정일 국방위원장이 서울에 오기만 하면 모든 난제가 해결될 듯이 와달라고 애걸하다시피 하는 게 국민의 한 사람으로서 보기 딱하고 또 자존심 상합니다. 기업이야 장사를 하니까 사상보다 이익이 먼저지만 이들은 한 나라의 정부를 맡고 있음에도 도무지 하는 일이 미덥지 않습니다. 그래서 국내는 지금 색깔론으로 뜨겁습니다. 결국 남북 관계가 이 지경이 된 건 적대적인 언론 때문이라고 생각한 정부가 세무 조사라는 칼을 빼 들었습니다. 예, 맞습니다. 어느 외신은 언론과의 전쟁이라고 표현하기도 했습니다. 예, 신문사들의 사주가 구속됐습니다. 그러자 언론 자유를 걱정하는 지식인들이 목소리를 내기 시작했습니다. 물론 언론 개혁을 부르짖는 단체들은 여전하고요. 시계(視界)요? 제로라고 할 정돕니다. 아 참, 울산 그룹이 그 남북 관계 개선에 앞장서서 금강산 관광에 총력을 기울이다 시체가 다 됐습니다. 그룹은 쪼개지고 며칠 건너 계열사들의 부실이 터져 나오고 있습니다. 울산 그룹의 부실이 시장을 붙들자, 여론은 그 기업들이 살고 죽는 걸 시장에 맡기라고 들끓었습니다. 그러나 정부는 그러면 다시 제이의 아이엠에프가 온다고 마치 협박하듯이 윽박지르며 우리 그룹에는 그토록 매몰차게 잘랐던 차입금 연장과 여러 가지 지원을 하고 있습니다. 얼마 전에는 공기업인 한국관광공사에서 울산이 북에 지급하지 못한 거액을 대신 지불하기도 했습니다. 금강산 사업 합작이라는 이름으로 지원됐지만, 정부의 남북 관계 개선에 앞장서 준 반대급부라고 누구나 생각합니다. 그리고, 장 회장님 돌아가신 것은 아십니까?」
「알아. 가봐야 했는데 사정이 이러니…… 넌 가봤겠지? 그 사람…… 정말 괴물이었는데…… 그쪽 자동차는 잘 팔린다지?」

「저도 조문하지 못했습니다. 개인적으로 잘 알지도 못하고요. 가고는 싶었지만 혹시라도 뉴스에 나오는 게 아닌가 불안하기도 했고요. 그냥 마음속으로 명복을 비는 걸로 대신했습니다. 그래도 그쪽 자동차는 국내에서는 물론이고 미국에서도 잘 팔린다고 합니다. 한때 장 회장의 뜻을 거역한다고 시끄럽던 그 집 첫째 아들이 그룹과 떨어져서 자동차 그룹의 회장이 됐습니다. 일차 협력업체 몇 개와 철강을 합쳐 말입니다. 울산의 영광을 지키는 몫은 첫째 어깨에 달려 있다고 보는 사람도 많습니다.」

「다행이야. 자동차 산업은 전방위(全方位) 효과가 무엇보다 큰 종합 산업이야. 한 회사에서라도 어떻게든 끝까지 가지고 가야 해. 그래야 다른 산업도 살아. 영국을 봐. 독일에 자동차를 전부 내주고 이제 자존심 타령을 하고 있어. 제조업은 국력의 기본이야. 지금은 어렵지만 중국의 고속도로가 전 국토에 십자형으로만 깔려도 수요가 폭발할 거야. 그럼 우리는 백 년에 한 번이나 올까 말까 한 기회를 얻는 거야. 자동차 산업을 넘겨주는 걸 냉장고 공장이나 화학 공장 하나 넘겨주는 걸로 생각해서는 안 돼. 너는 요즘 뭘 하냐? 내 원망 많이 했지? 그러고 보니 너와 얘기 못해 본 지가 삼 년째구나. 너도 내가 자동차에 미쳤다고 생각할 거야. 사람들은 내가 무작정 자동차에 돈을 퍼붓다가 망한 거라고 생각한다면서? 빨리 포기를 했더라면 그룹을 살렸을까?」

「제가 어떤 말을 해도 용서해 주신다면 하겠습니다.」

「이 마당에 용서가 뭐야? 말해 봐.」

「예, 그럼 하겠습니다. 저 역시 회장님이 자동차에 미쳤다고 생각
했습니다. 하지만 망한 것은, 죄송합니다, 말을 바꾸겠습니다. 손
을 뗀 것은 꼭 자동차 때문만은 아니라고 생각합니다. 왜냐하면
내수는 우리가 약했지만 수출은 동유럽을 바탕으로 두 자릿수로
늘어나고 있었으니까요. 폴란드와 인도, 우즈베키스탄의 공장이
정상 가동되면 당분간 국내에서는 우리를 따라올 업체는 없을 테
니까요. 그러나 결과를 놓고 말씀드려 죄송합니다만, 그 정도 애정
과 투자를 다른 부문에 했다면 이런 참패가 아니라 모종의 성과가
있었으리라 생각됩니다. 그런 점에서 자동차의 국제 경영 부분은
회장님의 독단적인 계획이 되고 말았습니다. 뿐만 아니라 십조가
넘는 돈을 넣으면서 해마다 마치 우리 그룹이 착취 기업이라도 되
는 듯이 노조원들의 저항을 받았습니다. 늦었습니다만 저를 위시
한 측근들은 회장님의 그 정성과 열정을 육대주의 다른 부문에 쏟
으셔야 한다면서 말렸어야 했습니다. 회장님은 자동차를 만들어
야 세계 일류 기업이 된다고 하셨지만, 자동차를 만들지 않는 세계
일류 기업이 많다는 것을 수십 번이 아니라 수만 번이라도 말씀드
렸어야 했습니다. 하지만 저는 몇 번 운을 떼다가 무안을 당한 후
로는 꿀 먹은 벙어리마냥 아무 말도 하지 않았습니다.」
「어이, 이봐.」
「예, 회장님.」
「네 마음 알았으니까 오늘은 그만 하자. 분위기 좀 가라앉으면 언
제 만나 얘기하고.」
그러나 나는 주군과 통화가 되면 하리라 마음먹었던 말을 산더미

처럼 가슴속에 쌓아 두고 있었다.

「조금만…….」

「누가 온 모양이다. 당분간 연락하지 말고 기다려. 나 그냥 죽지는
않을 테니까.」

「회장님.」

딸깍 소리와 동시에 통신이 두절된 신호음만이 공허하게 귀를 후
볐다.

마음이 진정되기는커녕 시간이 갈수록 점점 더 들뛰었다. 너무도
오랜만에 주군의 목소리를 들은 탓이리라. 결국 마음을 다스리지 못
하고 거실로 나가 술을 한 병 들고 왔다. 한 잔을 들이켜자 목과 가
슴이 화끈거리며 신호가 왔다. 두 잔을 마시자 감정이 격해지면서
그동안 회장을 만나면 하리라 준비했던 말들이 술술 입에서 흘러나
왔다.

먼저 자동차에 대해 말씀드리겠습니다. 왜 중고차 시장에서 우리
가 만든 차값이 경쟁사의 차값보다 형편없이 싼지 아십니까? 국산
위성을 쏘아올린 시점에서 공장이 다르다고 하여 그깟 자동차의 성
능에 무어 그리 차이가 나겠느냐고 처음엔 저도 생각했었습니다. 그
러나 어쩌겠습니까, 사람들이 우리가 만든 자동차를 무시하는 것을
요. 그렇다면 시중에 떠도는 말처럼 모델 개발이 늦고 부품 구입이
힘들어서인지 철저히 조사하고, 실제로 부품에 문제가 있다면 해당
협력업체는 도태시키고 새로운 업체를 양성해서 그 대비를 했어야
했습니다. 기름이 더 드는 것은 차를 튼튼하게 만들다 보니 중량이
더 나가기 때문이라고 안이하게 대처할 것이 아니라, 실제로 연비를

낮출 수 있는 개발에 힘을 실어 줬어야 했습니다. 말은 국산 엔진이라고 하지만 사실은 선진국에서 이미 퇴출시킨 엔진을 가져다가 그룹의 로고를 새긴다고 우리의 것이 되는 것은 아니라고, 옆에서 얻어터지더라도 말참견을 했어야 했습니다. 그러나 원통하게도 그런 의견을 저는 내놓지 못했습니다. 그저 자동차에 대해 잘 모르니 가만히 있는 게 본전이라는 생각을 했는지도 모릅니다. 그래서 모든 것을 회장님이 알아서 할 거라며 시키는 일에만 매달렸던 것입니다. 기껏 제가 한 일이라야 우리 그룹의 부정적인 뉴스거리를 최대한으로 막는 정도였으니까요. 하기야 그 일을 대단하다고 칭찬하는 임원들도 있기는 하더군요.

무능한 제가 판단컨대 우리의 실패는 방대한 경영 전선(經營戰線)에 있었다고 생각합니다. 사실 우리의 경영 전선은 너무 방대했습니다. 세계의 그 어떤 기업도 우리처럼 막대한 전선을 펴고 싸움을 한 적은 없었습니다. 전선이 반만 됐어도 이토록 비참하게 패하지는 않았을 것입니다.

또 이건 사견입니다만, 회장님은 너무 산술적이셨습니다. 정부 및 정치권과 결탁해서 일을 벌이면 열에 일곱을 바쳐도 셋은 남는다는 그 계산이 결국, 정경 유착의 전범이 된 것입니다. 게다가 정치인과 관료들을 가르쳐서라도 미국과 경쟁하려 하셨습니다. 그러니까 자세한 걸 모르는 경쟁 기업과 국민들은 회장님을 무조건 정치적인 사업가로 알았던 것입니다. 솔직히 전 이십오 년을 모셨는데도 회장님의 경영 방식을 모두 이해하지 못하고 있습니다. 우리 시대에 경영의 다각화는 필요했습니다. 그리고 나름대로 성공을 했습니다. 하지만 유독 자동차의 그 많은 해외 법인화는 도저히 이해할 수 없습니다. 이제 와서 이런 말씀을 드리는 저를 불충한 놈이라고 욕하셔도 좋습니다. 저 자신도 이제 와서야 이런 말씀을 드리는 것을 이해할 수 없을 정도입니다.

그룹 직원들이 연중행사로 세일즈맨이 되었다가 여의치 않으면 그 자신이 타던 자동차를 헐값에 팔고 판매 배당을 구입하고는 자살 골을 먹었다고 허탈해했습니다. 제 말은 그렇다고 모든 책임이 회장님에게 있다는 것은 아닙니다. 모든 것이 저희들이 회장님을 잘못 보필해 생긴 일입니다.

이제 와 생각하니 참으로 후회가 많습니다. 그중에서도 특히 회장님을 보좌하는 우리 부서에 각계각층의 인재를 등용하지 못했다는 것입니다. 우리 비서실의 직원들 이백 명은 모두 학력만을 기준으로 뽑았지 각기의 재주에 비중을 두지는 않았습니다. 게다가 사장단과 회장단들이 자신들의 모교 출신들을 앞다투어 뽑는 통에 여러 개의 파벌이 생기고 말았습니다. 경기가 좋을 때는 그 파벌도 별문제가 되지 않았습니다. 그러나 위기가 오자 그 파벌은 그대로 균열이 되어 막판까지 이익을 위해 싸우고 잘못은 서로에게 미뤘습니다. 그 파벌에 끼이지 못하는 직원들의 사기 저하는 말도 할 수 없었고요.

회장님은 상세히 모르시겠지만 비서실에 있다 보면 온갖 단체와 개인들로부터 지원 요청을 받습니다. 우리가 그들을 부르는 음어는 걸뱅이였습니다. 우리 그룹에 손을 벌리러 올 정도면 이미 세상에 이름 석 자가 자자하게 났을 텐데도 말입니다. 그 걸뱅이들에는 교수, 체육인, 예술인, 예비 정치인까지 포함되어 있었습니다. 우리는 기업 활동에 별 도움이 되지 않는다는 판단을 성급히 내리고, 그들을 회장님과 직접 만나지 못하게 하느라 온갖 재주를 부려야 했습니다. 때론 적선하듯 생색을 내며 푼돈을 내어 지원하는 척하기도 했고, 그들보다 더 힘센 전문가를 앞세워 막기도 했습니다. 무시당한 그들이 우리를 좋게 볼 리가 없겠지요. 실제로 우리가 비틀거릴 때 그들은 일제히 포문을 열었습니다. 계산도 없이 주먹구구식으로 문어발 경영을 했느니 무모한 도전이었느니 자전거 경영이었느니, 무차별 공격을 했습니다. 자전거 경영이란 바퀴가 구를 때는 쓰러지지 않지만 멈추면 쓰러진다는 논리를 바탕으로 하고 있습니다. 실제로 그들은 여기저기 올린 글에서 그렇게 표현했습니다.

그러나 그들과는 달리 언론과 경영학자들에게는 너무도 융숭하게 대했습니다. 제가 그만두기 삼 년 전만 해도 신문과 방송에 쓴 광고료가 수백억 원이었습니다. 또 학자들이나 기자들, 유명 인사들이 육대주 국제경영해외시찰단이라는 명목으로 쓴 돈이 수십억이었습니다. 뿐만 아니라, 비서실 일 년 접대비가 백억 가까이 되는 해도 있었습니다. 물론 그 속에는 이런저런 지원금이 포함되어 있습니다만, 도무지 그래 가지고 배겨 낼 기업이 어디에 있겠습니까? 오죽하면 임원들도 양심에 찔려 그룹 내에서 가장 돈을 적게 쓰는 사람은 바로 회장님이시라고 얘기를 했겠습니까. 그러나 미안함도 잠시, 곧 예전의 씀씀이로 돌아갔습니다. 그것을 모두 임직원들의 잘못만이라고는 할 수 없습니다. 왜냐하면 그룹이 잘 돌아가면 접대를 그토록 열심히 할 필요가 없다는 걸 회장님도 아실 겁니다. 이미 우리는 삐걱거리고 있었고, 제품의 연구개발비로 투자해야 될 돈들이 당장의 입

막음과 단기 차입금의 이자로 날아가 버린 것입니다.

인신공격 같아 죄송합니다. 그러나 불경스럽게도 이미 시작했으니 용서하시고 들어 주십시오. 회장님은 하면 된다는 용기와 자신감은 가지고 계셨지만 아기자기한 인간미는 없었습니다. 물론 저도 밑에서는 그런 소리를 듣습니다. 게다가 회장님은 벌써 오래전부터 술도 드시지 않으십니다. 남의 아랫사람 노릇을 하는 건 힘들고 어렵습니다. 해서 가끔은 그 상사로부터 원초적인 대접을 받고 싶어합니다. 넌 내 식구니까 오늘 실컷 마시고 우리 오늘 터놓고 한번 얘기하자. 취해서 실수를 해도 개의치 않겠다. 그러면서 한잔 술에 서로 정을 나누면 다시 힘이 솟기도 합니다. 예전의 제가 그랬고 많은 사람들이 회장님에게서 그런 분에 넘치는 위로를 받았었습니다. 그러나 근래의 회장님은 술자리에 가셔도 늘 깨어 계십니다. 그러면서 우리보고는 술을 맘껏 마시라고 하시며 무슨 말이라도 좋으니 하라고 하시는데, 샐러리맨의 조막만 한 간덩이로 누가 회장님 앞에서 혼자 취해 감히 입을 열 수 있겠습니까?

죄송합니다. 저도 오늘 왜 이러는지 모르겠습니다. 그러나 결코 회장님이 저를 버리셨다고 해서 이런 말씀을 드리는 것은 아닙니다. 오로지 충정에서라는 걸 알아주셨으면 합니다. 임원급들의 일 처리에 대해 제 느낌을 말씀드리겠습니다. 자신이 충분히 업무를 개선하고 도전해도 될 위치에 있는 중역들도, 완벽하게 성공한 숫자의 결과가 나와야 보고하게 되고, 아니면 웅크려 있다가 회장님의 불호령이 있고 나서야 움직입니다. 그 움직임도 회장님 지시를 가능한 한 벗어나려 하지 않습니다. 창조, 도전 같은 건 입으로 말하기는 쉬워도 실행하기는 어렵습니다. 창조해라, 도전해라, 명령한다고 다 창조하고 도전하면 얼마나 좋겠습니까. 그러나 조직에 있다 보면 그렇지도 않습니다.

저는 회사를 나와서 지금까지 글 쓰는 친구도 만나고, 체육관을 운영하는 친구도 만나고, 약국을 하며 사는 친구도 만나 가끔씩 소주 한잔 하면서 나름대로 인생에 대해 깊이 얘기합니다. 너무도 오래 깔끔한 양복쟁이들 속에서 살았기에 처음엔 그들의 자유로움이 가벼움으로 보여 싫었습니다. 그러나 아니었습니다. 그들은 서로의 감정에 더 충실해, 허례허식으로 자신을 내세우기 위해 상대의 마음을 짓씹는 짓 따위는 하지 않습니다. 그들과 흉금을 터놓고 얘기를 나누다 보면 저도 모르게 제 지나온 길을 되돌아보며 무엇이 그르고 옳은지 생각하게 됩니다.

한 십오 년 전쯤 됐나 봅니다. 부장으로 전자에 감사로 파견되었을 때니까요. 새로 인수한 회사라 임직원들의 비리를 들춰내고 근무 기강을 세우기 위해서였습니다. 회사 제품에 대한 그들의 애정과 그걸 생산하는 자부심을 살펴야 했음에도 저는 오직 그 잘나 빠진 충성도만 측정했습니다.

어느 날 전자 기조실에 근무하는 대리의 집들이에 그룹 간부로서 의무 반 호기심 반으로 참석한 적이 있었습니다. 그런데 거실에 앉고 보니 텔레비전과 냉장고는 칠성 그룹의 제품이었고 비디오며 카세트테이프리코더는 은하수 그룹 제품이었습니다. 우리 직원의 집에, 그것도 대리라면 초급 관리자인데 어떻게 이럴 수가 있을까, 충격을 받았습니다. 자세히 둘러보니 그 집의 세탁기만이 우리 회사

제품이었습니다. 내가 심상치 않은 표정으로 이리저리 살피자 눈치를 챈 그 대리가 미안한지 묻지도 않는데 '부장님, 텔레비전 자꾸 보지 마십시오. 결혼할 때 집사람이 혼수로 해온 것입니다'라고 말했습니다. 그 말에 웃었지만 속에서는 불이 났습니다. 남편 될 사람이 어느 회사에 다니는지 몰랐다는 건가? 물으려다가 그 대리의 얼굴이 쬐지은 표정이어서 그만뒀습니다. 가만히 따져 보니 저 역시 전자를 인수하고 나서도 다른 회사의 제품을 산 적이 있었습니다. 그때서야 회장님이 저희 집에 왔을 때 왜 그리 이 방 저 방을 둘러봤는지 알게 되었습니다.

그때부터 직원들의 집에만 가면 유심히 살피게 되었습니다. 승용차는 너무 빤하니까 우리 그룹 것을 삽니다. 하지만 집에서 쓸 것은 시장에서 좋다고 검증받은 제품을 선호하는 것은 인지상정인데도, 불쾌했고 그룹의 미래가 불안했습니다. 그래서 직원들을 모아 놓고 숫제 우리 제품을 쓰라고 강요했습니다. 또 가격을 깎아 주는 제도를 만들었습니다. 그러나 그럴수록 제품의 인지도는 낮아졌습니다. 직원들도 어쩔 수 없이 자사 제품을 구입하기는 하지만 이미 제품에 대한 불만을 써보지도 않고 터뜨렸습니다.

제가 왜 뻔한 얘기를 끄집어내는가 하면 제 실책이 너무도 크다는 것을 이제야 깨달았기 때문입니다. 회장님의 수수족(首手足)의 한 사람으로서 당연히 회장님에게 정확한 상황을 보고하면서 전자 같은 전망이 희박한 부문을 포기해야 한다는 의견도 냈어야 했습니다. 정부가 떠맡겼다는 것은 변명이 되지 않습니다. 우리에게 떠맡겨도 될 만큼 우리는 정부와 가까웠다거나 또 뭔가를 맡겨도 끽소리 못할 만큼 우리에게는 약점이 많았다는 것은 삼척동자도 다 알 테니까요. 왜 다른 그룹에는 떠맡기지 않는 부실기업을 유독 우리에게만 떠맡 겼겠습니까.

그것이 첫번째 큰 잘못이고, 두 번째 큰 잘못은 앞에서 언급했던 각 분야의 전문가들을 포용하지 못했다는 것입니다. 그러나 우리들 끼리 파이를 크게 나눠 먹기 위해 사람들을 막았던 것은 아니었습니 다. 훈련된 우리가 보기에 그들은 어딘지 어눌하고 세련되지 못했습 니다. 또 예의나 감각도 뒤떨어져 있는 것 같았구요. 그러나 이제 알 았습니다. 야인같이 보이는 그들이 진정 용기 있는 자들이었습니다.

한때 회장님의 지시로 그룹 요소요소에 운동권 출신을 꽤 많이 뽑 았습니다. 회장님은 징역도 마다하지 않았던 그들의 용기를 높이 평 가하셨고, 그것이 기업 문화에 활기를 불어넣을 것이라 판단하셨습 니다. 그때 저는 마음속 깊이 동의하면서 회장님의 넓은 아량에 감 격하기까지 했습니다. 그런데 가만히 살피니 그들은 조직원으로 적 응하는 데 다른 신입 사원보다 더 빨랐습니다. 당시에는 대견하게 생각했지만 훗날 나는 그들이 이미 운동권이라는 일사불란한 조직 을 경험해서였다는 걸 깨달았습니다.

그러나 장인(匠人)들은 달랐습니다. 비록 혼자라서 힘이 없는 것 같지만 그들은 실제로 세상을 향해 으르렁거리고 때로는 크게 웃고 있었습니다. 혼자 생각하고 판단하고 세상을 살아가는 사람이 회장 님에게 필요했다는 것을 너무도 늦게 안 것은 비서실 사장으로서 직 무 유기입니다. 그들은 마치 욕심이 하나도 없는 것 같았지만 사실 은 어마어마한 욕심을 가진 자들이었습니다. 세계 시장을 장악하려는 우리 기업들보다 세상 인간의 정신을 움직이려는 그들이 더 우월할지도 모른다는 생각이 어리석게도 이제야 든 것입니다. 그런 사람들이 서너 명 회장님 주위에 있었다면 아마도 회장님은 술도 마시고 호탕하게 웃으시며 오직 넓히고 올리고 장악하는 것만이 최고가 아니라는 걸 아셨을 것입니다. 글을 쓰는 제 친구를 만나면, 이런저런 비유로 저를 행복하게 하고, 때론 부끄럽게도 하고, 때론 힘이 나게도 합니다. 게다가 숫자를 가지고 노는 사람들은 도저히 따라잡을 수 없는 예지 능력도 있습니다. 회장님이 그들과 친구해 살아왔더라면 술을 마셔 속은 좀 불편하셨을지 모르지만 적어도 정신만은 더 행복해졌을 것이라 확신합니다. 그런데 차가운 공식만 달달 외는 사람들만이 회장님을 에워싸고 있었으니 얼마나 황량하고 삭막하셨겠습니까.

술병은 비어 있었다. 나는 술을 더 가져오기 위해 일어섰다.

만남의 노래

어제는 밥 한 술 못 뜨고 종일 누워서 보냈다. 안주도 변변치 않게 양주 두 병을 비운 대가를 톡톡히 치른 셈이었다. 평소 폭주를 하지 않는 터였지만 그제 밤에는 은근히 자랑하던 절제력도 소용없었다. 엉망으로 취해 새벽 두시가 넘어서야 거실 소파에 누워 그대로 잠이 들었다. 그래도 애들에게는 미안한지 큰소리는 치지 않더라면서 아내는 점심때쯤 술국을 끓였지만 종일 토하기만 했을 뿐 물조차 마실 수가 없었다.

실컷 자서인지 머리는 맑았다. 울렁거리던 속도 오늘 아침부터 장뇌를 한 뿌리 씹어 먹자 조금 가라앉았다. 조금 전에는 전복죽도 절반이나 비워 속도 든든해졌다. 몸은 정상으로 돌아온 듯한데 기분은 영 그렇지 못했다. 비록 취해서 혼자 떠들었지만 부끄러움에 입을 꿰매고 싶은 후회는 어제보다 더 강렬했다.

가까이 있다면 당장 달려가 주군 앞에 무릎이라도 꿇으련만, 나는 주군과 너무 멀리 떨어져 있었다.

김병수(金炳洙) 회장과 나의 만남은 부풀려 생각하지 않아도 기연(機緣)이었다. 그와 만날 당시 나는 A신문사의 경제부 기자였다. 대학을 두 해 늦게 들어간 탓에 기자 3년차에 서른두 살이던 나는, 와이셔츠를 수출해 당시 무섭게 성장하는 육대주물산에 묘한 호기심을 가지고 있었다.

당시 세간의 소문은 육대주물산 김병수 사장의 부친이 박 대통령의 사범학교 은사라 대통령으로부터 많은 지원을 받아 컸다는 것이었다. 그렇더라도 신문팔이를 하던 소년이 1억 달러를 수출하는 회사를 일군 것이 순전히 도움 때문만은 아닐 것이란 것이 내 호기심의 발로였다. 소문처럼 대통령이 뒤를 좀 봐주었다고 해도 나일론 계열인 트리코직 원단과 와이셔츠 수출로 3년 연속 1억 달러 이상을 수출했다는 것은 그의 빛나는 경영 능력이라고 판단하고 있었다.

1970년대 초, 우리의 무역 시장이라고는 동남아나 미국이 전부였다. 게다가 봉제 산업은 일본이 우리보다 20년 앞서 있었는데, 그는 이미 대구와 부산에 동남아 최대의 봉제 공장을 다섯이나 가지고 있었다. 둘은 하청 공장을 인수한 것이고 셋은 그가 직접 땅을 매입하여 세운 것이었다.

관심이 컸던 만큼 자연 다른 기자보다 육대주 출입을 자주 하게 됐고 기사가 길어지고 또한 자세했으며 애정이 스며 있었다. 울산건설이나 은하수물산, 칠성전자 같은 큼직한 회사로 기자들이 몰렸지만 나는 육대주를 계속 취재했다.

1973년 10월, 수출 정책 특집으로 나는 주 1회씩 3회에 걸쳐 '신문팔이 소년이 이룬 1억 달러의 꿈'이라는 특집 기사를 썼다. 마지막 기사가 나간 주의 금요일이었다. 퇴근을 해야겠다고 책상을 정리하는데 김병수 사장으로부터 전화가 걸려 왔다. 직접 전화가 걸려 온 것은 그때가 처음이었다.

「웬일이십니까, 이렇게 늦게 사장님께서 직접 전화를 다 하시고? 무슨 일이 있습니까?」

「무슨 일이 있겠습니까? 소주나 한잔 같이했으면 해서요. 좋은 글을 써주셨는데 감사도 못 드리고 죄송합니다.」

「제 할 일인걸요. 이런 일로 같이 술 마시면 더 이상합니다. 다음에 하시지요.」

「다른 약속이라도……?」

「아니, 그렇지는 않습니다.」

「그럼 한잔합시다. 드릴 말씀도 있구요.」

「제게 말입니까? 기왕 전화를 하셨으니 하십시오. 듣겠습니다.」

「전화로 드릴 말이 아닙니다. 저, 종로 한일관이 어떻습니까? 거기서 고기나 드시죠.」

그냥 술이라면 거절하리라 생각하던 나는 그가 할 말이 있다는 말에 슬며시 구미가 당겼다. 기자가 기삿거리가 있는데 못 갈 곳이 어디랴. 그러나 한일관은 아는 사람과 맞닥뜨리기 쉬운 곳이라 피하고 싶었다.

「혹시 보신탕을 드시는지요? 철은 지났지만 괜찮은 보신탕집이

있는데 제가 모시고 싶습니다만…… 한일관은 아는 사람을 만날
것 같아서…….」

「아, 그거 좋지요. 그렇게 힙시다. 어딥니까?」

「구기동입니다. 그쪽에서 만나 같이 가시지요.」

「어이구, 아닙니다. 이렇게 하도록 합시다. 제가 갈 테니 제갈(諸
葛) 기자께서 회사 앞으로 나와 십 분만 기다리십시오. 금방 가겠
습니다.」

육대주물산의 본사는 충무로에 있었다. 충무로에서 광화문으로
나오려면 10분은 빠듯할 것이라 생각했다. 그러나 그는 어떻게 왔는
지 사무실에서 5분 정도 머물다 천천히 나온 나보다 먼저 와 기다리
고 있었다. 나는 깜짝 놀랐다.

「아니, 어떻게?」

「날아왔습니다.」

훗날 그를 모시고 나서야 그가 덕수궁 앞 공중전화 부스에서 전화
를 걸었다는 걸 알았다. 그가 사무실이라고 하지 않았으므로 속인
것은 아니었다. 그리고 몇 년 수행하면서 보니 그의 생활은 시곗바
늘 그대로였다. 자신보다 우위에 있는 사람과의 약속시간을 맞추기
위해서는 세면도 차에서 하고 식사도 차에서 해결하는 사람이었다.
그것이 만날 사람을 기쁘게 하고 신뢰를 주는 것은 당연했다.

김병수 사장과 둘만의 술자리는 처음이었다. 그는 술이 세지 않은
듯 소주 한 병 반을 나눠 마셨는데도 얼굴과 목 부위가 시뻘겼다. 보
신탕도 좋아하지 않는 듯 술을 마신 후에 안주 삼아 먹는 식이었다.

「우리 딱 한 군데만, 이차를 갑시다.」

「저는 이 정도가 딱 좋습니다만…….」

「드릴 말씀이 있어섭니다. 시간 좀 내주십시오.」

「좋습니다. 대신 여기 술값은 제가 내게 해주십시오.」

그러면서 카운터로 가니 이미 술값은 계산되어 있었다. 그가 두 번 화장실을 다녀왔는데, 그때마다 중간 계산을 했다는 걸 주인의 말을 듣고야 알았다.

「참, 빠르십니다. 아까는 날아오셔서 저를 놀라게 하시더니…….」

「사업을 하려면 시간을 유리하게 쓸 줄 알아야 한다고 생각합니다. 돈과 시간은 쓰는 사람에 따라 아군도 되고 적군도 되니까요.」

그가 운전기사에게 조용히 뭔가를 지시했다. 차가 북악스카이웨이 쪽으로 들어섰을 때 나는 삼청각으로 가고 있다고 짐작했다. 당시 삼청각은 대원각과 더불어 정치인과 기업인들이 이용하는 서울의 최고 유명 요정이었다.

내 짐작은 맞았다. 차는 삼청각의 솟을대문을 지나 별실 입구에 닿았다. 미리 연락을 해둔 듯 한복 차림의 30대 여자가 차에서 내리는 우리를 맞았다. 그녀는 채 마담이라고 자신을 소개했는데, 몇 년이 지나도 기억날 정도로 얼굴선이 곱고 선명했다.

「이 방에서는 어떤 말씀을 나누시더라도 새어 나가지 않습니다. 들어오는 애들도 믿으십시오. 술은 어떤 걸로 올릴까요?」

채 마담이 자리를 잡아 주며 물었다.

「대통령이 먹는 거, 오늘 우리도 그거 한번 먹어 보려고. 그거 줘. 그리고 우리 얘기하러 왔으니까 애들은 필요 없어.」

김병수 사장이 말하자 채 마담은 고개를 살짝 꺾어 보이더니 방을 나갔다. 방은 상당히 넓었는데 병풍이며 그림들이 잘 배치되어 있어 그런지 이상하게도 넓다는 느낌이 들지 않았다.

술이 들어올 때까지 김병수 사장은 주로 기사에 대해 말하면서 내 글 솜씨를 칭찬하는 통에 듣기가 민망할 정도였다.

「그렇게 좋게 봐주시니 감사합니다.」

나는 은근히 실망하면서 말했다. 기연가미연가하면서도 나는 그가 경제에 대해 어떤 정보를 흘릴 것이라 기대하고 있었다.

「물건만 만들고 그 물건을 잘 판다고 해서 회사가 성장하는 건 아닙니다. 돈은 갈퀴로 긁는다는 말을 들을 만큼 벌고 있어요. 앞으로 홍보도 중요한데 마땅한 사람을 구하기도 어렵고…… 하기야 제갈 기자가 써준 그 기사가 바로 홍보 아니겠습니까. 그런데 회사 직원들은 그냥 신문에 난 걸로 좋아하니 아직 멀었죠.」

「홍보 부서도 두시려고요?」

「만들어서 수출하기 바쁘니까, 아직은 홍보의 중요성이나 필요를 못 느끼고 있습니다. 그저 바이어 접대나 잘하고, 날짜 잘 맞추고, 물건 잘 만들면 되니까요. 그걸로도 돈은 충분히 벌 수 있습니다. 하지만 회사가 커지면 달라지겠죠.」

「봉제 말고 다른 걸 하실 계획이신 모양이죠?」

「그럼요, 있지요. 언젠가는 내 손으로 자동차도 만들고 싶고 위성도 만들어 쏘고 싶지요.」

나는 하마터면 웃음을 터뜨릴 뻔했다. 당시 국내에는 자동차 공업 5개년 계획으로 새나라자동차, 기아산업, 울산자동차가 소형 승용차와 5톤 이하 트럭을 생산하고 있었다. 그러나 울산자동차만 고유 모델을 개발하고 있을 뿐 다른 회사는 외국에서 차를 분해해 들여와 다시 조립하여 파는 수준이었다. 그런데 봉제 공장을 운영하는 사람이 자동차를 만들고 위성을 쏘고 싶다니 너무 허풍이 심하다 싶었다.

자동차니 위성이니 허황된 꿈을 꾸기보다는 여공(女工)들에게나 잘하시오. 여공들의 힘으로 연거푸 1억 불을 수출했으니 야간 학교라도 세워 그 애들에게 보답하는 게 어떻소. 그런 말이 가슴을 치며 나오려 했지만 나는 참았다. 당시 국내 여공들의 근무 여건은 열악하다는 말로도 부족했다. 배를 곯지 않기 위해 무작정 상경하는 시골 사람들이 하루에도 1천여 명이 된다는 통계도 있었다. 육대주의 공장은 부산과 대구에 있었지만 구인(求人)의 어려움이 있을 턱이 없었다.

술병이 바닥나는 걸 모를 정도로 나는 그의 얘기에 푹 빠져 있었다. 말솜씨는 없었지만 왠지 신뢰를 주는 능력을 그는 가지고 있었다. 그러고 보니 그는 얼굴만 벌게졌을 뿐 술이 아주 약한 건 아니었다.

「제갈 기자, 나랑 일 같이합시다.」

「예?」

나는 그 뜻을 몰라 급하게 되물었다.

「신문사 그만두고 육대주에 오라는 말입니다.」

「그게 무슨 말입니까?」

「계획이 있어요. 그 계획대로 가려면 당신 같은 인재가 필요해요. 부탁합니다.」

「고맙습니다만, 전 기자직이 좋습니다. 기자가 되기 위해 넘은 산도 그리 낮지 않구요.」

「압니다. 기자가 되는 게 얼마나 힘든지. 하지만 앞으로 세상을 이끌어 갈 주체는 기업입니다. 십 년 만에 우리나라가 여기까지 왔어요. 앞으로 십 년 후면 서울은 빌딩 숲이 되고 수출은 백억 불이 넘어설 겁니다. 이건 아직 혼자만 알고 계십시오. 울산건설이 중동의 오일 달러를 보고 진출했잖습니까? 육대주도 건설업 진출을 시도 중입니다. 아마 다음 달 초면 허가가 날 것 같습니다. 그리고 몇 년 안에 종합 상사 설립도 허가될 것입니다. 그 다음이 중화학 공업으로의 진출입니다. 기업을 다각화하는 것이죠.」

건설업이 중동에 진출했다는 것은 취재한 적이 있었지만 종합 상사에 대해서는 경제부 기자인 나도 모르는 일이었다. 중화학 정책이야 정부가 추진하려는 3대 목표 중 하나였다. 그러나 거기에 들어갈 천문학적인 투자비를 어떻게 조달하느냐가 관건이었다. 나라의 경제를 몽땅 차관에 의지한다는 것도 위험한 일인 까닭이었다.

「저는 한 번도 신문사를 떠난다는 생각을 해보지 않았습니다. 갑자기 그런 말씀을 하시니까 기분이 좀 멍한데요. 마치 너는 신문사보다 기업에 더 어울린다는 말같이 들리기도 하고요.」

「오핸니다. 나는 그런 뜻이 아니라, 나와 같이 국내뿐 아니라 세계를 한번 경영해 보자는 뜻으로 말한 것입니다.」

세계를 경영하자, 참으로 멋진 말이었다. 하지만 나는 부서도 경영한 적이 없는 평기자였다. 날이 차면 어찌어찌 차장까지야 오르겠지만 그 이상은 장담할 수 없었다. 나는 공채로 들어왔고 뚜렷이 나를 밀어줄 상급자도 없었다. 내가 믿는 것은 얕은 내 지식뿐이었다.

「여하튼 저는 신문쟁이로 있고 싶습니다.」

「그럼 며칠, 아니 몇 달 생각 좀 하십시오. 똑똑한 사람이 없으면 회사는 망합니다. 저를 도와주십시오.」

「이건 그냥 궁금해서 묻는 말입니다만, 지금 육대주물산에 싱가포르 지사와 뉴욕 지사가 있는데 혹시 다른 곳에도 지사를 내실 계획이 있으십니까?」

「있지요. 미국에 두서너 곳이 더 필요하지만 그보다 먼저 베트남, 나이지리아, 에티오피아에 진출하려고 합니다. 이미 직원들이 두 명 나가 현지 조사를 하고 있어요. 중동은 동남아를 거쳐 물건을 보내는데 아프리카로 가면 육로로 곧바로 들어갈 수가 있지요. 지사에서는 사정에 따라 건설과 무역도 같이 취급하게 할 계획입니다. 종합 상사가 설립되면 무역 부문을 분리하면 되거든요.」

「아프리카로의 진출을 계획하고 계시다는 말씀입니까?」

놀랄 일이었다. 당시 먹물을 먹었다는 사람들도 외국 하면 우선 미국이 떠오르고 그 다음 유럽과 아시아를 들었다. 아프리카 하면 울창한 밀림과 타잔이 떠오를 뿐 장사는 물론 여행을 하겠다는 사람도 아직 나는 만나지 못했다.

묘하게도 아프리카 진출 계획을 듣자 기분이 좋아졌다. 오지를 탐험해 보고 싶은 갈증에서가 아니라, 비록 계획이었지만 우리 기업이 그곳까지 간다는 것이 기뻤기 때문이었다. 기업이란 더도 덜도 없이 이익을 창출해 내는 조직이다. 그 이익을 창출하기 위해 우리도 해외로 나간다. 보릿고개를 겨우 넘어서고 수입된 설탕과 밀가루에 환호성을 지르던 때가 엊그제였다. 국력의 신장을 느낀다는 게 바로 이런 것이구나 하는 생각이 들었다.

「좋은 계획입니다. 하지만 모험이 아닐까요? 국내에도 물자가 부족해 뭐든 제대로 만들기만 하면 팔릴 텐데 말입니다.」

사실 육대주보다 크고 일찍 창업한 기업들도 대부분 내수에 치중하고 있었다. 만들지 못하는 것은 수입을 하면 됐다. 없어서 못 파는데 구태여 수출할 필요가 없었던 것이다. 또 수출이란 밑지는 장사라는 의식이 팽배해 있었다.

김 사장이 문득 안주를 한쪽으로 밀더니 젓가락 끝에 술을 찍어 상 위에 지도를 그리기 시작했다. 하얀 화선지에 금방 세계지도가 그려졌다. 그는 그 지도 위에 여기저기 점을 찍더니 말했다.

「언젠가는 이 모든 곳에 우리 육대주의 사무실을 내겠습니다. 아니, 다국적 기업들처럼 현지 법인(現地法人)을 만들겠습니다. 그렇게 되면 말 그대로 세계를 경영하는 것이죠.」

불쑥 '육대주'의 뜻이 떠올랐다. 육대주란 아시아, 아프리카, 유럽, 북아메리카, 남아메리카, 오세아니아의 총칭이며 곧 전 세계를 뜻하는 것이었다. 세계를 다니면서 경영을 할 수만 있다면 국내에서 이런저런 사건이나 좇아야 하는 신문 기자보다 못할 것이 무엇이랴 하는 생각이 들었다. 그러나 한편으로는 의심도 들었다. 술 취한 한 기업인의 말만 믿고 내 인생을 즉시 결정하는 것은 좀 무리가 있기 때문이었다.

「고맙습니다. 깊이 생각해 보겠습니다.」

나는 그 정도에서 말을 끝내고 싶었다.

「생각해야지요. 꼭 나만을 위해서가 아니라 이 나라를 위한 결정을 부탁드립니다.」

그가 집까지 바래다주었을 때는 새벽 두시가 지나 있었다. 통행금지가 있었지만 그의 차에는 야간통행증이 붙어 있었다. 그 통행증이 아니더라도 신문 기자라면 통행금지에 걸려 고생하는 일은 일어나지 않을 텐데, 그가 참으로 준비성이 철저한 사람임을 확인할 수 있었다.

두 달이 지나 그해가 다 가도록 나는 김병수 사장과 했던 말을 까맣게 잊고 있었다. 이상하게도 전에 없이 내 기사가 거절되는 수가 많아 다시 쓰느라 바쁘기도 했지만, 무엇보다 그때의 제의를 술자리에서의 지나간 얘기로 여긴 탓이었다. 그즈음 나는 기업주의 비리나 그 돈벌이에 대한 의혹을 제기하는 글을 많이 썼는데, 정의감보다는 빈부 격차에 관심이 있어서였다.

훗날 내가 그랬듯이 해당 기업 측에서는 광고를 반대급부로 하여 회사에 불리한 기사를 빼려고 했다. 신문사에 있어 광고료는 젖줄과도 같은 거였다. 그날도 내 기사가 말썽이 됐다. 점심을 얻어먹으며 부장에게 설득을 당했지만, 나는 물러서지 않았다. 결국 전무실에까지 불려 가고 말았다.

「일 년 동안 통광고를 열 번 하기로 했어. 그럼 됐잖아? 당신이 이긴 거야. 이제 그만 털어.」

전무실로 가면서, 사실 나는 이미 기사를 포기하고 있었다. 그러나 다음을 위해 좀 뻗대었더니 전무가 담배에 불을 붙여 주면서 한 말이었다. 담배를 다 태우도록 나는 아무 말도 하지 않다가 담뱃불을 전무의 재떨이에 눌러 끄며 대답했다.

「알겠습니다.」

그러나 그대로 있어서는 얼굴이 안 서 사무실 부근에 있는 술집으로 갔다. 50대의 여사가 홍어찜을 전문으로 하는 집이었는데, 삭힌 홍어에서 나는 톡 쏘는 냄새가 소주의 맛을 감칠맛 나게 해주어 동료들과 이따금씩 들르곤 했었다.

내가 사무실 인근에 자리를 잡은 것은 다 계산이 있어서였다. 아니나 다를까, 한 명 두 명 동료 기자들이 모여들었다. 여섯 명이 됐을 때 나는 이 정도면 체면치레를 했다고 계산하고 마음을 놓았다.

2차를 마치고 집으로 돌아간 것은 자정을 막 넘긴 시각이었다. 나는 아직 결혼 전이었고 부모와 한집에 살고 있었다. 현관으로 들어선 나는 여느 때처럼 문을 걸고 돌아서다가 깜짝 놀라고 말았다. 김병수 사장이 아버지와 거실에서 질펀하게 술자리를 벌이고 있었던 것이다.

「어서 오시오. 주객전도란 이럴 걸 두고 하는 말일 거요.」

나는 기가 막혔다. 그보다 불콰한 얼굴로 시종 웃고 있는 아버지가 더 이상했다.

「무슨 일입니까?」

「무슨 일은 무슨 일, 오늘 이 아비 기분이 좋다. 김 사장님 얘기를 들으니 술을 안 마실 수가 없더구나. 너는 어떠냐? 한잔 더 할 수 있겠냐?」

나는 아버지가 퇴직한 이후 이렇게 즐거워하는 걸 본 기억이 거의 없었다. 술은 적당할 정도로 취해 있었지만 아버지의 기분을 상하게 하기는 싫었다.

「예.」

「그럼 받아라. 석 잔을 마신 후에 얘기하자. 기자니 후래삼배(後來
三杯)의 뜻은 알 테지?」

「예.」

나는 아버지가 따라 주는 석 잔의 술을 연거푸 마셨다. 어머니가
내 뒤를 왔다 갔다 하며 아버지에게 쉴 새 없이 눈짓을 했지만 소용
없었다.

「네가 늦게 들어오기 정말 다행이다. 안 그랬으면 아들의 고민과
장래에 대해 여기 김 사장님으로부터 어찌 자세히 들을 기회가 있
었겠느냐. 내가 너라면 그 기자라는 대단한 감투를 벗어던지겠
다.」

「기자가 감투라니요?」

나는 어이가 없어 아버지를 바라보았다. 다시 서서히 술이 올랐으
나 피곤하거나 거북해지기보다는 왠지 상쾌해지는 기분이었다. 이
상한 일이었다.

「감투가 아니면 그토록 벗는 데 노심초사를 한단 말이냐?」

「도대체 무슨 말씀이신지⋯⋯?」

「이놈아, 여기 김 사장님이 세계를 같이 경영하자는데, 너는 그 기
자 감투가 아까워 못 벗어던지지 않느냐?」

「⋯⋯.」

김 사장을 보니, 그는 내 눈을 피하며 술잔을 들고 딴전을 펴고 있
었다.

「도대체 아버님께 뭐라고 하셨습니까?」

내가 묻자 김 사장은 술잔을 놓더니 대답했다.

「뭐, 말씀드린 것도 별로 없습니다. 그저 미래에 대한 계획을 잠시 말씀드렸지요. 그보다 돌아가신 아버님이 사범학교 선생님을 하셨다니까 당신께서도 국민학교 선생으로 늙으셨다면서 반가워하시더군요.」

「딴말할 것 없다. 남의 뒤나 따라다니며 되잖은 말이나 적고 구린내 나는 뒤나 캐는 짓 그만 하고 땀 흘려 일해 봐라.」

하기야 아들이 기자가 됐다고 좋아하던 어머니를 핀잔주던 아버지였다. 그런 아버지를 부추긴 김 사장의 의도가 짐작됐지만 화가 날 정도는 아니었다. 하지만 사농공상(士農工商)은 평등하다고 늘 주장하던 아버지의 변화는 좀 의외였다.

「아버님, 그건…….」

「너 그렇게 대단한 신문사에 다닌다는 놈이 왜 시월 유신은 못 막았냐?」

「그거야…… 하지만 우리는 국민의 알 권리를 위해…….」

「그렇다면 이번에는 국민의 복지를 위해 일해 보거라.」

아버지는 마치 농담하듯이 내 말을 받아넘겼다. 아버지는 가족들에게 근엄한 분이 아니었다. 밥상머리에서도 농담을 해 웃기곤 했는데 정년 퇴직 후에 점차 말이 없어졌다.

「…….」

「월급도 지금보다 네 배나 많다. 그 돈이 너무 많으면 가난한 사람들한테도 좀 나눠 주고.」

「아버님!」

「자, 김 사장, 내가 도울 건 이제 없을 것 같소. 우리 술이나 한잔 더 합시다.」

「어르신, 감사합니다. 기대에 어긋나지 않게 열심히 하겠습니다.」

「이놈이 설 쇠면 서른셋이니 아직 늦지는 않았소. 잘 키워 주시오.」

김 사장이 돌아가고 나서 나는 아버지가 따라 주는 술을 두 잔이나 더 마셨다. 어머니가 술상을 걷고 부산을 떨고 나서야 나는 방으로 들어갈 수 있었다. 김 사장이 어떻게 집으로 왔는지, 그리고 아버지와 무슨 말을 나눴는지를 짐작하기는 어렵지 않았다.

김 사장이 집으로 찾아오고 5일이 지난 후, 나는 신문사에 사표를 제출했다. 사직서가 두 번 부장에게서 찢겨졌지만 세 번째는 부장의 한숨과 함께 책상 서랍 속으로 들어갔다.

집에서 꼼짝 않고 일주일을 보냈다. 아버지는 그런 나에게 한마디도 하지 않았다. 다만 끼니때가 되면 내 방으로 와 억지로 끌어내 밥을 먹였다.

'이상하게 아무것도 안 하고 있으면 더 배가 고프다.' 아버지는 그 말을 일주일 동안 열세 번이나 되풀이했다. 마지막 들었을 때, 나는 크게 웃었고 어머니도 따라 웃었다. 밥그릇을 다 비우고 방으로 건너오면서 나는 눈가가 축축해짐을 느꼈다. 참으로 오랜만에 흘려 보는 눈물이었다.

아버지가 전화를 했는지, 아니면 어떤 짐작으로 왔는지 밤 여덟시쯤에 김 사장이 집으로 왔다. 그러나 들어오지는 않고 현관에서 내게 불쑥 봉투를 내밀었다.

「이게 뭡니까?」

「명함이지. 집에서도 의외로 많이 나가는 게 명함이야. 회사에서 쓸 건 또 있으니 이건 집에 놔뒀다가 손님들 오면 쓰라고. 자, 출근해서 보자고.」

그가 나가고 한참이 지나도록 나는 그가 말을 낮추었음을 의식하지 못했다. 아니, 너무도 자연스러워 당연하게 받아들였는지도 모르겠다. 그는 나보다 일곱 살이 더 많았고 대학에서 경제학을 전공했으며 딸 둘과 아들 하나를 두고 있었다.

'기획조정실 차장 제갈 동(諸葛東).'

나는 명함 한 장을 꺼내어 뉴스를 보러 나오는 아버지 눈에 잘 띄도록 거실의 다탁 위에 올려놨다.

나의 봉건 시대

군대 조직은 세 부분으로 나뉜다. 보병은 걷고 기병은 말을 달리고 대포는 끌려간다. 즉, 조직은 서로 다른 작업이 어떻게 수행되는가에 따라 정의된다.

18세기 중엽에 프로이센 왕인 프레더릭이 한 말이다. 학자들은 그 말에 최초의 조직론이라는 꼬리표를 붙였다. 그 후에도 조직론은 숱하게 나왔지만 나는 프레더릭의 이 말을 좋아한다. 군대는 아니지만 기업의 조직도 그와 흡사하다. 생산직은 만들고 영업직은 팔고 관리직은 그 두 조직을 돕기 위해 존재해야 한다. 그러나 인재들이 관리 쪽으로 더 많이 모이면서 관리가 기업의 모든 부서에 군림하는 조직이 되고 말았다.

급성장이란 것은, 경험해 보지 않은 사람은 회사가 좀 빠르게 커나가는 것이라고 생각할 것이다. 하지만 그 경험 선상에 놓여 있는 사람은 속도감에 정신이 없다. 갑자기 사람이 늘고 어제까지 부하 직원이었던 사람이 느닷없이 새로 생긴 부서의 장으로 가는가 하면, 서너 달에 한 번씩 더 넓은 사무실로 이전해야 하는 건 보통이다. 무엇보다 정신을 차릴 수 없는 것은 폭주하는 업무량이지만, 묘한 것은 뭘 할까 하는 사이에 그 업무가 끝난다는 것이다.

끝났다는 것은 마무리가 됐다는 것이 아니라 그 업무보다 더 중요하고 시각을 다투는 일이 계속 생기는 탓에 예전 업무에 신경 쓸 겨를이 없어졌다는 뜻이다. 몇 개월이 지나면 이전의 업무는 저절로 새로운 업무에 묻혀 버린다. 그래도 문제가 생기는 게 아니라, 사무실에 더 생기가 돌고 사람이 늘어나며 현금유동성이 좋아진다면 그게 진짜 급성장이다. 바로 육대주가 그랬다.

나는 출근 첫날 직원들과 인사를 나누기 바쁘게 가져오는 서류를 읽고 도장을 찍는 데 모든 시간을 빼앗겼다. 부서장이 됐다는 감동을 느긋이 누릴 여유도 없었다. 내가 아는 회사의 규정은 관례화된 전결(專決) 건을 제외하고는 최종 결재권자에게까지 결재를 받아야 하는데, 육대주는 파격적으로 그런 결재 라인이 없었다. 사장이 없으면 전무가, 전무가 없으면 그 밑의 부서장이 하는 식으로 그날 그 시간에 사무실에 있던 상급자가 최종 결재를 하게 되어 있었다.

게다가 도장과 서명을 가리지 않았다. 그래서 다른 자리에 가 있을 때 서류가 오면 서명을 하고, 내 자리에 앉아 있다가 서류가 오면 도장을 찍는 식이었다. 훗날 나는 육대주의 대성공이 바로 그런 결재 시스템에 있었다는 걸 확신하게 되었지만 당시로서는 어이가 없었다. 어떻게 금방 입사한 내가 전무와 사장을 대신해서 전결을 한다는 것인지 이해가 되지 않았다. 내 위에는 전무가 한 명 있었는데, 그는 고위 공무원 출신으로 서류상으로만 존재하는 사람이었다. 그러므로 사장이 나가면 서른세 살인 내가 가장 직급이 높았다.

첫 출근을 축하한다며 직원들과 점심 식사를 함께한 사장이 나가고 얼마 있지 않아 두 명이 동시에 서류를 가져왔다. 내 자리에만 도장을 찍자 앞에 선 직원이 말했다.

「전결이라고 쓰고 맨 뒤칸에도 서명해 주십시오.」

「뭔지도 잘 모르고, 거긴 사장님 들어오시면 받아요.」

「그럼 늦습니다. 늦으면 책임지시렵니까? 또 지면 어떻게 지시렵니까?」

그 직원은 아예 짜증스럽다는 듯이 말하면서 재촉했다.

「시간 없습니다. 빨리 찍어 주십시오. 이거 이쪽 공장 원단을 저쪽 봉제 공장에 보낸다는 서류입니다. 돈 쓰는 거 아니니까 얼른 찍어 주십시오. 나가야 됩니다.」

「이건 엘시(신용장: letter of credit)입니다. 빨리 처리하지 않으면 말짱 헛겁니다. 은행에 갔다가 세관에도 가야 합니다.」

그래도 내가 망설이자, 그 직원은 동의도 구하지 않고 내 도장을 집어 마지막 결재란에 탁 소리가 나도록 찍고는 획 나가 버리는 것이었다. 이어 신용장을 내밀었던 직원도 똑같이 행동했다. 나는 어이가 없어 그들의 뒷모습을 바라보고 있어야만 했다. 이건 아니다, 하는 생각이 들었지만 다른 직원들도 워낙 바쁘게 설쳐 누구와 그 일에 대해 얘기할 겨를이 없었다.

퇴근 시간을 약간 넘겨 들어온 사장에게 그 두 명의 무례함에 대해 말했더니 돌아온 대답이 걸작이었다.

「도장 찍으면서 배워야지, 배워서 도장 찍어 주면 우린 망하게?」

그러고는 다짜고짜 한 아름의 서류를 넘겨주면서 덧붙였다.

「우선 이것만이라도 읽어 봐. 그리고 사람이 적으면 나한테 묻지 말고 뽑아. 부산 공장에 내려간 진 계장한테는 연락 없었나?」

아직 대리라는 직급이 없을 때여서 계장이 가장 고참이었다. 얼굴이 벌겋게 달아 서 있는 모습이 딱했던지, 내가 들고 있는 서류를 도로 받으며 사장은 목소리를 낮추었다.

「사 년 동안 내가 이런 걸 다 했어. 쟤네들 일당백이야. 이거 볼 필요 없어. 전부 엘시니까. 내가 사람 뽑을 때 어땠는지 말해 주지. 성적표, 추천서, 나한테는 다 소용없어. 난 얼굴 보고 몸 건강하고 영어로 몇 마디 물어봐서 알아들으면 당장 엘시를 한 장씩 줘서 바로 일을 시켜. 열 명이 지원하면 열 장을 나눠 주지. 물론 어떻게 하라고 설명도 없이 말이야. 그럼 그걸 들고 나간 놈들이 재간껏 일을 처리해서 들어오는데, 그 순번대로 또 그 성공률대로 점수를 줘. 별짓을 다 하겠지. 다른 무역 회사에 선배가 있는 놈은 그 선배에게 물을 테고, 없는 놈은 구박받으면서 알아낼 테지. 여긴 물어도 가르쳐 주는 놈도 없어. 제 발등에 떨어진 불똥도 그때그때 끄기 바쁘거든. 일할 사람은 그렇게 뽑아야 해. 여긴 학교도 아니고 군대도 아니야. 시키는 거 그대로 하는 거 누가 못해. 쟤네들 다 그렇게 들어온 애들이야. 지금이야 수표로 끊어 가서 은행에서 바꾸지만, 몇 년 전에는 서울과 부산 간 은행에 이체가 안 되는 통에 돈 포대를 열 개씩 가지고 부산 내려가서 월급 줬던 애들이야. 그래도 사고 한 번 안 냈어. 당신 도장을 가져다 찍은 건, 처음부터 내 도장 갖다가 찍게 해서 그래. 믿어야지, 안 믿고 어떻게 일을 하나? 그렇게 일하는 게 버릇이 돼서 그러니까 너무 속상해하지 마. 첫해부터 일한 놈들은 앞으로 다 과(課) 차려서 분가시킬 거야. 그때까지만 좀 참아. 똘똘한 놈들 한 서른 명쯤 더 뽑고.」

「서른 명씩이나 말입니까?」

「그래도 모자라. 보면 모르나? 우린 지금 기차가 아니라 비행기를 타고 가는 거라고.」

그날 사장에게 들은 일 처리법을 나는 그대로 따라 했고, 훗날까지 그 방법은 사원의 능력을 가늠하는 잣대가 되어 버렸다. 그러므로 다른 종합 상사는 선배와 후배가 같이 다니며 일을 처리했지만 육대주의 담당자는 늘 혼자였다. 처음엔 우리가 느리고 틀리고 어설픈 것 같았지만 6개월이나 1년이 지나면 다른 어느 회사보다도 빠르고 정확했다. 누구에게도 책임을 떠넘길 수 없다는 걸 파악한 담당자는 최선을 다했고, 성공 뒤의 단 열매 또한 그 혼자 차지했다.

국내와 세계 곳곳에서 육대주의 명함을 들고 다녔던 숱한 인재들이 비록 지금은 다른 일을 하고 있더라도 육대주의 그 문화는 두고 두고 자랑스럽게 생각하리라. 승진과 동시에 늘어나는 책임과 의무, 그리고 경쟁 회사보다 세 배나 많던 월급…….

기자들도 냉정할 정도로 동료의 일에 서로 간섭하지 않는다. 그런 생활에 몇 년간 훈련되어 있던 내게도 육대주 첫날의 그 인상은 오랫동안 지워지지 않을 만큼 강렬한 것이었다. 막말로 오줌 누고 뭐

볼 사이도 없는 도떼기시장이었다. 사장은 그 후에도 자세한 설명도 없이 다짜고짜 일을 맡겨 나를 황당하게 하기 일쑤였다.

그렇게 한 달이 지나자, 겨우 일이 돌아가는 순서를 파악할 수 있었다. 그러나 그것도 잠시일 뿐 또 다른 일이 생기는 바람에 정신이 없기는 마찬가지였다. 다행히도 기획조정실 직원 스물아홉 명은 모두 동작이 빠르고 유능했다. 당시로서는 흔치 않은 4년제 대학 출신들이었는데, 하나같이 도떼기시장 기업 문화를 즐기고 있는 듯했다. 일이 많은 것 같아 내 딴에는 사람을 더 지원하려고 한 적이 몇 번 있었다. 그러자 그 담당자는 능력을 무시한다면서 불같이 화를 내는 것이었다. 그 사장에 그 부하 직원들이었다. 그렇다고 자신의 일을 빼앗길까 봐 업무를 움켜쥐는 것도 아니었다. 업무는 수시로 바꿀 수 있지만 그 일을 하는 동안에는 설익은 간섭이 싫다는 것이었다. 몇 번 간섭했다가 그 업무와 관련된 서류를 내 책상 위에 갖다 놓는 통에 낭패를 당하기도 했다.

오직 일 욕심 때문이라는 걸 파악한 나는 지원 요청 없이는 간섭하지 않기로 했다. 그러자 더 능률이 올랐고 나와의 사이도 차츰 나아졌다. 욕심과 용기가 합쳐진다면 무슨 일인들 못할까. 사장이 자랑한 대로 직원들은 일에 미친 사람들이었다. 급신장은 계속됐고 도떼기시장 같은 사무실 분위기도 여전했다.

날이 지나면서 그들과의 술자리도 생기기 시작했는데 그것도 전원이 모이는 것이 아니라 그때그때 사정이 되는 사람들끼리의 회식이었다. 그런 자리는 신문사에서 터득한 터였다. 나 또한 억지로 소집하는 회식을 그리 좋아하지 않았던 것이다.

「차장님을 싫어하지 않는 이유는 딱 둘입니다. 하나는 기자 출신이라는 것과 또 하나는 눈치가 빠르다는 겁니다. 이 일도 하다 보면 재미가 있습니다. 선적하러 사흘을 꼬박 새우고 새벽에 트럭 열 대를 끌고 인천으로 달려간 적도 있었습니다. 우리가 자주 이용하는 배 선장이 네덜란드 놈이었는데 제날 제시간에 안 오면 조금도 기다리지 않고 그냥 떠나는 냉정한 놈입니다. 그런데 그 자식도 내가 다섯 번이나 초주검이 되어 시간을 지키니까 그때부터는 조금씩 마음을 열더군요. 우리 물건을 안쪽에다 실어주기도 하고 한 시간씩 기다려주기도 했습니다. 미운털 박히면 짐이 배 가장자리에 실립니다. 파도가 높기라도 하면 실린 물건 몇십 프로는 못 쓰게 됩니다.」

「신문사 기자, 저도 해보고 싶었습니다. 그런데 이차에서 미역국 먹었습니다. 그리고 고시에 매달렸는데, 그거 한 해 해보니까 골 때리더군요. 그래서 여기를 지원했습니다. 지금은 마음이 편안합니다.」

「사장님, 물건입니다. 백 년에 하나 나올까 말까 한 물건이죠. 내장의 반은 간일 겁니다.」

나는 차츰 그들이 좋아졌다. 내가 먼저 그들을 이해하기 시작하자 이상하게도 회사의 일이 모두 보이기 시작했다. 다른 술자리에서 그 얘기를 했더니 이제 육대주의 사람이 된 것이라며 다들 웃었다.

해외 건설업 팀을 보충하면서 사무실이 좁아져 더 넓은 곳으로 이사를 했다. 제2공화국 경제 장관을 지낸 유석진(柳石鎭) 씨가 부사장으로 건설의 대표 이사를 맡았다. 임원은 없고 부서장은 진급한 과장들이 많았다.

그 시절을 여행하다 보니 가슴 아픈 기억이 하나 떠오른다. 물산의 수출 팀 과장 진영구(眞榮求)의 죽음이었는데, 그는 바로 내가 출근하던 첫날 내 도장을 들어 찍었던 친구였다. 그 친구뿐 아니라 모든 직원들이 금방 낚아 올려 펄펄 뛰는 상어 같았지만, 이상하게도 사장을 대하는 태도만큼은 깍듯하다는 말이 무색할 정도였다. 뭐랄까, 비유가 맞는지 모르겠지만 중세의 왕당파(하긴 이 말은 그들이 먼저 내게 해준 말이었다)들 같았다. 그것이 신뢰에서 오는 것이라는 걸 나는 차차 알게 되었고 나도 모르게, 아니 나답지 않게 나도 그들처럼 되어 갔다. 새로 들어온 신입들이 조금 배웠다고 공화파나 되듯이 까불라치면 왕당파들이 본때를 보였다. 며칠 술로 떡을 만들고 고참들도 어렵다는 일을 몰아주기 시작했다. 너 잘났으니 해보라는 식이었는데, 결국 이기는 쪽은 말할 것도 없이 왕당파였다.

당하다 당하다 지친 그 직원이 불평이라도 좀 하면 기다렸다는 듯이 일을 거둬 가면서 한마디했다.

「좋은 회사 들어가면 연락해 줘. 나도 좀 옮겨 보게.」

그러고는 상대도 안 하는 건 물론, 매달려도 더는 일을 나눠 주지 않았다. 당시 대졸자들이 갈 만한 곳은 은행과 몇 안 되는 무역 회사 정도였다. 게다가 회사의 규모들이 작아 채용 관문은 늘 바늘구멍이었다.

그렇게 해서 떠나게 된 직원이 사장에게 그간의 일들을 항의해 봐야 돌아오는 말은 역시 곱지 않았다.

「사장 된다고? 한번 놀러 와. 도와줄 것 있으면 여기 사람들 좀 도와주고.」

그러고는 다 들으라는 듯이 말했다.

「데리고 일하는 놈이 젤 잘 알아. 다른 데 신경 쓰지 말고 제 일들
이나 챙겨.」

그런 일에도 진영구는 단연 앞서 나갔던 걸걸하고 활달한 친구였
다. 그는 1980년 중반 육대주종합상사의 이사가 되어 알제리 지사
장으로 있었는데, 느닷없이 콩스탕틴의 한 뒷골목에서 다섯 발의 총
을 맞은 채 시체로 발견되었다. 나는 그의 시신을 거두면서 그와 지
냈던 날들이 떠올라 참 많이 울었다. 이미 죽은 이를 두고 알지도 못
하면서 그 죽음의 원인을 유추한다는 것은 고인에게 미안한 일이지
만, 나는 그가 배짱 때문에 죽은 게 아닌가 생각된다. 그 후에도 종종
세계 곳곳에서 인질로 잡히거나 죽는 임직원들이 있었는데, 인질로
잡히면 회사는 달라는 금액보다 더 주더라도 늘 그들을 구해 냈다.
내가 진영구 이사의 죽음을 유추하는 건 풀려 난 이들의 말 때문이
었다.

「시키는 대로만 하면 죽이지는 않습니다. 무슨 원한도 없고 오직
돈이 목적이니까요.」

내가 근무한 25년여 동안 불의의 사고로 죽은 임직원만도 스무 명
에 가깝다. 1983년 사할린 공해상에서 승객 269명을 태운 대한항공
007기가 소련 전투기의 미사일을 맞고 추락하여 전원 사망한 그 속
에도 육대주 임원 아홉 명이 있었다. 중동 전쟁 때는 부근에서 작업
을 강행하다가, 입찰 서류 가방이 돈 가방인 줄 알고 강도가 쏜 총에
맞아 죽은 직원도 있었고, 사막 공사 현장에서는 텐트에만 의존하며

일을 강행하다 열사병에, 또는 이름도 모르는 풍토병에 걸려 죽은 직원들도 있었다.

사장은 순직한 임직원들을 모두 한 직급씩 승진시켰고 그 가족들에게 경제적인 지원을 아끼지 않았다. 훗날 그룹에는 그들의 자식들이 성장해 입사했는데 그중에는 아버지의 뒤를 이어 임원이 된 사람도 세 명이나 되었다.

그해 나는 입사 4개월 만에 관세법 위반으로 재판을 받았다. 육대주는 규모가 작은 카스테레오 공장도 가동하고 있었는데, 부품 전량을 미국에서 들여와서 조립해 수출하는 '주문자 상표에 의한 생산(OEM)' 방식이었다. 그 수출입 작업을 하면서 사장은 갓 시험 생산된 다량의 반도체를 포함한 전자 부품을 카스테레오 부품으로 위장하여 들여오다 발각된 것이었다. 문제가 먼저 터진 것은 우리 쪽이 아니라 미 국방성에서였다. 당시 미국은 첨단 장비 부품을 무기수출방지법으로 묶어 국외로 나가는 걸 강력히 제지했다.

사장은 처음 일본에서 부품을 구하려 했었다. 그러나 일본 역시 그런 법이 있었고, 또 뒷거래는 워낙 가격이 높았다. 결국 미국을 택했고, 미국의 수출상들은 자국의 세 배 가격으로 우리에게 수출한 것이었다.

일이 터지고 청와대로 불려 들어갔다 온 사장은 몹시 풀이 죽어 있었다.

「대통령을 모시고 있는 놈들이 반도체가 뭔지도 몰라. 그리고 나라 망신시켰다고 미국 놈들보다 더 지랄이야. 마치 미국의 법을 어기면 당장 멸망이라도 할 듯이 기고 있다니까. 그러니 대통령인들 어떻게 하겠어? 법대로 처리하는 수밖에. 그 자식들 월남에서 들여오는 보따리는 잘도 봐주던 놈들이야. 그런데 미 국방성이 전화 한 통 하니까 새파래져서 법대로 하겠다는 거야. 도둑질도 손발이 맞아야 한다더니, 이거야 원, 겁 많고 시장 물정도 모르는 책상물림들하고 무슨 일을 해.」

반도체란 말은 선진국에서, 그것도 관심 있는 사람들만이 쓰고 있던 때여서 나 또한 뭐가 뭔지 감이 잡히지 않았다. 다만 사장이 일본과 비슷한 시기에 컴퓨터를 조립하려 한다고 어렴풋이 느꼈을 뿐이었다. 우리보다 크다는 전자 회사들도 겨우 트랜지스터를 이용해 라디오를 생산하고, 텔레비전을 수입해 자사 상표를 붙여 판매하던 시절이었다.

컴퓨터 2만 대를 조립할 수 있는 양의 그 반도체는 인천항에 들어온 즉시 압수되어, 무식하고 안이한 세관원들에 의해 습기와 소금기가 있는 일반 창고에 방치되었다. 온도와 염도가 조금만 높아도 기능을 상실하는 예민한 부품이라고 직원들이 세관에 찾아가 사정을 해보았지만 소용이 없었다. 그 반도체 말고도 텔레비전 브라운관보다 수십 배나 정교한 모니터용 브라운관이 들어오게 되어 있었고, 완제품 하드 디스크도 들어오게 되어 있었지만 더 이상 선적되지 않았다.

뿐만이 아니라 계약금도 고스란히 날아갔다. 그 수입이 성공했더라면 우리 컴퓨터 기술은 초장부터 일본과 어깨를 나란히 할 수 있었을지도 모른다. 그 생각만 하면 저절로 한숨이 나온다.

나는 사장이 대통령을 만나고 와서 그 얘기를 했을 때만도 내가 재판을 받게 될 줄은 몰랐다.

「네가 회사를 위해 과잉 충성을 하다가 일을 이렇게 만든 것으로 처리했으니까 그리 알아. 나 빼놓고 네가 제일 높아서 그리 된 거니까, 기분 나쁘게 생각하지 말고. 생각할수록 그 새끼들 학벌이 아까워, 학벌이. 미국에서 박사 학위를 받았다는 것들도 내 얘기가 허황되다는 거야. 그런 새끼들 이해시키려면 비싸도 완제품을 들여와야 해. 그런데 어떤 미친 나라가 막 개발한 컴퓨터를 주냐고. 준다 해도 소문이 나면 너도나도 들여와 가격만 잔뜩 올릴 거야. 두고 봐라, 우리나라 공무원들 때문에 망할 날이 올 테니.」

나는 그의 말을 들으면서 내가 이 무슨 시대에 안 맞는 희생인가 싶어 정신이 다 멍멍해졌다.

재판은 비밀리에 약식으로 열렸다. 판결은 물품 전량을 미군에 반납하고 벌금 20만 원을 납부하라는 것이었다. 재판을 받으면서 나는 대통령이 봐주기는 봐주고 있다고 생각했다. 벌금이 내 한 달 월급과 비슷했기 때문이었다. 재미있는 사실은 나를 변호한 유일한 (柳一漢) 박사의 짤막한 변론이었다. '피고 제갈동은 개인과 회사만을 위해 위장 수입을 한 게 아니라 나라의 장래를 꽃피울 기술을 위해 수입했던 것입니다. 또한 피고는 대한민국 사람입니다. 미국이 시킨다고 하여 그를 벌한다면 역사가 이 재판을 어떻게 평가하겠습니까?'

재판은 일사천리로 끝났고 나는 수갑 한 번 차보지 않고 그 자리에서 풀려 났다. 유일한 변호사는 사장의 대학 선배로 뒷날 민주화 운동에 참여했던 운동권 인사들의 무료 변론으로 유명해진 사람이었다. 그러나 그때는 육대주에 적(籍)을 두고 있었다. 회사가 커지면서 육대주에는 60여 명의 국내외 면허를 소유한 변호사들이 상임 혹은 비상임으로 근무했다. 유일한 박사는 그들을 이끌고 각국에서 터지는 국제법 관련 소송의 변호를 맡으며 우리와 함께하다가 다행히도 육대주의 몰락을 보지 않고 1993년 지병으로 세상을 떴다.

그런 일이 있으면 며칠 동안 후유증이 있게 마련이건만 어찌 된 것인지 회사에서는 그 일에 대해 물어보는 직원도 없었다. 사장 또한 수고했다면서 따로 불러 밥 한 그릇 사주지 않았다. 알고 보니 그런 일을 겪은 사람은 내가 처음이 아니었다. 고참들은 거의 한 번씩 각종 민형사상의 피고로 재판을 받은 경력을 가지고 있었다.

1973년 시작된 제1차 석유 파동은 기업들을 위기로 몰아넣었다. 그러나 사장은 그 위기를 기회로 생각하고 오히려 경영다각화 계획을 진행시켜 나갔는데 모두가 수출을 염두에 둔 것이었다.

결국 정부도 기업의 다각화가 부(富)를 창출할 수 있고 그 부가 곧 가난과 배고픔을 몰아낼 수 있다고 판단하고 기업이 팽창하는 것을 돕기 시작했다. 매년 수출의 날에 크고 작은 상을 받아 왔던 육대주 물산은 내가 입사한 1974년에 드디어 최고 영예인 수출 3억 불 탑을 받았는데, 정부가 나서서 육대주의 성공을 대대적으로 홍보할 정도였다.

1975년에야 한국 정부는 종합 상사 설립규정을 만들어 허가했지만 우리는 이미 몇 년 전부터 그 일을 하고 있었다. 그러나 정부의 수출 지원 자금을 제공받기 위해서는 허가가 필요했다.

종합 상사 허가를 신청하기 석 달 전 어느 날, 사장은 나를 부르더니 여섯 명의 공채 직원을 데리고 일본에 다녀오라는 것이었다.

「무슨 수단을 쓰든지 일본 종합 상사들을 집중 조사하고 돌아와. 기한은 길게 잡아 두 달 줄 테니까, 빨리 끝나면 얼른 돌아오고.」

합작이나 기술의 이전을 약속받은 회사가 없었으므로 나는 일본에 도착해 짐을 풀자마자 우선 신문사 특파원들을 찾아다녔다. 몇 명은 각별한 사이였으므로 나는 한 달도 되기 전에 카피한 서류를 한가방 들고 귀국할 수 있었다.

돌아온 날 사장은 나를 술집으로 끌었다. 이런저런 얘기 끝에 며칠 뒤 보고서를 올리겠다고 하자 사장은 픽 웃으며 말했다.

「관둬, 나한테 보고할 만큼 많이 보고 느끼고 배웠다면 됐어. 나를 가르쳐서 뭘 하나? 보고서도 필요 없어. 시간 나는 대로 밑의 애들 가르치면서 정부에서 허가받을 때 공문이나 잘 만들게 해. 자본금도 올렸고 수출도 3억 불이 넘었으니 허가를 받는 데 문제는 없겠지만 혹시 알아, 서류 잘못 만들어 창피나 당할지.」

나는 그때 내가 이 사람을 평생 주군으로 모셔도 후회하지 않을 것이라는 느낌을 받았다. 내가 그런 느낌을 받은 것은 그의 통이 커서가 아니라 바로 일의 핵심을 정확히 짚고 있었기 때문이었다. 조직의 생동력은 그 힘에 좌우되지만 순발력에 좌우된다고 해도 과언이 아니다. 아무리 좋은 계획이나 목표를 세워도 완전이라는 이름 아래 시간을 지지고 볶는다면 백전백패다. 그리고 상사의 맘에 들게 하려고 담당자가 이리저리 뒤튼 보고서는 자칫 판단을 흐리게 해 애초의 목표를 상실할 수도 있었다.

「핵심이 뭐야? 더 짧고 명확하게 하란 말이야. 이걸 내가 다 읽고 생각한다면 당신들이 무슨 필요가 있어? 이걸 쓰느라고 여러 명이서 밤새 초주검 됐을 거 아니야? 그럼 일은 어떻게 하나?」

언젠가 몇 명이 밤을 새워 작성한 20여 쪽의 보고서를 올린 임원에게 사장은 그렇게 무안을 주기도 했다. 더 짧고 명확하게, 그리고 글을 쓸 시간이 없을 때는 구두로 하라는 것이었다.

사장은 내게 무역보다 해외 건설에 신경을 쓰게 했다. 한국 건설업체의 중동 진출은 내가 입사하던 해인 1974년 1월 30일 정부가 국내 건설업체의 해외 진출을 종용하고 허가하면서 시작되었다. 같은 해 2월 14일 정부는 자국 해외 건설업체의 이익을 보호하기 위해 사우디아라비아와 민간경제협력위원회를 설립했다. 또 4월 4일에는 대규모로 민간기업가들과 각료급 사절단을 중동에 파견하고 모든 해외 공사에 정부가 지급 보증을 선다고 발표했다. 발 빠른 정부의 협조로 선발 주자인 울산건설과 아동건설(亞東建設) 등이 일부 공사를 수주(受注)할 수 있었다.

우리도 사장을 비롯해 총 여섯 명이 사우디아라비아에서 몇 달 동안 상주하며 각종 공사 입찰에 참가했다. 하지만 결과는 늘 들러리로 끝났다. 일이 돌아가는 걸 파악한 사장은 느닷없이 전원 귀국을 지시했다. 우리는 풀이 죽어 도망치듯 중동을 떠났다.

귀국 후 며칠 되지 않은 어느 날, 굳은 얼굴로 청와대에 들어갔던 사장이 화색이 도는 얼굴로 나왔다.

「우린 아프리카와 남미로 간다!」

사장은 대통령의 추천서를 흔들어 보였다. 그 추천서는, 육대주건설이 어느 공사를 하든 정부가 보증을 서겠다는 내용이었다. 돈으로 말하자면 백지 수표나 다름없는 그 서류를 사장은 수십 번이나 들여다보면서 흥분했고, 처져 있던 건설 팀의 사기는 무섭게 타오르기 시작했다.

그러나 훗날 소문을 들으니 정부가 지급보증서를 발급해 준 회사는 우리뿐만이 아니었다. 박 대통령은 국력을 키우기 위해 죽어도 좋다는 각서를 쓸 용기가 있는 해외 건설업체 서너 군데에 국가적인 보증을 서준 것이었다. 정부의 지급 보증은 공사가 부실화됐을 경우에 모두 국민들이 책임져야 하는 것을 뜻했지만, 그건 나중의 문제였다. 그때를 전후하여 그 지급 보증에 대한 잘못을 꼬집는 비판 기사가 없었다고 기억하는데, 신문이 몰랐던지 아니면 강력하게 보도금지령이 내렸던 것일 게다.

어쨌든 우리는 사기가 올랐지만, 도망치듯 철수한 중동에서는 다른 문제가 불거지기 시작했다. 바로 덤핑 입찰이었다. 문제를 파악한 정부는 급히 중동으로 진출한 업체들에게 공동 출자를 유도하여 한국해외건설회사(KOCC)를 설립했다. 그 기구로 하여금 사전에 입찰가를 조정하도록 한다는 것이 계획이었다. 그리고 그 기구에서 인정한 공사에 한해서만 은행을 통한 지급 보증을 한다는 것이었다.

전화위복이란 바로 이런 걸 두고 말할 것이다. 사기가 꺾여 중동 바닥을 떴던 우리는 새로운 각오로 세밀히 검토한 결과, 남미의 에콰도르에 도로 공사가 있다는 것을 알았다. 사장은 서둘러 스페인 어 전공자를 새로 뽑게 하더니 일주일 만에 그만을 데리고 에콰도르로 날아갔다. 그리고 열흘 후에 돌아올 때는 1천9백만 달러의 공사계약서를 들고 있었다.

공기(工期)는 1년이었다. 사장은 6개월이 지날 때까지 무려 아홉 번이나 현지에 다녀오면서 현장근무자들을 재촉하고 독려했다. 9개월째로 접어들 때 사장은 내게도 출장 준비를 시켰다.

「지금쯤은 공사장이 볼 만할 거야. 처음에야 뭐 있나. 허허벌판에 누더기처럼 임시 움막만 있었지.」

비행기에서 옆자리에 있는 내게 사장이 말했다.

「뭐든 많이 봐라. 그보다 더 좋은 공부는 없으니까.」

사장은 너무도 자상하게 나를 키토 시 현장으로 인도했다. 내가 무슨 정부감독자라도 되는 양 일일이 설명을 하면서 안내해 미안할 정도였다.

공사장에서 사장은 작업자들과 똑같이 먹고 똑같은 곳에서 잤다. 그런 현장을 처음 본 나로서는 날이 새도 감동이고 어두워져도 또 감동이었다. 그중에서도 나를 특히 숙연하게 만든 것은 사장이 주방 에서 보여 준 돌발 행동이었다. 이 구석 저 구석을 돌아보던 사장과 내가 주방에 이르렀을 때는, 마침 직원 몇 명이 배추로 김치를 담그 고 있었다. 그걸 본 사장이 얼른 소매를 걷어붙이며 덤벼들었다. 그 리고 남미의 배추는 연해 손에 너무 힘을 주면 뭉개진다면서 조심스 레 포기를 열며 양념을 박아 넣었다.

처음 그가 소매를 걷을 때만 해도 잠깐의 연출이려니 하고 나는 웃고 있었는데, 그가 세 대야의 김치를 모두 담갔을 때는 감격스럽다 못해 숙연해졌다.

주방을 나오면서 사장이 말했다.

「이제 싸움은 시작됐다. 세계 시장에서 영어 몇 마디 하고 마음만

모질게 먹는다고 성공할 수 있는 게 아니야. 정신의 무장 없이는
져. 정신, 목숨을 거는 정신. 내가 김치를 담근다고 맛이 더 나아지
겠냐? 나만 직업지들의 마음을 어느 정도 위로할 수는 있겠지. 사
장도 삽질하고 주방에서 김치 담근다, 그럼 된 거 아냐? 윗사람이
란 이런 거야. 처져 있는 놈은 달래서 좀 끌어올려 주고, 너무 날
뛰는 놈은 찍어 눌러 옆의 놈들과 키를 맞춰 주는 거야.」

그날 저녁 식사 때 사장은 준비해 간 술을 돌리게 하고는 말했다.

「나, 키토 시에서 돈 남기려고 일 따지 않았어요. 그런데 당신들이
밤낮없이 열심히 해서 공기를 이 개월이나 앞당겼어요. 그래서 남
았어요. 그러니 나누어 가집시다. 경험 없이 이 개월을 앞당겼으
니 경험만 쌓으면 공기 오륙 개월 앞당기는 건 식은 죽 먹기일 거
요.」

그러고는 그 즉시 현장담당자에게 30퍼센트의 상여금 지급을 지
시했다. 술이 몇 순배 돌았을 때 파견된 현장담당자들과 근로자들의
사기는 하늘을 찌를 듯했다.

그날 사장은 잠자리에 들기 전에 나를 불렀다. 담배를 달라는 것
이었지만 뭔가 지시할 말이 있을 것 같아 잠시 서 있자 앉으라더니
말했다.

「당분간 수출은 애들에게 맡기고 우리는 건설을 해보자. 가능성이
보여. 이거 정말 재미나. 너도 봤지?」

「예.」

「해보자. 참, 그리고 경영자라는 게 말이야, 그렇더라고. 내가 직접
삽을 잡고 땅을 열심히 팔 필요는 없어. 그저 삽을 들고 옆에 얼씬

거리면 그만큼 관심이 많다는 걸 뜻하는 거니까 작업자들은 힘을 다하는 거지. 거기다가 네가 만든 그 사보(社報)라는 거 진짜 잘 시작했다. 거기에 여기 현장근로자들이 나오고, 또 그 집 식구들이 나온 글 있잖아. 왜, 국내에서 삼 년에 벌 돈을 여기서는 육 개월에 번다, 또 그 부인이 그 돈으로 집을 샀다는 거 말이야. 그걸 보고 누가 나가고 싶지 않겠냐. 난 그런 거 생각도 못했다. 넌 기자 출신이니까 역시 그런 점은 나보다 빠르더라. 그런 식으로 우리 한번 해보자. 우리 처음에 얘기했듯이 지구촌을 확 뒤집어 보는 거야.」

「알겠습니다. 노력하겠습니다.」

「기분 정말 좋다. 난 잘 테니까 너는 술 더 할 수 있으면 나가서 내 대신에 애들 기분 좀 맞춰 줘라.」

내 지시로 식당에는 다시 술판이 차려졌다. 사장이 없으니까 근로자들도 부담스럽지 않은 모양이었다. 나는 사장 흉내를 내어 한 사람씩 돌아가면서 술을 따르고 그들과 시선을 맞추었다. 볕에 그을고 우락부락하게 생긴 그들 중에는 나와 시선이 마주치자 부끄러워 얼른 시선을 돌리는 근로자도 있었다. 나는 그들의 바람이 좋은 대우와 높은 임금이라고 생각하고 있었다. 그러나 말을 들어 보니 그게 다가 아니었다.

「우리 그렇게 얌통머리 없게 바라지만은 않습니다. 지금 받는 임금, 그걸로 만족한다고는 못하겠지만 또 크게 불만도 없습니다. 그러나 진짜 바라는 것은 계속 일을 하는 것입니다.」

그들은 모두가 이 일만을 위해 모집된 계약직이었다.

돌아오는 비행기에서 나는 사장에게 근로자들의 말을 전했다. 사장이 잠시 생각하더니 말했다.

「수단과 리비아에 박 대통령의 추천서를 부쳤으니 좋은 소식이 오겠지. 공사를 따면 알아서 일 년씩 재계약시켜.」

「일 년은 너무 불안한 모양입니다.」

「앞으로 공사는 계속 있을 테니까 그때 가서 늘리면 되잖아. 꼭 필요한 기술자들은 아예 직원으로 뽑든가, 한번 연구해 봐. 남미는 이 공사 끝나면 철수할 거야. 그 안에 수단과 리비아를 다녀오자. 여긴 미국하고 너무 가까워. 미국 놈들이 내가 계속 돈 먹게 놔둘 것 같아?」

「알겠습니다.」

사장의 계획이 바로 회사의 계획이었으므로 나는 그 말을 새겨들었다.

「아프리카, 잘못들 알고 있어. 그 땅 전부가 밀림이고 동물이 우글거리는 걸로 아는데, 아니야. 가보면 알겠지만 밀림이 있고 살기가 괜찮은 곳에는 우리가 시공할 공사가 없어요. 우리가 맡을 공사는 하루 종일 차를 달려도 나무 한 그루 구경할 수 없는 사막이란 말이야. 서양 애들 그런 데서 절대로 일 못해. 그 악착같은 일본 애들도 장비 내버려 두고 도망가는 곳이니까. 아프리카 다음엔 중국과 소련, 그 다음엔 북한을 먹을 거야. 장사는 장사, 사상은 사상이지.」

「북한……..」

나는 너무도 놀라 입이 닫히지 않았다. 우리가 탄 비행기는 상파

울루에서 도쿄로 가는 JAL747기였다. 비행기를 타면서 알아보니 기내에 한국인은 사장과 나뿐이었다. 그런데도 나는 놀란 눈으로 기내를 한 바퀴 둘러보았다. 북한을 북괴로 부르지 않고 북한이라고 불러도 그 사상성이 의심되던 시절이었기 때문이다. 내가 여전히 기자였다면 장안을 들썩이게 할 특종감이었을지도 모른다.

「너도 일한 지 일 년이 넘었으니 하나 물어보자. 최고가 되려면 어떻게 하면 되겠냐?」

「최고 기업이 되는 법 말입니까?」

「그렇지.」

「저는 경험이…….」

「남의 의견을 유도하거나 실컷 듣고 나서 나오는 꾀라는 것은 지혜라고 할 수 없어. 넌 앞으로 나를 위해 큰일을 할 사람이야. 그러니 내숭 떨지 말고 가슴속에 있는 생각을 말해 봐.」

「저는 이제 겨우 일 년이 조금 넘었습니다.」

사장은 성격이 너무도 급해서, 질문한 후 대답을 기다리지 못하고 스스로 답해 주는 경우가 많았다. 그래서 질문을 받고 뜸을 들이면 의외의 수확을 얻는 수가 많았는데 이번에는 아니었다.

「이제는 나올 때가 됐으니 말해 봐.」

「시키시니 하겠습니다만, 듣고 나시면 저에게 실망하실 겁니다. 제 말이래야 이 사람 저 사람이 적어 놓은 책에서 읽은 것들입니다. 솔직히 저는 아직 회사와 저를 합체(合體)시키지도 못했습니다. 그래도 이야기를 해야 되는지 모르겠습니다.」

「괜찮아, 네 생각은 어떤지 알고 싶어서 그래.」

「저는…… 앞선 자들이 희생해야 한다고 생각합니다.」

「어떻게 희생을 하라는 거야?」

「후대에는 가난을 물려줄 수 없다는 거죠.」

「그건 만날 박 대통령이 하는 소리잖아?」

「그렇습니다.」

「싱겁기는, 또 없어?」

「연구소를 만들어야 합니다.」

「연구소?」

「예.」

「만들지 뭐. 일본의 정경의숙(政經義塾) 같은 거 말이지?」

「아닙니다.」

「아니야? 그럼 어떤 연구소?」

「제가 말씀드리는 연구소는 말 그대로 제품만을 연구 개발하는 연구숩니다. 당장 연구소를 차리기 부담스럽다면 대학에 지원을 하여 제품에 대한 연구를 하도록 해야 합니다. 그렇지 않으면 우리는 계속해서 선진국의 제품을 모방하느라 허덕일 겁니다. 부품도 당장에 좋고 가격이 맞는다고 해서 수입에만 의존하면 안 됩니다. 부품을 국산화하지 못하면 장사를 해도 결국은 이익을 부품 수출국에 몰아주는 역할만 할 뿐입니다. 그런 일에 사장님이 앞장을 서야 한다고 저는 생각합니다. 물론 사회 문제에도 때에 따라 적극적으로 나서야 합니다. 가장 큰 힘은 국민에게서 나옵니다. 기업인이 국민의 힘을 두려워하는 시대가 오지 않았으면 합니다. 하지만 올 것입니다. 왜냐하면 선진 제국의 기업들은 이미 국민이 무섭다는 걸 알고 있는 까닭입니다. 우리도 언젠가는 그렇게 될 것입니다. 정치인들을 등에 업고 일을 하면 성장하기는 쉽지만 지키기에는 힘이 듭니다. 그들이 수시로 손을 벌릴 것이기 때문입니다. 결국 국민들을 업고 일을 하는 것보다 궁극적으로는 위험합니다. 국민에게 존경받는 기업인, 그 기업인은 정치인도 어쩌지 못합니다. 그게 살길입니다.」

「앞으로는 말을 좀 쉽게 해라. 그냥 국민의 기업이 되자 하면 될걸, 그렇게 말을 돌려. 알았어. 나도 다 내가 가지려고 이렇게 뛰는 거 아니야. 연구소, 그거 한번 생각해 보자고. 그리고 정치인 우습게 아는데, 그렇지 않아. 기업은 말이야, 돈이 필요할 때 못 구하면 끝이야. 한 달 후에 몇천억이 들어오면 뭘 하나. 당장 내일 월급 줄 백억 원이 없다면 직원들이 일을 할 것 같아?」

「그건 그렇습니다만, 제 생각이 그렇다는 것입니다. 저, 해외 현장에 한 달에 두어 번씩은 영화를 상영했으면 합니다만…… 일테면 서부극 같은, 그래서 그 주인공이 목이 타고 입술이 갈라 터지고 비틀거리다가도 살아 나가는…….」

「그런 건 네가 좀 알아서 해. 내 결정 들으려다 기회 놓치지 말고. 아직도 회사 돌아가는 걸 모르겠냐? 네 일은 네가 찾아서 해야지, 나보고 일일이 다 찾아 달라는 거야?」

나는 머쓱해졌다.

「죄송합니다. 그건 제 일입니다.」

사장은 기내식을 먹고 잠을 자기 시작했다. 참으로 신기한 것은 그의 시도 때도 없는 잠이었다. 그는 할 일이 없으면 아무 데서나 잘 잤다. 그러나 할 일이 있으면 그 일이 끝날 때까지 버텨 아랫사람을 참으로 괴롭게 만들었다.

'그래, 내가 높이 올라갈 수 없다면 이 사람이라도 올라가게 해야 한다. 그러면 그 다음 자리는 내 것이 되지 않겠는가.'

그날 이후 나는 사장을 진정한 주군으로 생각하고 모셨다. 먼 훗날, 주군이 정치를 해야겠다면서 내게 의향을 물었을 때 내가 이렇게 대답했던 것도 충심에서였다.

「안 됩니다. 정치를 하시려거든 그룹을 저에게 주십시오. 그럼 제가 돈을 계속 벌어 정치 자금을 대겠습니다.」

「뭐야? 자식, 말하곤…… 그룹을 달라니…….」

나는 덧붙여 이렇게 말하고 싶었으나 참고 있었다.

왜냐하면 정치의 실패는 시장의 실패보다 나와 당신에게 훨씬 더 치명적인 상처를 남길 것이기 때문입니다. 저는 지금이 당신의 꿈을 훨씬 더 넓고 높게 펼칠 수 있는 기회라고 믿습니다. 지금 당신의 의사 결정은 정치인들 수십 명이 합하여 이룬 결정보다 더 가치가 있고 당신을 따르는 우리에게 꼭 필요한 것입니다. 또 보다 중요한 건 당신의 성공과 실패 속에는 제 인생도 함께 있다는 것입니다. 그러므로 당신이 망가지는 걸 도저히 두고 볼 수가 없습니다.

그러나 그를 바로잡으려는 사람보다 흔들어 이득을 보려는 사람이 더 많았다. 그 사람들은 밖에서는 말할 것도 없고 그룹 내에서도 숱하게 머리를 내밀었다. 한때 그들이 득세하여 회장을 싸고 도는 통에 나는 20일 동안 회장을 만나지 못한 때도 있었다. 그 와중에서 주군의 사모님으로부터 심한 욕설을 듣기도 했다. 사모님은 나에게

날 선 목소리로 이렇게 말했었다.

「당신 뭐 하는 사람이야? 회장님 보필하라고 월급 줬으면 이럴 때 앞에 나서야 되는 거 아냐? 그런데 상도 차리기 전에 재를 뿌려? 당신같이 무능한 사람이야 그 자리 지키려면 회장님이 계속 그 위치에 있는 게 좋겠지. 그렇게 도움을 못 주겠으면 당장 그 자리 재주 있는 사람에게 줘!」

나는 머리가 뜨거워질 정도로 화가 났지만 끝까지 아무 소리도 않고 무사히 넘겼다. 며칠 후 여당의 대통령 후보에게 끌려가다시피 간 회장이 호텔 방에서 밤이 이슥토록 꾸지람을 듣고는 돌아왔다. 새파랗게 질린 회장은 이튿날 오전 정치에 뜻이 없다는 내용의 기자 회견을 했다. 사흘쯤 지나자 사모님이 다시 전화를 걸어 왔다.

「멀리 못 보는 여자가 한 소리에 아직 꽁해 있지는 않지요? 미안해요. 이제 와서 보니 당신이 정말 충신이에요.」

씁쓸한 기분으로 나는 이렇게 대답했다.

「제가 뭘 압니까? 자리를 지키려고 했을 뿐입니다.」

「아유, 알았어요, 알았어. 회장님이 고집 세다고 늘 말씀하십디다. 어쨌든 난 사과했으니까 그리 알아요.」

그래선지 나는 25년여 동안 사모님의 개인 심부름 따위는 하지 않았다. 그룹이 한창 끗발이 올랐을 때 임원들은 사모님을 작은 회장이라고 불렀다. 그녀의 입속 혀처럼 놀아 2년 사이에 네 단계 진급을 한 인사도 있을 정도였다. 주군께서도 사모님에게는 겁을 내는지 주로 피하는 편이었다. 10년 전쯤 딱 한 번 내게 불만을 털어놓은 적이 있었다.

「얼마나 억센지 당할 수가 없어. 첨엔 그 억센 것 때문에 덕을 많이 봤는데 이젠 몸서리가 나는구나.」

나는 회징 앞에서 정말로 백치처럼 활짝 웃어 그 말이 맞다는 신호를 보냈다. 결국 나를 보고 회장도 한참이나 허허거리며 웃었다.

나무와 꽃

2년여 동안 눈코 뜰 새 없이 바빴다. 그사이 육대주는 열한 개 회사로 불어났고 해외 현장 파견을 포함한 전 직원이 6만 명으로 불어났다. 그제서야 이름값을 하기 시작한 기획조정실은 종합 상사니 건설이니 중공업으로 보낼 직원을 뽑는 데만도 정신이 없었다. 우리 부서의 인원은 마흔 명에 육박했고 네 개의 과로 나누어졌다. 또 그룹 경영 관리와 금융, 인사를 총괄하는 과와 대내외 홍보과를 새로 신설했다.

나는 부장으로 승진하여 부서를 총괄했는데 과장 둘은 새로 뽑았고, 2년간 수행 비서를 한 고한목(高翰穆)과 진영구를 과장대리로 승진시켰다. 부서원 전체가 젊었으나 그래도 서른여섯 살의 나이로 부장님이라는 소리를 들으니 조금 멋쩍었다. 하지만 속에서는 더 큰 욕망이 용솟음쳤다. 속내를 숨기고 기회를 봐서 사장에게 너무 이른 승진에 부담이 간다고 말하자, 사장이 픽 웃더니 말을 받았다.

「당신 나이가 조금만 더 들었어도 이사로 진급시켰을 거야. 내가 왜 당신과 조정실 친구들을 빨리 올리는 줄 알아? 일을 쉽게 하기 위해서야. 낮은 직책으로 일을 하러 계열사로 가봐. 당신보다 높은 놈들이 직급 높다고 일을 제대로 해줄 것 같아? 이러쿵저러쿵 말들만 많을 뿐이지. 내 지시라면 할 수 없이 하겠지만 능률이 오를 리 없어. 그 대신, 조정실 친구들은 에이급으로 써야 돼. 그래야 계열사에서 쓸데없는 소리가 안 나오지. 난 말이야, 군대는 안 가봤지만 영화를 보고 많이 배워. 외국의 별 몇 개 단 장군들 보좌관이 영관급이야. 그게 무슨 뜻이겠어?」

나는 그 말을 듣고 더욱 감동하여 주먹을 살짝 쥐며 마음속으로 약속을 했다. 1년 전 결혼할 때 사장은 결혼기념으로 진급을 못 시켜 미안하다면서 1년만 고생하라고 식장 입구에 서 있던 내게 말했었다. 그가 약속을 지켰으니 나 또한 그를 위해 헌신적으로 일하겠다는 다짐이었다.

그사이 육대주의 종합 상사와 건설은 기업 공개를 마쳤고, 고려중공업을 인수하여 개명(改名)한 육대주중공업도 기업을 공개할 준비에 한창이었다. 우리가 재계라는 바다에서 성난 파도처럼 꿈틀거리자, 시중에는 '겁 없는 육대주의 아이들'이란 소문이 자자했다. '아이들'이란 머리가 조백(早白)하여 겉모습은 관록이 붙은 듯했지만 마흔 둘인 김병수 사장과 나, 새파란 나이의 과장들을 가리키는 말이었다.

뒷날 그룹 내에선 출세하려면 대머리보다 머리가 희어져야 유리하다는 말이 유행한 적이 있었다. 그래서인지 유독 육대주에는 나이에 비해 조백한 임직원이 많았다. 남들은 놀라 새치를 뽑아 댈 나이에 육대주의 임직원은 자랑으로 삼을 만큼 사장의 흰머리는 명물이었다.

그사이 나는 열세 번이나 사장의 해외 출장을 수행했는데, 주로 중동과 아프리카 지역이었다. 열심히 영어 회화에 매달린 덕분으로 사전을 뒤적이지 않고도 대충 의사 전달은 할 수 있을 정도였으나, 수행 비서는 승진한 고한목을 제외하고는 모두 외국에서 석사 학위 이상을 받은 사람으로 뽑았다. 그들을 그리 힘들이지 않고 채용할 수 있었던 것은 정부의 강력한 중화학공업정책 덕분이었다. 대통령의 의지로 재미(在美) 한국 과학자들이 높은 프리미엄을 받으면서 영구 귀국하는 경우가 많았는데, 그들을 통해 그 자녀들을 자연스레 끌어들인 것이었다. 그들의 집안사람들이 정부가 주도하는 각종 방위 산업의 중추를 담당하면서 정보 수집 능력도 겸하게 되어 회사로서는 일석이조였다.

고려중공업의 인수는 이렇게 하여 전격적으로 이뤄졌다. 어느 날 청와대를 다녀온 사장이 나를 부르더니 약간은 흥분된 목소리로 말했다.

「대통령이 오늘 백억 달러 정도 수출을 해야만 달러 고갈에서 벗어날 수 있다는 보고서를 보여 줬다. 앞으로 온 국력은 수출로 모아질 거야. 그러나 우리 생산 구조로는 그 정책의 선두에 설 수가 없어. 중공업으로 진출하지 않고서는 닭 쫓던 개 지붕 쳐다보는 꼴 당하는 거지. 울산을 빼면 중공업에 투자를 늘리는 기업이 현재로서는 별로 없어. 한다는 것들도 갈피를 못 잡고 있고. 정부가 경영하는 중공업은 적자가 누적되어 팔려고 곧 내놓을 거야. 다른 기업이 서류를 준비할 때 우리가 선수를 쳐야 돼. 그 일을 할 만한 사람으로 팀을 만들어 봐. 얼마를 들이든 사람을 얼마를 뽑든 알아서 하고.」

나는 그 말을 듣기 전부터 사장이 탐을 내며 예의 주시하고 있는 기업이 고려중공업이라는 걸 알고 있었다. 이 회사는 일본이 합작에서 손을 떼고 역시 합작 파트너인 미국 회사가 더 이상의 투자도 철수도 못하고 망설이고 있는 덩치 큰 회사였다. 경영부터 단추가 잘못 끼워져 부실로 곪을 대로 곪은 회사였지만 엔진을 생산하는, 이 땅에 하나밖에 없는 공장이었다.

몇 달 전에 회장은 적자가 늘어난다는 기사를 읽더니 신문을 내던지며 말했었다.

「내가 맡으면 일 년 안에 흑자를 내겠다. 경영의 경 자도 모르는 관리들이 공장을 돌리고 있으니.」

나는 고려중공업이 민영화될 때 인수 1순위를 차지하기 위해 총 여섯 명으로 된 X팀을 만들었다. 그들에게, 고려중공업의 자산은 물론, 중역과 책임연구원들이 다달이 쓰는 경비와 월급, 그들이 휴일에 주로 찾는 곳이며 만나는 사람, 가족 관계, 그동안 거래했던 은행까지 할 수 있는 한 모두 조사하도록 했다.

중화학공업정책을 자세히 들여다보면 박정희 정권과 재계의 미래가 실타래처럼 엉켜 있음을 알 수 있었다. 그 정책의 성패에 따라 박정희라는 한 개인이 적어도 국민을 가난에서 구했다고 역사에 기록되느냐 마느냐 하는 중요한 기로이기도 했다.

정치와 기업의 유착을 단순히 돈이 왔다 갔다 하는 것쯤으로 생각해서는 안 된다. 거기에도 저급한 유착과 고급한 유착이 있기 때문이다. 고급한 유착은 정치와 경제의 '묵시적 합의된 이익' 혹은 '묵시적 이익의 합의'로, 기업은 돈을 벌 수 있는 기회를 갖는 것이고, 정권은 경제를 끌어올림으로써 보다 확실하게 정권을 재창출하는 것이다. 저급한 유착은 서로만의 이익을 위해 그때그때 사안별로 기업이 주는 돈을 정치권이 받고 그 반대급부를 주는, 말 그대로 검은돈 거래다.

우리의 준비는 적중했고 고려중공업은 우리의 손으로 들어왔다. 그때를 전후하여 은행과 학계, 언론계, 심지어 정부에서도 유능하다고 소문난 사람들이 무수히 특채되었다. 나는 그들이 몰려오는 것에 불안감을 느끼기보다 육대주가 내 상상보다 더 크게 될 것이라고 확신하며 기뻐했다. 그만큼 나는 사장에게서 전폭적인 신임을 얻고 있었다.

국내의 일이 어느 정도 자리를 잡아 가자 사장은 다시 해외 건설에 매달리기 시작했다. 그즈음 계획보다는 늦었지만 나이로비 지사가 설치되어 막 진급한 대리 한 명이 주재원으로 근무 중이었다. 그 대리로부터 한 장의 보고서가 날아온 것은 1977년 4월 14일이었다. 내가 그날을 정확히 기억하는 것은 바로 수단의 사막에서 죽을 고비를 넘겼기 때문이었다.

나이로비 지사에서 보낸 보고서를 근거로 한 아프리카 진출 계획서를 들고 청와대에 들어갔다 나온 사장이 나를 불렀다.

「정부에서 외교 팀이 수단과 수교를 요청하기 위해 우리와 같이 나간다. 준비해. 수단은 아프리카에서 가장 큰 땅이야. 거길 깨물어 맛을 보자고. 맛이 괜찮으면 다 먹어 버리는 거지. 리비아도 계속 추진하면서 말이야.」

4월 16일, 정부의 외교 팀 네 명과 우리 측 네 명은 사우디아라비아로 출발했다. 우리는 모두 여권을 두 개씩 가지고 있었는데, 그것은 중동과 아프리카에서는 자신들의 적대국에 갔던 사람의 입국을 철저히 통제했기 때문이었다.

이렇게 준비를 철저히 하기까지 참으로 많은 시행착오를 겪어야 했는데, 특히 미수교국으로의 입국 때가 그랬다. 사전에 정보란 정보는 모두 긁어모아 준비해도 현지에서는 그것이 이미 소용없는 경우가 허다했다. 그래서 수단에 대해서는 가능한 전 채널을 동원하여 정보 조사를 해두고 있었다.

공항에서 외교 팀이 큰 비밀이라도 알려주듯 생색을 내며 준 정보를 사장에게 건네주자, 대충 쓱 한번 훑어보더니 픽 웃으면서 말했다.

「병신들, 중학생한테 조사를 시켜도 이것보다는 낫겠다. 우리 것 그 새끼들한테 주지 마. 한번 주면 매번 달라고 귀찮게 하니까. 리비아 얘기는 꺼내지도 말고.」

그들이 준 정보는 일반 개황과 정치, 역사 따위로 제목은 그럴듯했지만 그 내용은 참으로 초보적인 수준이었다. 대통령인 누메이리에 대한 정보만도 우리 것은 네 페이지였으나 그들이 준 내용은 겨우 아홉 줄에 불과했다.

대기업에, 그것도 종합 상사나 해외 건설 회사에 근무했던 적이 있던 사람은 내 말을 이해할 것이다. 물건을 팔려면 그들의 습관은 물론 그들이 무슨 색을 좋아하고 어떤 음식을 좋아하며 심지어 잠자리 문화와 화장실 문화가 어떠한지까지도 꿰고 있어야 한다. 그래야 그들이 좋아할 이름을 제품에 붙이고 좋아할 색과 모양으로 디자인할 수 있다는 것은 기본이다. 그 후에도 여러 번 정부와 일을 같이한 적이 있었지만, 그들에게서 부러운 것은 무슨 무슨 고시를 패스했다는 이력 하나뿐이었다.

사우디아라비아의 항구 도시 지다에서 수단 입국 허가를 기다리는 동안 내 입술이 터졌다. 지다는 홍해를 낀 항구로 그 풍광이 너무도 매혹적이었지만, 그 당시 내 눈에는 아무것도 보이지 않고 머릿속에는 수단 입국을 허가한다는 비자 도장만이 어른거렸다.

딱지가 진 내 입술을 본 사장이 위로인지 핀잔인지 한마디했다. 사장이 들어와 입을 열기 전까지 방에 모여 있던 우리는 무려 두 시간 동안 한마디도 않고 있었다. 내 밑의 둘은 내 눈치를 보고 나는 전화통을 노려보고 있었던 것이다.

「간이 그렇게 작아서 참 큰일 하겠다. 몇 시간 마음 졸였다고 입술이 터지면 며칠 기다렸다간 내장이 터지겠다. 옆방 외교 친구들은 자나? 왜 저렇게 조용해?」

「안 가봤습니다. 그 사람들도 애가 타겠지요.」

「안 된다고 가서 몇 분 미안한 척 고개 숙이고 있으면 되는 사람들이야. 우리하고는 입장이 달라.」

우리와 같이 온 실무 팀은 사무관급 이상으로 모두 네 명이었다. 나는 그들이 부르지 않는 한 그들의 방으로 먼저 가지는 않았었는데, 나중에 들으니 그들은 홍해변을 걸으면서 영화 〈십계〉를 얘기했단다.

숨을 죽이며 기다리던 그날 오후 여덟시, 전화벨이 울렸다. 입국이 허가됐다는 전화를 받으면서 나는 손이 떨려 자칫 수화기를 놓칠 뻔했다. 내 행동만 보고도 알아챈 두 명의 직원은 탄성을 질렀다. 사장이 있는 방으로 달려갔더니 방 안이 담배 연기로 자욱했다. 그 기다림이 어떠했는지, 콧마루가 찡했다. 그러나 내 말을 듣고 사장은 짐짓 여유를 부렸다.

「예측을 얼마나 잘하느냐에 따라 몸이 고달픈 걸 줄일 수 있어. 대통령 친서를 가지고 온 우리를 입국시킬 것은 뻔한 일이잖아? 일이 성사되고 안 되고는 그 다음 문제야. 우리끼리 왔다면 입술이 터진 게 이해가 돼. 그러나 이건 나라와 나라의 일이라고. 게다가 박정희와 누메이리는 둘 다 권총으로 권좌에 앉았고, 둘 다 배고픈 국민을 먹여 살리겠다는 목표를 세웠어. 그 정도는 알아야지.」

내 감정이 조금 꿈틀하다가 이내 수그러들었다. 그도 조바심을 냈지만 적어도 나처럼 아랫사람을 침대에 눕지도 못하게 할 정도로 분위기를 험악하게 만들지는 않았다는 깨달음 때문이었다.

「듣기로 울산은 입찰 준비를 하면서 전원이 문을 걸어 잠그고 누가 나가지도 들어오지도 못하게 한답니다. 물론 그 안에서는 세수도 목욕도 안 되고 음식을 시켜 먹은 그릇을 쌓아 놓아 냄새가 진동을 한다고 합니다. 서류가 다 되면 그 서류를 밟으면서 마치 전쟁터로 나가듯이 방을 나가며 기세를 올린다고 합니다. 그 방법을 따라하는 업체도 있답니다.」

나는 얼른 말을 돌렸다. 사장이 나를 빤히 쳐다보더니 고개를 돌리며 말했다.

「거긴 거기대로 방법이 있고, 우린 우리대로 방법이 있는 거지. 술 가지고 온 것 있냐?」

「수단에서 쓸 것 말고 여분이 두 병 있습니다.」

이슬람 국가에서는 술을 내놓고 구할 수가 없다. 때에 따라서는 돈보다 더 소중하게 쓸 수가 있어 고급 위스키 일곱 병을 가져왔는데, 공항에서 통과할 때마다 돈을 집어 줘야 했다. 사장은 떠나기 전부터 누메이리와 꼭 술을 마시고 말겠다고 호언장담하고 있었다.

「재네들 불러서 한잔씩들 하자. 축하해야지.」

그날 밤 우리 여덟 명은 술 두 병을 마시며 자축했다. 당연히 외교팀이 주인 격이었으나 사장과 대통령의 관계를 아는지 그들은 나서거나 건방을 떨지 않았다. 나이가 사장보다 많은 팀장인 과장은 유독 사장에게 은근히 대했는데 그것은 훗날을 위한 포석인 듯했다.

격정거리가 없어야 잠자리가 편하다는 건 알고 있었지만, 그 밤의 잠은 참으로 꿀맛이었다.

4월 19일, 우리는 하르툼 공항에 도착했다. 수단 측은 우리를 호텔로 안내했는데 호텔 수준이 참으로 가관이라고 외교 팀의 불평이 상당했지만, 사장은 오히려 이상하게 생각될 정도로 싱글벙글이었다.

밤이 되도록 수단 측에서는 아무런 연락도 오지 않았다. 우리는 첫날이라 그런 줄 알고 식사를 한 후 일찍 자며 휴식을 취했다. 그런데 이튿날도 종일 연락이 없자 불안해지기 시작했다. 그 불안감은 비자 발급을 기다리던 것보다 더했다.

「이 자식들, 일을 어떻게 하는 거야? 사람을 불러 놓고 코빼기도
보이지 않으니 우리보고 어떻게 하라는 거야?」

언제 연락이 올지 몰라 밖으로 나가지도 못하고 호텔에서 먹고 자
며 기다리자니 화도 나고 지루해 죽을 맛이었다. 국제 전화도 안 돼
집으로는커녕 회사로도 연락을 취하지 못한 채 이틀을 보내자 일행
은 누가 먼저랄 것도 없이 돌아갈 준비를 했다.

사흘째 되던 날 아침, 대통령궁에서 사람이 왔다는 소리를 듣고 여
덟 명 모두 로비로 뛰쳐나왔다.

「저녁에 영빈관에서 가든파티가 있습니다. 대통령과 경제, 국방,
외교 장관님이 참석하십니다. 오후 다섯시에 모시러 오겠습니다.」

자신의 이름은 베루며 대통령 비서관으로 일한다고 소개한 그 친
구는 매우 깔끔한 영어를 구사하고 있었다. 나는 너무 반가워 악수
를 하면서 안아 주고 싶었지만 꾹 참았다. 그에게 담배를 권하자 그
가 물었다.

「담배 한 갑 주실 수 있습니까?」

「오케이, 잠시만, 잠시만 기다려 주십시오.」

나는 방으로 뛰어 들어가 담배 다섯 갑을 가지고 나왔다. 그걸 본
베루의 얼굴이 활짝 펴졌다. 우리의 정보가 정확했던 것이다. 수단
은 모든 물자가 부족했으나, 궐련 제조 기술이 부족해 특히 담배가
귀했다. 그 부족 현상은 우리가 수단에서 일한 20여 년 동안 내내 그
랬고, 웬만한 관공서의 일 처리는 담배 몇 보루로 해결되는 경우가
많았다.

「감사합니다. 당신은 참 좋은 사람입니다.」

베루는 내 손을 잡아 흔들며 그렇게 말하고는 돌아갔다. 그를 보내고 아침 식사를 했는데, 전날 저녁까지는 모래를 씹는 것 같던 음식들이 그제야 제 맛을 냈다. 호텔 식당의 최고급 요리는 아프리카식 소스를 얹은 연어구이와 양고기구이였는데 사장은 2인분을 해치울 정도로 식욕과 의욕을 되찾고 있었다.

「많이 먹어 둬. 대통령 면전에서 음식 먹느라 기회 놓치지 말고.」

나는 사장의 말을 듣고는 여섯 가지 과일로 된 샐러드와 망고를 더 시켰다. 말라리아에 좋다 하여 먹어 본 망고의 맛이 너무도 기막혔기 때문이었다.

베루가 오기 한 시간 전부터 일행은 로비 귀퉁이에 있는 커피숍에 모여 있었다. 우리는 정중한 인사 연습을 하거나 서류를 살피며 긴장을 풀지 않았다.

다섯시 10분, 베루는 페인트가 벗겨져 얼룩이 진 12인승 미니버스를 타고 왔다. 외교 팀은 어이가 없는지 서로를 쳐다보면서 얼굴이 굳어졌지만 사장은 도착했을 때처럼 또 연신 싱글벙글이었다.

「저런 버스도 수단에는 여섯 대밖에 없어. 정보가 저렇게 느리니 출세를 못하고 사무관으로 끝내고 연금으로 사는 거야.」

대통령궁 연회실에서 만난 자팔 누메이리 대통령은 그때껏 보았던 깡마른 아프리카 인들답지 않게 비대한 몸집이었고 군복을 입고 있었다. 모자는 서로 소개가 끝난 후 벗었지만, 식사 시간 내내 단추 하나 풀지 않고 시종 굳은 표정이었다.

수단은 1956년 영국과 이집트로부터 독립, 58년 이브라힘 아부드의 쿠데타를 거쳐, 64년 반정부 폭동에 의해 민정에 복귀되었다. 그러나 69년 누메이리가 쿠데타를 일으켜 다시 군이 정권을 장악했다. 71년 누메이리는 민선 대통령에 신출되었는데, 거기까지는 아부드가 걷던 길을 그대로 세습한 것이었다. 하지만 그 후에는 달랐다. 누메이리는 민간인으로 총리와 내각을 임명하고는 사회주의 노선을 선언했던 것이다.

「각하를 만나 무한한 영광입니다. 대한민국 대통령과 국민을 대신하여 수단민주공화국의 발전을 기원합니다. 대한민국은 각하의 수단과 수교하기를 강력히 희망합니다.」

외교 팀장이 정중하게 누메이리에게 인사하면서 대통령의 친서를 전달했다.

「우리는 중국과 조선민주주의인민공화국과 같은 노선을 걷고 있습니다. 때문에 수교는 당장 처리하기가 곤란합니다. 하지만 사업에 대해서는 협의할 용의가 있습니다.」

그러자 굳어 있는 외교 팀장을 대신하여 사장이 나섰다.

「대통령 각하의 말씀을 잘 들었습니다. 그러나 우리가 이곳에서 각하가 원하는 경제 협력을 하고 싶어도 수교가 없이는 어렵습니다. 우선 육대주건설은 자국의 돈으로 사업을 해나가는 것이 아니라, 정부의 지급 보증으로 제삼국에서 돈을 빌려 공사를 시공합니다. 그리고 그 돈을 해마다 발주한 나라에서 수금하여 갚아 나갑니다. 그런데 수교가 되지 않아 양국간 경제 협력이 맺어지지 않으면 어떻게 돈을 빌릴 수 있겠습니까?」

그러면서 하나하나 사업 구상을 설명해 나갔다. 그러자 누메이리가 문득 일어서서 말을 막았다.

「오늘은 파티에 오셨습니다. 많이 드시고 그 일이라면 다음날 경제 장관과 얘기하시오.」

파티는 한 시간쯤 더 이어졌다. 파티래야 술이 없으니 커피를 마시고 과일이나 씹으면서 서로 필요치도 않은 얘기를 나누는 게 고작이었다.

이튿날 아침을 먹고 있는데 대통령 비서관 베루가 찾아왔다.

「나도 이런 말을 전하게 되어 기쁩니다. 대통령 각하께서 김 사장님과 단독 면담을 하고 싶어하십니다.」

그 말을 듣자 사장은 흥분하기 시작했다.

「가져온 홍삼하고 술 두 병을 챙겨. 그리고 고액권으로 만 불만 내 윗도리에 넣어 놔.」

이번에는 메르세데스벤츠가 왔다. 나와 사장, 통역을 맡은 고한목 과장이 그 차를 타고 호텔을 나서려 하자 외교 팀이 응원해 주었다.

「부탁합니다. 김 사장님만 믿습니다.」

사장과 누메이리 대통령의 단독 면담은 네 시간 동안이나 이어졌다. 나는 베루 비서관과 식사를 하고 그의 방에서 기다리면서 뭔가 일이 풀려 간다고 생각했다. 대체로 처음 만나는 사람끼리 얘기를 오래 나눌 경우, 일이 잘 풀리고 있는 것임을 경험으로 알고 있었다. 아니나 다를까, 사장이 나오더니 호탕한 목소리로 말했다.

「됐어. 가자, 가서 얘기하자.」

얼굴이 벌겋게 달아오른 것으로 봐 술을 몇 잔 한 것 같았다.

「술 하셨습니까?」

「했지. 이슬람이고 지랄이고 대통령하고 먹는데 누가 말려.」

고한목은 완전히 녹초가 된 듯 충혈된 눈으로 나를 보면서 제발 살려 달라는 표정이었다.

호텔이래야 3층 건물에 겨우 샤워 시설과 낡은 일제 에어컨이 왕왕 소리를 내며 돌아가는 후텁지근한 방이었지만 나도 얼른 돌아가고 싶었다. 기다리는 동안 온갖 상상으로 내 머리도 깨질 듯이 아파 왔던 것이다.

그날 밤 누메이리는 우리 모두를 초청해 술을 돌리면서 느닷없이 사장 칭찬을 늘어놓았다.

「김 사장은 정말 능력 있는 사람입니다. 나, 기분 좋아요. 우리 앞으로 정말 많은 걸 같이해 나갈 겁니다.」

그러고는 그 자리에서 영사 관계 수립문서에 서명하겠다는 것이었다. 외교 팀이 서류를 가지고 오지 않았다고 하자, 비서를 불러 호텔에서 가져오라는 호의를 베풀 정도로 누메이리의 기분은 최고조였다.

「저 새끼들 제발 닮지 마라. 기업에서 저렇게 빨리 포기하고 서류도 가지고 다니지 않으면 그 회사는 당장 굶어 죽으니까.」

사장은 우리들에게 그렇게 말하며 혀를 끌끌 찼다.

누메이리 대통령이 공식 서명한 수교 날짜는 공포 하루 전인 1977년 4월 21일이었다. 또 육대주와는 영빈관 건설 서류에 서명했는데, 수도 하르툼에 지상 12층, 지하 1층, 총 208개의 객실을 갖춘 호텔을 겸한 요인 숙소를 짓겠다는 것이었다. 말할 것도 없이 우리가 지을 영빈관은 수단 최고의 건물이었다. 게다가 재미있는 것은 그 자재를 어디에서 가져와도 좋다는 것이었는데 사장은 망설임 없이 한국에서 가져다 쓰겠다고 말했다. 그것은 일종의 자기 과시였는데 한국의 자재와 기술로 너희 나라에서 가장 높고 좋은 건물을 지어 주겠다는 것이었다.

하지만 바로 그 모험적인 사장의 발상 때문에 육대주건설은 참으로 많은 난관을 헤쳐 나가야 했다. 국내에서는 멀쩡하던 자재가 사막에서는 속을 썩였기 때문이었다. 배에서 내려진 기자재들은 뒤틀리고 색이 변하고 강도에 약해지는 등 많은 문제가 발생했다. 그 뒤 마치 전쟁터의 무기 수송을 방불케 하는 수송 작전이 이뤄졌고, 1년 뒤 사장은 약속대로 영빈관을 지어 냈다. 누메이리에게 약속한 2년에서 그 절반의 공기를 앞당긴 쾌거였다. 누메이리는 사장에게 완전히 반해 훈장을 두 개나 달아 주며 사장을 가장 가까운 친구라고 호칭했다. 뒷날의 일이지만 1980년대 포트수단의 타이어 공장 기공식에서는 그날을 '한국의 날'로 공포하기도 했다.

하여간 사장이 어떻게 구워삶았는지 이미 누메이리는 어제의 날카롭고 근엄한 사람이 아니었다. 시종 웃으면서 위스키를 다섯 잔이나 마셨다. 그리고 이튿날은 대통령 비서관들을 시켜 버스로 하르툼을 관광시키는 친절도 베풀었다.

그들이 처음 우리를 안내한 곳은 동물원과 박물관이었으나 시설이 낙후되었다는 인상만 심어 줬을 뿐 아프리카라는 느낌은 들지 않았다. 피라미드와 암몬신전 등이 있는 메로웨에는 자동차로 다섯 시간 이상이나 걸린다고 하여 포기했고, 대신에 나는 나일 강으로 가자고 했다. 그래서 우리는 화이트나일과 블루나일이 합쳐지는 장관을 구경할 수 있었다.

나는 수단의 독립군이 막강한 화력을 앞세운 영국군에 대항해 싸웠던 진흙 참호에서 사진을 찍었고, 사장은 열대여섯 살 정도 되는 아이의 자전거를 뺏어 타는 바람에 아이를 울리기까지 했다. 그때 사장은 그 애에게 1백 불짜리 지폐를 쥐여 줬는데, 아이는 꿈같은지 한동안 멍하니 서 있었다. 아마도 아이는 그 돈으로 부모를 기쁘게 했을 뿐만 아니라 마을에서 가장 좋은 집을 살 수도 있었으리라.

귀국하는 날까지 사장은 걸핏하면 대통령궁으로 불려 갔다가 밤이 이슥해서 돌아오거나 아예 날이 새면 돌아오는 경우도 있었다.

마침내 모든 행사가 끝나고 귀국하는 날이 왔으나 사장은 떠날 생각을 않고 내게 일렀다.

「포트수단에 지을 타이어 공장을 여러 외국 기업에 오퍼한 모양인데 내 눈으로 직접 봐야겠어. 여기 신용장을 만들어 대출 받게 애들을 보내고 너는 남아.」

포트수단은 홍해의 항구 도시로 수단의 제2도시였고 19세기 초에는 노예 시장이 열리던 곳이었다.

「이놈들 이상해. 수도 하르툼의 공해를 생각할 겨를이 없을 텐데, 포트수단에 공장을 지으려는 걸 보면 아무래도 수송 때문인 것 같아. 아프리카에서 가장 큰 타이어 공장을 지어 배로 수출하려는 계산인 거지. 가보자. 가서 과연 공장을 지을 만한지 확인하고 내가 하겠다고 나서는 거야. 그래서 아예 허락을 받아 내자. 영빈관 건으로 만 불을 주고 건마다 만 불씩 주기로 했다.」

내가 가장 궁금해하던 문제를 사장이 얘기하기 시작했다. 늘 그랬지만 궁금해도 조금만 참으면 사장은 있었던 일을 다 말해 주는 자상함이 있었다. 이해를 못하는 사람은 비밀 누설이라고 들먹일지 모르지만 그렇다고 사장의 입이 가벼운 것은 결코 아니었다. 회사와 관계된 일은 제아무리 중요한 비밀이라도 측근에게는 알려야 한다고 그는 늘 강조했다. 그러면서 덧붙이곤 했다.

「코카콜라 회장과 사장은 한 비행기에 절대로 타지 않는다는 거야. 왜냐하면 그 맛의 비밀을 두 사람만이 알고 있기 때문이라나. 둘 다 죽으면 회사가 끝장이라는 거지. 참으로 대단한 친구들이야. 세계를 지배하는 장사꾼은 뭐가 달라도 달라.」

대통령의 지시가 있었으므로 우리는 비서관이 동행되거나 차량편을 제공해 주는 줄 알고 있었다. 그러나 호텔로 우리를 찾아온 사람은 뜻밖에도 국방 장관이었다. 그는 대통령의 오른팔로 재산도 상당하다고 베루가 귀띔했었다.

「비행기는 일주일에 단 한 번 뜹니다. 그리고 그 다음날 돌아옵니다. 한 시간밖에 걸리지 않으니까 매우 편리합니다.」

국방 장관이 그 말만 하러 왔다고는 믿기 어려웠다.

「이천 불만 줘라. 저 새끼 눈깔 보니 손 벌리러 온 거야. 더 주면 아예 무릎을 꿇릴 수 있겠지만 뒤에 대통령이 알면 질투할 거야.」

2천 불을 받은 그는 누메이리에 대한 온갖 칭송을 늘어놓고는 비행기 표도 예약해 주지 않고 가버렸다.

호텔에서 예약을 하려다 국내선은 공항 창구에서만 표를 판다는 것을 알았다. 호텔에 부탁해 어렵게 택시를 구했는데 그 차 또한 굴러가는 게 신기할 정도로 오래된 것이었다. 수단의 경제가 어렵다는 건 알고 왔지만 잠깐이나마 이들의 생활 방식을 엿보니 조금씩 의문이 생기기 시작했다. 나는 그때껏 바쁘거나 서두르는 사람을 보지 못했다. 얼른 보기에도 가난에 찌든 것 같았으나 그들의 얼굴에 고통스러운 표정은 없었다. 알라의 뜻에 모든 것을 맡긴다는 말을 듣고 어이가 없어지기도 했다.

포트수단 행은 오후 한시 30분 출발이어서 나는 사장을 모시고 열한시 40분쯤 공항에 도착했다. 하르툼 국제공항과 국내공항은 구분이 없었다. 그 규모는 작았고 선풍기는 더운 바람만 토해 내고 있어 밖보다 외려 더 더웠다. 청소를 하루에 몇 번 하는지 실내 환경은 엉망이었다.

「밥을 먹고 가자.」

사장의 말에, 청사를 돌아다니며 식사할 만한 데를 찾았다. 그러나 문이 열린 곳은 기념품을 파는 잡화점 두 군데뿐이었다. 밖으로 나와 공항 좌우로 돌아다니다 겨우 공항 청사 길 건너에 있는 붉은 흙집 2층에서 레스토랑 간판을 발견했다.

「청사 안에 식당이 하나 있기는 한데 문이 닫혔습니다. 길 건너에 레스토랑이 보이는데 그리로 가시죠.」

「하긴 안보다 밖의 음식이 더 나을 수도 있어.」

길을 건너면서 보니 간판이 작은 건 그렇다 쳐도 서툴게 비틀어 쓴 알파벳은 혀를 찰 지경이었다. 그래도 다행이라면 파리가 날고는 있었지만 천장에서 대형 선풍기가 돌아가고 있다는 것이었다. 공항 청사와 같은 질의 선풍기가 있다는 것에 우선 안도했다.

메뉴는 딱 네 가지였는데 모두가 아랍의 전통 음식인 듯했다. 어쩔 수 없이 그중의 한 가지를 시키자 보도 듣도 못한 수프와 넓적한 빵이 나왔다. 냄새에 비위가 상해 물끄러미 보고 있는데, 사장은 말 한마디 없이 음식을 우적우적 씹다가 말했다.

「몇 년 전에 나이지리아에서 너처럼 비위가 상해서 두 끼를 걸렀다가 차로 물소를 치어 죽인 사고를 냈다. 그러자 마을 사람들이 차를 세우고 못 가게 하면서 보상을 요구했는데 하도 가격을 높게 불러 합의해 줄 수가 없었지. 한나절을 서로 버텼는데 화가 난 마을 사람들이 차를 부수려고 하는 거야. 그래서 결국 소 네 마리 값에 해당하는 보상을 하고 나왔다. 그때 어찌나 배가 고프던지 차 시트를 뜯어먹고 싶었다. 오늘도 어떻게 될지 모르니 억지로라도 먹어 둬.」

「도저히 못 먹겠습니다.」

「못 먹겠다…… 누군 좋아서 먹는 줄 알아? 먹어야 살고 살아야 일할 게 아니야. 너, 이건 전쟁이야, 전쟁. 우린 적진 깊숙이 들어와 고립되었단 말이야. 공항 바로 앞의 식당에서조차 음식을 못 먹는다면 적에게 죽음을 당하는 게 아니라 스스로 생명을 포기하는 거야. 빨리 먹어. 로마에 오면 그 나라의 음식을 먹는다는 말도 모르냐?」

「음식이 아니라 그 나라의 법입니다.」

서울에 가만히 앉아 있어도 권력자들과 야당 정치인들이 만나고 싶어 안달하는 사람이 쓰레기 같은 음식을 먹으면서 사막을 여행해야 한다는 것에 나는 처음으로 의문을 가졌다.

「알아, 알아. 그게 그거 아니야? 법 속에 밥이 있는 거야. 어쨌든

「좋아. 그걸 먹지 않으면 저녁은 없는 줄 알아. 어차피 피 같은 돈 주고 사줘도 먹지 않을 거잖아.」

「사주시지 않아도 좋습니다. 전 가게에서 빵을 사서 먹겠습니다.」

「빵? 웃기지 좀 마라. 여기 우리가 빵이라고 부를 만한 게 어디 있냐? 국제공항 부근의 레스토랑이 이 정도라면 현실이 어떻다는 걸 읽어야지. 그런 빵은 영빈관에 가서 누메이리하고 마주 앉아야만 먹을 수 있는 거야. 파는 빵은 지금 먹는 것보다 더 냄새나고 더 딱딱할걸.」

「아프리카를 여행하실 때 매번 음식으로 고생하셨습니까?」

「굶어 죽으려다가 겨우 살았다고 했잖아.」

수단이란 아랍어로 흑인의 나라라는 뜻이고 인구는 약 2천5백만 명, 강우량은 수도 하르툼이 약 164밀리미터지만 남쪽으로는 1천3백이나 된다. 그러므로 북쪽은 거의 사막이지만 남쪽은 밀림이 형성되어 있으며, 언어는 아랍어를 쓰지만 영어도 통용된다. 북쪽으로는 이집트와 리비아, 서쪽은 차드, 중앙아프리카공화국, 남쪽은 자이르, 우간다와 케냐, 동쪽은 에티오피아와 접해 있다.

수단에 관련된 정보를 하도 봐서 외울 정도로 잘 알고 있다고 생각했지만, 어디에 어떤 식당이 있다는 것은 모르고 있었다. 하기야 정보가 세계 최고라고 할 미국대사관에서도 식당에 대해서는 미안한 듯 고개를 저었으니까.

「처음 아프리카에 와서 내가 뭘 했는지 알아? 하느님께 기도를 올렸다. 이 사람들의 사는 모습을 보고 자신도 모르게, '하느님, 이 땅에서 태어나게 해주시지 않아 정말 감사합니다'라고 말이야. 그

뒤부터는 이 사람들이 먹는 걸 나도 먹을 수 있었지.」

「비행기를 타면 음식을 줄 겁니다.」

「한 시간 비행에도 음식을 주는 나라가 있냐? 수단은 우리나라보다도 더 어려워. 게다가 회교국이라 모든 것을 신의 뜻으로 받아들이고 있지. 일하기도 쉽지는 않을 거야.」

「……」

나는 말로든 행동으로든 사장의 적수가 못 된다는 걸 알고 있었지만 이번에도 마찬가지였다. 어떻게 된 사람인지 도무지 그 정체의 깊이를 알 수 없을 때가 많았다. 재계가 부러워하는 회사를 일구어 냈으면서도 음식은 토종을 즐기고 비디오를 보는 것 외엔 취미 하나 없는 사람.

나는 눈을 질끈 감고 음식을 우겨넣다시피 먹었다.

비행기는 정시에 떴다. 한 시간을 날아와 내린 포트수단은 북아프리카 특유의 붉은 진흙으로 지은 집들이 모인 도시였는데, 군락을 이루지 않고 산만하게 흩어져 있어 도시로 불린다는 게 이상하다는 인상을 줬다.

하지만 17세기부터 이어 내려온 항만은 멀리서 보기에도 한때 백인들의 북아프리카 무역 거점에 걸맞게 튼튼하고 쓸 만해 보였다. 게다가 멀리 보이는 홍해는 그대로 신이 준 선물이었다. 바닷물의 색깔이 붉고 푸르고 하얗고 검었는데 그것은 그 속에 자생하는 산호초 때문이었다.

「미국의 나이키에서 두 명의 직원을 아프리카로 보내 조사를 시킨 뒤에 사업보고서를 쓰게 했대. 그런데 두 명의 보고서가 정반대로 올라왔지. 한 사람은 '시장은 무궁무진하다. 진출하면 대성공할 것이다. 왜냐하면 그들은 모두 맨발로 있다. 그들은 모두 우리의 미래 고객이다'라는 것이었고, 또 한 명의 보고서는 지극히 비관적이었다. '진출할 수 없다. 시장이 형성되어 있지 않고 무엇보다 그들은 신발이라는 걸 모른다'였지. 나이키에서는 처음 보고서를 올린 사람은 아프리카 본부장으로 승진시켰고, 비관적인 보고서를 올린 사람은 뉴욕의 번화가에서 대리점을 관리하게 했대. 장사란 그런 거야. 남들과 같이 보고 같이 생각하고 같이 움직여서는 성공할 수 없다. 남이 가지 않는 곳, 남이 감히 생각하지 못했거나 가치가 없다고 지나친 것에 대해서도 다시 들춰 보는 세밀함, 그리고 배짱을 갖춰야만 비로소 제대로 된 장사꾼이 되는 거다.」

이 얘기를 들은 게 열 번도 넘었다. 그런데도 매번 진지하게 듣는 모습에 재미를 느끼는지 사장 또한 매번 진지하게 말하는 것이었다.

우리를 마중 나온 사람은 포트수단의 시장이었다. 터번을 두툼하게 두른 그는 사장의 손을 근 10분 동안이나 잡고 놓을 줄 몰랐다. 나중에 알고 보니 두 사람은 벌써 대통령궁에서 안면이 있었을 뿐만 아니라, 사업까지 구상해 놓고 있었다. 사업은 프랑스 인들이 버리고 가다시피 한 면직 공장의 재가동에 관한 것들이었다.

타이어 공장이 들어설 부지를 돌아본 우리는 시장이 권하는 차에 타고 생산이 중지된 면직 공장으로 갔다.

「프랑스 놈들이 공장은 미국 놈들보다 더 잘 짓는 것 같아. 보라고, 칠 년이나 놀렸는데도 습도를 어떻게 처리했는지 기계에 녹이 별로 슬지 않았잖아.」

수단 경제는 전인구의 80퍼센트가 농업에 종사하는 전형적인 후
진국형 경제에 의존하고 있었다. 게다가 도로, 항만, 전기 등 인프라
구축의 미비와 숙련 노동력의 부족으로 경제활성화에 어려움을 겪
고 있었다. 하지만 광활한 국토와 석유, 금, 우라늄 등 천연 지하자원
이 풍부했다. 그러나 누메이리의 사회주의 경제 정책으로 정부가 민
간 부문에 지나친 통제를 하자, 그동안 고급 면사를 생산해 전량을
국내로 가져가던 프랑스가 견디다 못해 공장 설비를 그대로 둔 채
철수한 것이었다.

「공장을 어떻게든 돌려만 달라고 하니까 거저먹는 거야. 면사는
전량 가져다가 프랑스에 팔아먹는 거지. 고기도 먹어 본 놈이 먹
는다고, 프랑스 사람들, 수단의 면을 잊지 못하고 있을 테니까. 공
장은 대충 한 삼 개월 손보면 돌아가겠다.」

그러고는 시장에게 돌아섰다.

「기계가 다 망가져서 그걸 손보는 데만 일 년 이상 걸릴 것 같군
요. 공장 건물도 겉으론 멀쩡하지만 새로 손봐야 하니, 한 일 년 반
이면 가동될 것 같습니다.」

나에게 말한 것보다 엄청나게 부풀린 기한이었다. 그러나 나와 사
장은 그런 대화에 익숙해 있었다. 상대에게 기한을 짧게 약속해 우
선 일을 따내는 방법은 국내에서나 가당했다. 국제적으로 그렇게 놀
았다가는 삐끗하면 끝이기 때문이었다.

「시장님, 이제 사업은 그만 하고 저희들 관광이나 시켜 주시죠.」

「그럽시다. 제가 모시고 싶지만 일이 좀 있어 관사로 돌아가야 하
니, 대신에 제 차를 쓰십시오.」

기사가 우리를 안내한 곳은 포트수단 인근에 있는, 17세기 말부터 19세기 초까지 노예 시장으로 가장 번창했던 수아킨이었다. 그곳 바닷가에는 옛날에 노예를 가두었던 감옥이 반쯤 허물어져 있고, 몸무게를 달았던 거대한 저울이 벌겋게 녹슬어 있었다. 당시엔 노예 상인들이 어찌나 흥청거렸는지, 수아킨의 건물들 대부분이 산호와 조개껍데기를 빻아 만든 벽돌로 지어졌다고 했다. 그 화려했던 건물들이 이제는 폭격을 맞은 듯이 부분부분 무너져 내린 채 처참한 모습으로 변해 있었다.

관광을 위해 보수하는 게 좋지 않겠느냐고 기사에게 말했더니 기사의 얼굴은 금세 분노로 일그러졌다.

「돈이 남아돈다 해도 수단 인들은 이 해변을 절대로 보수하지 않을 겁니다.」

여기로 오는 동안 이들의 빈부 격차가 하늘과 땅 차이라는 걸 알 수 있었다. 거부들은 벤츠를 타고 수십 명의 아내와 1백여 명의 하인들을 거느리고 살았지만, 서민은 당장에 먹을 물이 없을 정도라고 했다. 이들은, 가축이나 살면 알맞을 정도의, 다 삭은 나무로 얼기설기 지은 집에서 사흘에 겨우 한 번 세수를 하며 살고 있다는 것이었다.

「그래도 관광 사업을 하지 않는단 말이오?」

「그렇습니다. 여기에 우리의 아픈 역사가 있기 때문에 이대로 보여 주는 건 괜찮지만 각색하는 건 안 됩니다.」

「각색은 안 된다…….」

우리가 그런 대화를 나누는 동안 사장은 골똘히 생각에 잠겨 여기저기 기웃거리고 있었다. 나는 무너져 가는 건물의 귀퉁이에서 노숙

하고 있는 흑인으로부터 20인치 텔레비전 크기만 한 산호를 샀다. 얼마를 줘야 할지 몰라 망설이다 10불을 주자, 그 흑인은 고마워 무릎을 꿇은 채 뭐라고 중얼거리며 눈물을 흘렸다. 무슨 뜻이냐고 기사에게 묻자 내 행복을 빌어 주는 것이라고 했다. 부끄러움과 난처함이 가슴을 흔들었지만 돈을 더 내놓지는 않았다. 그 산호는 서울 한복판에서 산다면 아무리 싸도 기백만 원은 나갈, 붉은색과 푸른빛이 도는 귀한 것이었다.

그제서야 기사가 제법 교육을 받은 것 같아, 어디서 공부를 했느냐고 물었다.

「영국의 케임브리지에서 수학했습니다.」

나는 놀라 그를 새삼스레 바라봤다. 그러나 다음 말을 듣고는 더 놀랐다.

「여기서 영국으로 유학을 가는 것은 그리 어렵지 않습니다. 그들이 우리를 식민지로 오래 지배해서인지 유학을 막기보다 권장하는 편입니다. 그것은 훗날에 대한 포석이겠지요. 그래서 해마다 많은 젊은 사람들이 공부를 하고 돌아오지만 할 일이 없어 영국으로 되돌아가는 경우도 있습니다. 영국에 가봐야 주로 식당에서 일을 하지만요. 저는 운이 좋은 편입니다. 시장님의 차를 운전하니까요.」

「아까는 내가 실수를 했습니다. 수단 인들이 그렇게 생각하고 있다는 걸 몰랐으니까요.」

「괜찮습니다. 이해합니다.」

「백인들을 이기고 싶습니까?」

「특히 이곳에 올 때면 백인을 이겨 보고 싶은 욕망이 일어납니다. 어떻게 이런 못된 짓을 할 수가 있었을까요. 사람을 어떻게 고깃덩이처럼 달고 가격을 매겨서…… 그러고도 부족해 백인들은 지금도 수아킨을 수단의 보석이라고 불러요. 경치가 좋다고 그렇게 부르는 것이겠지만 우리로서는 피를 토할 일이죠.」

그때 사장이 우리의 대화를 듣고 있다가 끼어들었다.

「총으론 아직 안 되고 장사로 이겨야 되는 거야. 앞으로 두고 봐. 총보다 돈이 더 무서울 테니까. 그러자면 제국의 경제를 들었다 놨다 할 만큼 크고 견고한 회사를 만들어야만 하겠지. 그럼 어떻게 해야 되느냐. 우선 그들이 제품으로 침략하지 않은 곳을 먼저 점령해야 돼. 당장은 상대가 안 되니 말이야. 아프리카에서는 남아공을 빼면 백인들이 아직 선점하지 못한 곳이 많아. 이미 금이고 다이아몬드를 거지반 캐내 간 땅이지만 난 이 땅이 좋아. 백인들이 왜 이 땅의 석유를 악착같이 개발하지 않을까? 난 그게 무슨 계략 같단 말이야. 그게 뭔지는 모르지만 이들의 가난을 그대로 유지시키고 싶어하는 뭔가가 있어.」

그러더니 느닷없이 홍해에서 추억거리를 만들겠다며 옷을 벗고 팬티 바람으로 바닷물에 뛰어들었다.

「들어와 봐. 물이 미지근하군.」

처음엔 망설였으나 대단한 추억이 될 것 같아 나도 옷을 벗고 조심스럽게 물속으로 들어갔다. 바닥에는 모래가 아니라 무수한 돌이 깔려 있었는데 물이 맑아 밑바닥까지 훤히 들여다보였다. 물장구를 몇 번 치다가 서면서 나는 예리한 돌에 발바닥을 살짝 베었다. 무엇에 물린 것으로 착각한 내가 놀라 소리를 지르며 밖으로 나오자 사장은 어이없다는 듯이 웃었다. 그럴 때의 우리는 주종 관계가 아니라 우애가 끈끈한 형과 아우 같았다.

「나와 너는 꼭 나무와 꽃 같다는 생각이 든다.」

「나무와 꽃이오?」

나는 얼른 이해가 안 돼 그렇게 묻다가 금세 고개를 끄덕이고 덧붙였다.

「처음 꽃을 좋아하던 사람들은 연륜이 생기면서 나무를 좋아하게 된다고 합니다. 결국 나무의 품격이 더 높다는 걸 안 것이죠.」

「그런 게 아니야.」

「예?」

「꽃은 나무 밑에서 살 수 있지만 나무는 꽃 밑에서 살 수 없어서 한 말이야. 만약, 만약에 말이야, 우리 회사가 망한다면 그때 내가 너처럼 누구 밑에 들어가 일을 하며 살 수 있을까?」

「…….」

「그만두자. 홍해가 정말 좋긴 좋구나. 저길 봐라. 그래, 저 멀리 먼 바다, 저런 바다를 본 적이 없어. 이 물로 금방 찍은 타이어를 식히는 거야. 그리고 담수로 처리해 목마른 이들에게 공급해 준다면 우리는 신(神)이 될 수도 있어.」

「물을 팔면요?」

「누메이리한테 총 맞아 죽겠지.」

그날 저녁 포트수단 시장은 사장과 나를 극진히 대접했다. 양을 잡았다면서 통째로 상 위에 올리고 술도 냈는데 에티오피아에서 밀수한 귀한 것이라고 했다. 맛과 향이 괜찮았다. 무슨 술인가 궁금해 하자 시장은 고구마로 담근 술이라고 설명했다.

술자리를 끝내기 전, 시장은 우리에게 시중을 드느라 들락거리는 아내들 중에서 마음에 드는 여자가 있으면 말하라고 했지만 우리는 기겁을 하고 손사래를 쳤다.

「아프리카 친구들은 말이야, 너무 불쌍해. 오랜 세월 백인들에게 당해서 그런지, 자기보다 우월하다고 판단되면 마누라도 바치려고 해. 하지만 자신보다 못한 인간이 자기 재산에 손을 대면 그 손을 잘라 버리고 여자를 건드리면 물건을 잘라 버린대.」

「설마요.」

「그렇다면 그런 줄 알아. 아니면 아니라는 증거를 내놓든가.」

「그렇게 알겠습니다.」

그날 밤 사장은 무섭게 코를 골았다. 그 소리를 나는 지금도 기억 한다. 얼마나 우렁차던지 나는 몇 번이나 깼다.

이튿날 아침 식사를 하면서 사장이 말했다.

「시장님, 그럼 면직 공장 건은 그렇게 알아주십시오. 그리고 타이 어 공장 건 말인데, 그건 어떻게 될 것 같습니까?」

「타이어 공장은 수단의 첫 중화학 공장입니다. 대통령이 결정을 하게 되어 있어요. 저도 열심히 돕겠습니다만, 아무래도 대통령에 게 부탁하는 게 좋겠습니다.」

「알겠습니다. 하르툼에 도착하는 즉시 대통령을 만나 허락을 받겠 습니다.」

그리고 내게 눈을 찡긋했다. 나는 그런 유의 신호를 출장지에서 많이 봤다. 주로 일이 마음먹은 대로 돌아갈 때 사장이 측근에게 보내는 사인이었다.

시장은 우리를 아홉시 30분쯤 공항에 내려놓고 돌아갔다. 하르툼으로 뜨는 비행기의 이륙 시간은 오전 열시였다. 하지만 열시가 되어도 탑승 수속조차 시작되지 않았다. 30분쯤 기다리다 공항 사무실로 찾아가 물었다. 비행기에 약간의 이상이 발견되어 정밀 조사를 하고 있다는 대답뿐이었다.

열한시에도, 열두시에도 같은 대답이었다. 신기한 것은 수단 인들은 동요가 전혀 없이 마냥 기다린다는 것이었다.

오후 두시. 더 이상 가만히 있을 수 없어 무슨 정보라도 얻으려고 공항을 헤매다 미쓰비시 종합 상사에 근무한다는 한 일본인을 만났다. 그는 자신이 나카야마라고 소개한 뒤 덧붙였다.

「한마디로 이들과 우리의 문화 차이는 하늘과 땅입니다. 외국인이 가서 물어봤자 같은 소리만 되풀이합니다. 그러니 다른 방법 없이 탑승 수속을 할 때까지 기다려야 합니다. 또 몇 시까지 떠날 계획이 없다고 해도 절대로 대합실을 떠나서는 안 됩니다. 언제 떠날지 모르니까요. 저는 이곳에 온 지 이 년쯤 됩니다. 첫해에 큰 낭패를 당했는데 바로 여기서였습니다. 그날도 떠날 시간이 지나 물었더니 세 시간 후에 뜬다는 겁니다. 그 시간 동안 공항 뒤편에 있는 사막이나 구경하려고 낙타를 빌려 타고 나갔습니다. 한참 구경하고 있는데 공항 쪽에서 소리가 나 돌아보니 비행기가 이륙하는 것이었습니다. 바로 내가 탈 하르툼 행이었습니다. 그때 얼마나 고생을 했던지 그 후로는 삼 일 뒤에 뜬다고 해도 저는 절대로 대

116

합실을 떠나지 않고 여기 사람들처럼 누워서 기다립니다. 여기서 사업을 하시겠다면 한 시간이니 두 시간이니 하는 개념을 버리시는 게 편할 것입니다. 또 제 생각입니다만, 비행기 연착에는 사회주의식 느린 작업도 문제가 있지만 뭣보다 승객을 모으려는 자본주의식 상술인 것도 같습니다.」

「많은 도움이 됐습니다. 그런데 미쓰비시는 이곳에 지사가 있습니까?」

「아닙니다. 하르툼에만 두고 있는데 저 혼자 근무합니다. 일본에서 폐차 직전의 중고차를 들여와 파는 게 고작입니다. 참, 육대주 건설이라고 하셨나요? 혹시 명함 한 장 얻을 수 있을까요?」

「아, 예.」

내가 명함을 건네주자 그는 소중하게 지갑에 넣은 후 자신의 것도 내게 내밀었다. 이들에게 배울 점은 바로 이런 것이었다. 훗날 해외에서 우연히 만난 외국인의 명함 한 장이 몇십만 불의 거래로 이어진 예를 나는 많이 겪었지만 당시는 아니었다. 그저 아프리카에서 만난 일본인이 몹시 반가웠을 뿐이었다.

나중에 국제 경영이 한창일 때 임직원들은 국내의 경쟁 기업과는 서로 앙숙으로 지내면서도 외국 지사원들끼리는 오히려 상부상조하며 지냈다. 결국 개인으로 떼어 놓으면 국가보다 우선되는 게 바로 이익이었던 셈이다.

우리는 그의 말을 듣고는 만일에 대비해 꼼짝 않고 공항 대합실에서 두 시간을 더 기다렸다. 그러나 여전히 탑승 수속은커녕 안내 방송조차 없었다. 대합실에 누워 쉬거나 자는 승객을 대충 헤아려 보니 서른 명 남짓됐다.

「그 일본 친구 말이 사실이라면 이 정도 인원 갖고는 내일도 장담
할 수 없겠는데, 큰일이군. 파리로 가야 하는데…….」

나는 사장의 말을 듣고서도 별걱정을 안 했다. 잠자리는 시장을
찾아가면 해결될 것이기 때문이었다.

다시 지루한 기다림이 이어졌다. 하품을 하던 사장이 불쑥 말했다.

「수단에서는 지금껏 비행기 사고가 단 한 건도 없었다는군.」

「정말입니까?」

「그렇다니까. 조금만 문제가 있어도 비행기를 세우고 외국에서 부
품을 사 와서라도 완벽하게 정비를 해야 띄운다는 거야. 하기야
이 나라에 비행기가 열 대도 안 된다니 아낄 만도 하지. 게다가 나
라에서 운영하잖아. 우리 올 때 봐라, 비행기가 얼마나 좋디.」

사실 국력이나 이들의 삶의 질로 볼 때 항공기는 너무 새것에다가
큰 것이었다. 일부 부유층이 타는 것이었지만 사고가 없었다는 말은
새겨들을 만했다.

우리는 결국 다른 승객들과 마찬가지로 그날 밤을 의자에서 졸며
새워야 했다. 그사이 네 번이나 사무실로 찾아갔지만 어제 들은 말
을 글자 하나 틀리지 않고 그대로 들었을 뿐이었다. 새벽에 다시 가
려는 나를 나카야마가 말렸다.

「가봤자 소용없습니다. 저들은 눈 하나 깜짝 안 합니다. 괜히 속만
더 상하지요. 하는 걸 보니 오전에도 틀린 것 같습니다. 지금이라
도 자두십시오. 수속을 시작하면 제가 깨워 드리겠습니다.」

나는 잘 생각이 없어 그와 얘기나 할까 했다. 그러나 그는 조용히

거절하며 가방에서 큰 타월을 꺼내 바닥에 깔고는 그 위에 누워 눈을 감았다.

줄면서 깨면서 하다가 날이 밝았다. 나는 나카야마가 깨기를 기다려 물었다.

「육로로 가면 얼마나 걸립니까? 여기가 제이의 도시니 육로는 있을 것 아닙니까?」

「있기는 있습니다. 하지만 그 길은 길이 아니라 그냥 사막이라고 하는 게 낫습니다. 저도 육로로 가려고 한 적이 있었습니다. 하지만 이틀 뒤 되돌아왔습니다. 어찌나 길이 나쁜지 우선 달릴 수가 없습니다. 하기야 이곳 사람들 중에는 그런 길을 달리는 전문가들이 있는 모양입니다. 그래도 빨라야 나흘이고 보통 일주일이 걸린다고 합니다. 우리가 생각하는 길이 아닙니다.」

사장에게 나카야마의 말을 전하자 사장은 벌떡 일어섰다.

「나가서 무조건 아무 차나 불러 와. 아니, 나가서 뭐라도 타고 시장한테 가보자.」

우리는 한 시간 이상을 허비한 뒤 겨우 트럭을 개조한 달구지를 잡아 50불을 주고서야 시장의 집으로 갈 수 있었다.

시장은 다시 찾아온 우리의 말을 듣더니 공항으로 사람을 보내고 여기저기 전화를 한 다음에 난감한 듯이 말했다.

「진짜 고장이랍니다. 할 수 없습니다. 하르툼에서 내려오는 비행기로 가시는 수밖에요.」

「언제 옵니까?」

「사흘 후입니다.」

「내일모레까지 하르툼을 떠나지 않으면 안 되는 급한 일이 있습니다. 어떻게든 빨리 떠나야 합니다. 차를 구해 주시지요. 나중에 은혜는 따로 갚겠습니다.」

사장은 사흘 후에도 비행기가 꼭 뜬다는 보장이 없다고 생각하는 듯했다.

「은혜는 무슨…… 우린 동업자 아닙니까. 알겠습니다. 하르툼으로 갈 만한 차량이 있나 알아보죠.」

결국 시장의 도움으로 차를 구하기는 했다. 그러나 얼른 보기에도 생산된 지 20년이 넘어 보이는 도요타 0.5톤 트럭이었다.

「이 친구가 전문가랍니다. 더 나은 차량을 구해 보려고 했지만 없군요.」

「하르툼까지 얼마나 걸립니까?」

「이상이 없으면 사흘입니다.」

「사흘이 걸린다면 기다렸다가 비행기로 가는 게 낫지 않겠습니까?」

내 말에 사장은 들은 척도 안 했다. 언제 서버릴지 모를 고물차를 타고 사흘이 걸리는 육로로 가야 한다고 생각하니 몸서리가 쳐졌다.

질문에는 대답 않던 사장이 불쑥 말했다.

「하루 반나절에 가자고 해야지.」

「사흘이 걸린다고 하잖습니까.」

「알아. 좀 비켜 봐.」

사장은 그러더니 얼굴이 수염에 파묻혀 눈만 빠끔한 차주(車主)에게 말을 걸었다.

「얼마 달라고 했지?」

「백 불입니다. 깎을 생각일랑 마시오.」

「깎으려는 게 아니다. 더 주려고 그런다.」

「……?」

눈을 크게 뜬 흑인의 얼굴에 야릇한 미소가 번졌다.

「이름이 뭔가?」

「아담.」

「아담. 좋은 이름이다. 그럼 네 여자의 이름은 이브겠지.」

「아니요, 니훌이오.」

「니훌. 그 이름도 황홀하다. 아까 사흘이 걸린다고 했던가?」

「그렇소.」

「이 차는 최고 속력이 얼마인가?」

「오십 킬로 이상은 달려 보지 못했소.」

그러나 계기판이 있어야 할 자리에 얇은 철판을 조잡스럽게 대고 괴상한 조형물을 주렁주렁 달아 놓아, 보기에도 어지러울 정도였다. 보이지도 않는 속도를 어떻게 알았다는 것인지 믿을 수가 없었다. 하지만 사장은 계기판이 철판으로 덮인 걸 번연히 알면서도 그의 말에 이의를 달기는커녕 한 술 더 떴다.

「이런, 그 배는 달릴 수 있다. 즉, 시속 백 킬로를 달릴 수 있다는 말이다. 아니, 운전 기술에 따라 백삼십 킬로까지 달릴 수도 있다. 하지만 차를 보니 그건 어렵겠고…… 좋다. 백 킬로로 가든 오십 킬로로 가든 하루 반 만에 가면 오백 불을 주겠다. 선불로 백오십 불, 도착해서 삼백오십 불.」

「오백 불? 하지만 정오엔 기도를 한 시간 해야 하고 오수도 한 시간 필요하오. 저녁 아홉시가 넘으면 차를 몰 수 없소. 차에 불도 안 들어온단 말이오.」

「저런! 신도 이해를 할 것이다. 오백 불이면 신에게 백 불을 헌금해도 사백 불이 남는다. 아마도 당신 가족이 칠 년은 먹고 살 것이다. 어때?」

「그 말을 들으니, 신이 이해해 줄 것도 같소. 좋소. 당신을 믿겠소. 그러나 나는 헌금도 안 하고 칠 년 동안 그 돈으로 먹지도 않을 것이오. 대신 이보다 나은 차를 살 것이오. 그래서 사막으로 나가 죽어 가는 낙타를 실어 와 살릴 것이오. 내게는 지친 낙타를 살릴 수 있는 기술과 약이 있소. 낙타를 팔면 돈이 되고 그 돈으로 또 새 차를 살 수 있을 것이오. 해보겠소.」

「오오, 인샬라! 당신에게 행운을!」

「인샬라! 당신에게도 신의 축복을!」

나는 이곳으로 오기 전에 이들은 절대로 돈으로 타협하지 않는다고 들었다. 그러나 그것도 틀렸다는 걸 알았다. 씁쓸하다기보다 자꾸 헛웃음이 나왔다. 사장의 말솜씨도 그렇지만 우리를 실어 갈 그 남자의 너스레가 가히 예술에 가까울 지경이었던 까닭이다. 아담의 희망에 대해서 나는 가타부타 말할 위치에 있지 않다고 생각하면서도 자꾸 그 희망이 우스웠다. 훗날에야 우리네의 희망이라는 것도 아담의 그것보다 결코 고급할 게 없다는 걸 깨달았지만, 당시의 나는 너무도 젊어 나를 돌아보기보다는 남의 앞과 옆과 뒤와 그 그림자를 보는 것을 더 즐겼고 또 그렇게 하는 것이 정상인 줄 알고 있었다.

우리가 포트수단을 출발한 시간은 오후 다섯시 17분이었다. 아담은 마치 전쟁에 나가는 용사처럼 배웅 나온 식구들과 굳게 껴안으며 작별인사를 나누고 우리를 위해 짐칸에 때에 전 헝겊 뭉치를 깔았다.

20분도 안 돼 우리는 도시를 벗어났다. 움막들이 보였고 낙타에 짐을 실은 사막의 보부상들이 가끔 눈에 띄었다. 차가 달릴수록 살아 있는 식물이 점점 귀해졌다. 보이는 식물마저도 가시가 사납게 돋아 있었고 수분 증발을 막으려는 듯 잎이 가늘었으며 서로 엉켜 들어 덩굴을 만들고 있었다. 그러니까 자신의 몸으로 그늘을 만들어 반은 타 죽고 반은 생존하는 강인한 식물들이었다. 그것들도 언제 물맛을 봤는지 거의 말라 가고 있었다.

돌이라고는 구경할 수도 없는 사막 특유의 길이었다. 달리는 차는 오직 우리가 탄 차뿐이었다. 오후 여섯시가 넘었건만 살을 익힐 듯한 따가운 햇볕이 조금도 수그러들지 않고 기승을 부렸다. 물을 아끼려고 그러는지 아니면 무슨 비법인지 아담은 계속 입 주변의 땀을 핥으며 물은 거의 마시지 않았다.

해가 졌지만 달구어진 모래는 여전히 열기를 토해 내고 있었다. 역시 어디에도 차는 보이지 않았다. 저물 무렵, 우리가 길에서 만난 것은 염소 두 마리를 몰고 가는 한 사내와 낙타를 탄 다섯 명의 상인이 전부였다.

앞이 보이지 않자 아담은 헤드라이트를 켰다.

「저 새끼, 불이 안 들어온다더니.」

사장이 그것 보란 듯 웃으며 말했다. 헤드라이트에 비친 사막은 마치 큰 호수 같았고 모래 구릉은 물결이 일렁이는 것 같아 멋졌다.

그 경치를 보면서 꾸벅꾸벅 졸다가 이상한 소리에 놀라 시계를 보니 새벽 두시 20분이었다. 털털거리며 차가 섰다.

「이제 더 못 갑니다.」

「차를 고칠 줄은 아는가?」

「미안하지만 이번엔 아주 선 것 같소. 하기야 이 차는 오래 달려 주었소. 일제가 최고요.」

사장이 그 소리를 듣더니 화를 벌컥 냈다.

「빨리 고쳐라. 만약 고치지 않으면 돈은 없다.」

그러나 아담은 들은 척도 안 하고 트럭 밑으로 기어들더니 잠자리를 폈다. 선불로 받은 150불로도 그는 부자가 된 듯한 얼굴이었다.

나 역시 아담의 그런 처사에 분통이 터졌다. 그렇다고 욕설을 퍼부을 수도 없어 점잖게 말했다.

「아담, 차를 고쳐 보지도 않고 자면 어떻게 하는가?」

「이 차는 내가 가장 잘 안다. 이 차는 삼 년간 나의 다리였다. 나는 이 차를 사서 고장이 나 어쩔 수 없이 세워 놓은 날을 빼고는 매일 사람을 실어 날랐다. 당신 주인은 안에서 자라고 하고, 당신은 차 위에서 자든지 내 옆에서 자라.」

「그래도 한번 해보자.」

「못한다. 아니, 할 수 없다.」

그때 사장이 나를 불렀다.

「걸어가면 얼마나 걸리는지 물어봐.」

「예? 걸어서 말입니까?」

「그래, 걸어서라도 가야지.」

아담에게 묻자 그가 실소를 섞어 대답했다.

「차로 쉬지 않고 가도 내일 저녁에나 도착할까 말까 해. 걸어가는 건 무리야.」

「그럼 어떻게 하면 좋겠는가?」

「일단 자고 나서 아침에 얘기하자. 나한테 맡겨라. 지금 나는 너무나 피곤하다. 차도 그렇고.」

사장이 그 말을 듣고 화가 난 목소리로 말했다.

「전갈이 우글거리는 사막에서 자자 이거지. 그럼 죽어. 자도 걸어가면서 자야지.」

「전갈요?」

나는 놀라 모래를 털면서 일어났다. 아담은 벌써 때에 전 헝겊으로 얼굴을 뒤집어쓰고 있었다. 나는 아담을 발로 건드리며 물었다.

「아담, 이 사막에 전갈이 있나?」

「있다.」

「그런데도 트럭 밑에서 잠을 잔다는 말이냐?」

「그럼 당신들을 버려 두고 차 안에서 나 혼자 자면 어떻게 되는가? 당신들에게 이미 받은 돈도 있는데. 또 나머지 돈을 받아야 하지 않겠는가.」

「전갈 말고 다른 것들은?」

「늑대와 여우들이 있다. 그놈들은 낙타도 물어 죽인다.」

「이런 빌어먹을!」

사장은 나와 아담의 말을 듣고는 오히려 결정을 했는지 단호하게 말했다.

「자, 출발해. 나흘 후에 파리에 도착하지 않으면 이천만 불이 날아
간다. 그보다 대통령 후보와의 약속이다. 이번에 약속을 어기면
날 만나 주지도 않을 것이야. 꼭 가야 한다.」
「하르툼에 도착해서 전화를 하면 되지 않습니까?」
「전화로 늦는다고 하면 얼씨구나 할걸. 아직도 모르겠냐? 서양인
을 이기려면 어떻게든 약속을 지켜야 돼. 죽더라도 약속 장소에
가서 죽어야 한단 말이다. 일을 따는 건 그 다음 문제야.」
「사장님, 걷다가 물이 떨어져 죽을지도 모릅니다.」
「여기 있어도 마찬가지야. 난 항상 일을 하다가 죽는 게 소원이었
다. 어차피 죽어야 한다면 추운 곳보다는 따뜻한 곳이 낫다. 남극
에서 얼어 죽은 사람은 만지기만 해도 불알과 물건이 떨어진다지,
아마?」
「여긴 아담이 있습니다. 이자가 우릴 어떻게든 살릴 겁니다.」
「웃기는 소리. 우리가 죽으면 저놈은 좋아라 지갑을 가로챌걸. 우
리를 대우해 주는 것도 다 시장 덕이야. 이럴 줄 알았으면 차 정비
도 배워 두는 건데. 이봐, 아담.」
아담은 대답이 없었다.
「내가 하르툼에 도착하면 시장에게 전화를 걸어 널 사형시키라고
할 거야. 아니, 대통령에게 말해 당장 목을 매달도록 할 거야. 좋
아, 오늘은 그냥 간다. 그 대신, 차에 있는 물은 우리가 모두 가져
갈 테니까 목이 마르면 빨리 차를 고쳐 따라와. 빨리 오면 대통령
에게 다르게 말해 줄 수도 있다.」
나는 사장이 너무도 큰 도박을 한다고 생각했다. 사장의 도박을

한두 번 본 게 아니지만 어쩐지 이번에는 으스스 소름이 끼쳤다. 머릿속에서는 말려야 된다고 생각했지만 행동으로 옮길 수는 없었다. 늘 그래 왔지만 나는 사장이 시키는 일을 의심하지 않았고 불만이 있어도 드러내지 않았다.

우리가 짐을 챙기는데도 아담은 일어나지 않았다.

「사장님, 아담에게 차를 버리고 길을 안내하라고 할까요?」

「놔둬. 저 새끼 분명히 한숨 자고 따라올 거니까.」

「차가 고장이라지 않습니까?」

「고장이지. 그러나 고칠 수 있는 고장이야. 생각해 봐. 시속 오십 킬로로 달리는 차에 고장이 나면 얼마나 나겠어. 여기서 차를 모는 놈들은 기계를 깎는 것 말고는 다 고칠 수 있어. 그렇지 않다면 어떻게 저 고물을 끌고 다녔겠어.」

「…….」

「다 그런 거야. 자겠다, 이거지. 두고 보라고.」

그러더니 노래를 흥얼거리며 걷기 시작했다.

정치인이나 외국의 기업주를 접대하는 자리에서 밴드에 맞춰 노래를 부르는 것은 몇 번 봤지만 사막에서 노래라니, 나는 내가 지금 어디에 있는지 어떤 처지에 있는지조차 잊고 피식 웃었다.

만약 누군가가, 사계절이 뚜렷한 땅에 태어난 내가 사막에서 죽을 수도 있다는 말을 했더라면, 그가 제아무리 유능한 점쟁이라 해도 나는 화를 냈을 것이다. 그런데 그런 말을 입사하고 얼마 있지 않아 사장이 내게 한 적이 있었다.

「장사꾼은 돌아다니다가 언제 어디서 죽을지 몰라. 그곳이 알래스

카의 얼음 위가 될지 사막이 될지 아무도 모르지. 지구는 앞으로 촌(村)이란 말이야. 촌이 마을이라는 뜻은 알겠지?」

「각오가 돼 있습니다.」

나는 훗날에도 말이 사건의 씨가 된다는 것을 문득문득 떠올렸는데, 그러면 어김없이 그날의 일이 생각나곤 했다.

나는 마치 뭔가에 빨려들듯이 사장이 흥얼거리는 노래를 따라 불렀다.

「언젠가 집에서 가정부한테 시래기를 삶게 했는데 우리 애들이 냄새에 기겁을 하더군. 내가 어릴 땐 쌀 한 움큼을 시래기에 넣고 죽을 끓여서 온 식구가 배불리 먹었는데 말이야. 요즘은 거식증이라는 것도 있는 모양이지만, 난 먹지 못해 사람이 죽는 걸 숱하게 봤어. 그래서 결심을 했지. 언젠가 회사를 차려 많은 사람들을 먹여 살려야겠다고. 나는 열세 살에 회사를 경영할 꿈을 꾸었어. 사람들을 가난에서 구해야겠다는 생각을 하면서 왜 대통령이 되려고 하지 않고 회사를 경영할 생각을 했을까 궁금할 거야. 나도 그런 생각이 들 때가 있으니까. 그건 아마 미군 부대 부근에 무수히 생겨나는 장사, 그렇지, 회사랄 것도 없이 그건 장사였어. 그걸 하는 사람들은 굶지 않고 사는 걸 보고 자랐기 때문일 거야.」

「전 사장님에게 대면 너무도 행복하게 자랐습니다. 아버지는 커서 앓지 말라며 일 년에 두 번씩 꼭 보약을 지어 먹였으니까요.」

「그 보약이 몸에는 좋을지 몰라도 발가벗고 혼자 살게 될 때는 독이 되는 거야. 우리 애들도 그러니까. 자식들이 대학에 다니면서도 엄마 아빠 없이는 할 수 있는 게 없어요. 수상 스키는 잘 타는 놈이 벽에 못 하나 못 박아.」

「…….」

물은 최대한 아꼈는데도 세 통이 남았을 뿐이었다. 약 1.5리터들이가 모두 다섯 통이었으나 두 시간 동안에 우리는 두 통을 마셔 버렸다. 흔히 사막의 밤은 서늘하다고 말하지만 우리에게는 낮보다 조금 덜 더울 뿐이었다. 게다가 저녁 식사로 메마른 빵 두 쪽을 먹어 몹시 갈증이 났고, 얘기를 하며 걸으면서 아무 생각 없이 각자 물 한 통씩을 들고 마셔 버렸던 것이다. 그때껏 짐과 함께 들고 있던 수아킨에서 산 산호도 버렸다.

「좀 쉬었다 가시죠. 아니, 좀 자야겠습니다.」

나는 발을 옮긴다기보다 끌고 가다가, 더 못 참겠다 싶어 말했다.

「모래 위에서 그냥 자나? 그러다가 전갈에는 안 물린다 해도 하부브(사막의 모래 폭풍)에게 공격이라도 당하면?」

「…….」

「죽는 건가?」

「모릅니다.」

「무조건 모른다고 하지 말고 좀 생각을 해, 생각을!」

「생각이 나지 않습니다. 소도 비빌 언덕이 있어야 비빌 게 아닙니까?」

「소라…… 비빌 언덕이라…….」

사장은 다시 말없이 앞장서서 걸었다. 나는 그를 따르면서 그와의 만남이 참으로 운명적이라고 생각했다. 그렇게 한 시간을 더 걸었다. 물은 이제 한 통이 남았을 뿐이었다. 사막의 한쪽이 희붐히 밝아

오면서 새벽이 열리고 있었다. 나는 그 색깔이 너무도 아름답다고 느꼈다. 그 순간 허공에 떠 있는 것처럼 발이 바닥에 닿지 않았다.

「이봐! 이봐!」

나는 입 가득히 느껴지는 시원한 물의 감촉에 기분이 몹시 좋았다. 멍하던 머릿속도 한결 개운해졌고 다리가 저린 듯하고 무엇엔가 부딪친 듯했었는데 편안했다.

「잠들면 죽어. 일어나! 일어나!」

「자지 않습니다.」

「넌 사람 놀래는 데 상당한 기술이 있는 놈이야. 간 떨어질 뻔했다. 누가 사장이고 누가 부장인지…….」

「그게 그렇게 중요합니까?」

「어쭈.」

「이제 우린 죽습니다. 여긴 사막입니다. 지금은 밤이니까 이렇게 얘기라도 하지, 해가 뜬다고 생각해 보십시오. 물은 금방 바닥날 것이고 그럼 우린 죽는 겁니다. 사장님이 입사한 지 얼마 안 됐을 때 말씀하셨었죠. 얼음 위나 사막에서 죽을지도 모른다고요. 좋으시겠습니다. 예언처럼 그걸 맞추셨으니까요. 전 돌아가겠습니다.」

「어디로?」

「아담이 있는 곳으로요.」

「어떻게?」

「발자국을 따라가겠습니다.」

「발자국을 찾을 재주가 있으면 나도 따라가지.」

「무슨 말씀입니까?」

나는 반문하면서 내가 걸어왔던 곳을 돌아보았다. 있어야 할 발자국은 거짓말처럼 사라지고 작은 고랑 같은 줄이 끝없이 펼쳐져 있었다.

「아니, 발자국이 모두 어디로 간 거지?」

나는 놀라 소리치다시피 했고 사장은 쓸쓸한 어조로 말했다.

「사막의 밤이 왜 춥다고 했는지 이제야 알 것 같군. 바람이 부는 거야. 그 바람에 춥다고 느끼는 거고. 그러나 바람은 겨우 발자국을 지워 버릴 정도지…….」

「오, 하느님…….」

「이제 알겠지? 내가 왜 앞으로만 가려는지.」

「거기에 있었더라면…….」

「어디?」

「아담이 있는 곳 말입니다.」

「쓸데없는 소리. 사막에서 남을 믿다니. 거기 있었다면 우린 벌써 이 세상 사람이 아니었을 거야. 그 새끼 혼자 우리를 해치지 못할 것 같았으면 오면서 친구들을 불렀을 수도 있어. 아니면 다행이지만. 그래서 그 자리를 뜬 거야.」

나는 그 말을 듣는 순간 그럴 수도 있다고 생각했다. 우리는 4만 불이 넘는 돈을 가지고 있었다.

「이제 어떡하면 됩니까? 만약 사장님의 추측이 맞다면 그들이 우리를 못 찾아낼까요?」

「찾아내기 전에 걸어서 하르툼에 도착해야지.」

「사장님!」

「알아. 이봐! 예전에 어느 책에서 본 건데 말이야, 누워서 죽기를 기다리는 것보다 포기하지 않고 걸어가다가 쓰러지는 게 더 아름답게 보이더라구.」

「이렇게 죽는 겁니까?」

「죽음을 앞에 두고는 사장이니 부장이니 하는 건 정말 아무 쓸모가 없지. 너 앞에서 강한 사장으로 기억되면서 죽고 싶지만 그렇게 안 되는군. 물도 없어. 한 통 남은 걸 네 얼굴에 다 부었거든.」

「……」

「지금 몇 시냐?」

「다섯시 이십분입니다.」

「이제 조금만 더 있으면 서서히 뜨거워지겠군.」

언제부터 사장은 사막에 대해 이토록 자세히 알고 있었던가, 하는 부끄러운 생각이 또 들었다. 사장에게 들어오는 정보는 사장이 직접 받지 않는 한, 나는 늘 사본을 만들어 두었다. 그래서 그 어떤 정보도 놓치지 않으려 했다. 그런데 그 모든 고급한 정보들은 지금 아무 소용이 없고, 해가 언제 뜨고 언제 지느냐, 사막의 온도가 몇 도냐 하는 것들을 절실히 알 필요가 있는, 수만 달러의 여행자 수표보다 빵 한 조각 물 한 컵이 더 절실한 사막에 우리는 갇히고 말았다.

다시 30분쯤 비틀거리면서 걸었다. 사장도 더는 말을 하지 않았다. 나는 죽기 직전임에도 사장의 지시를 고분고분히 따르는 자신이 우스웠다. 졸린 것 같기도 하고 배가 고픈 것도 같으면서 자꾸 눈앞이 흔들렸다. 그러나 앞에는 끝없이 펼쳐진 사막뿐이어서 사물을 분간할 필요도 없었다.

내가 비틀거리자 사장이 부축하면서 걸었다. 그러나 얼마 가지 못하고 나는 맥없이 주저앉고 말았다. 눈을 감기 전 내가 마지막으로 본 건 사장의 반짝이는 눈이었다. 그의 눈은 눈물로 홍건했다.

더 살고 싶다. 살아서 이 사람과 정말로 세계를 한번 경영해 보고 싶다…….

눈을 뜰 수는 없었으나 생각할 수는 있었다. 뭔가 보이기도 했다. 안개 낀 어둠 속 같기도 하고 강물 속 같기도 했으며 한증막 속 같기도 했다. 그러나 이상하게도 그 순간 나는 아내를 생각하지 않았다. 지금까지 나는 그때 왜 가족이 떠오르지 않았는지 알지 못한다. 고백하면, 나는 그때 살고 싶다는 것 외엔 그 어떤 생각도 하지 않았었다.

「야, 제갈동, 정신 차려! 정신 차려! 우린 살았다구. 저기 차가 오고 있다!」

나는 그 소리와 함께 얼굴에 와 닿는 몇 방울의 축축한 물기를 느끼면서 혼신의 힘으로 눈을 떴다. 그러자 세상이 눈부시게 열렸다. 눈이 시렸다. 나를 내려다보는 사장의 입술은 세 군데나 갈라 터져 있었다.

그의 손가락 끝에서 세 대의 트럭을 발견한 나는 자꾸만 꺾이는 머리를 들었다.

「어, 어떻게 된…….」

「어떻게 된 거냐고? 내가 누구냐? 이런 약속을 안 하고 사막으로 걸어 들어왔겠어. 다 손을 썼지. 이제 살았으니 일어나!」

그러나 나는 일어설 수가 없어, 트럭이 오는 곳을 향해 기고 있는데, 사장이 말했다.

「야, 그만 해. 넌 자존심도 없냐. 우리가 이렇게 나오면 저들이 어떻게 생각하겠냐. 체통을 지켜야지.」

「체, 체통요?」

나는 기가 막히고 어이가 없어 그를 돌아다봤다. 하룻밤 새에 변했다고는 믿기지 않는, 엉망이 된 얼굴로 그는 희미하게 웃고 있었다. 나는 흔들리는 상체를 겨우 가누며 앉았다. 머리가 빙빙 돌고 몸이 기울어졌지만 결코 쓰러지지는 않았다.

나는 차에 타고서 약간의 응급조치 후에야 의식을 겨우 찾았고, 사장은 차에 타자마자 정신을 잃은 듯이 깊은 잠에 빠졌다. 사장의 얼굴과 목, 가슴 부위를 물에 적신 탈지면으로 닦아 주면서, 나는 사장의 손목이 나보다 두 배나 굵다는 사실을 알았다. 건강을 타고났다는 소리는 자주 들었지만 그는 정말 굵고 강한 뼈대를 갖고 있었다. 그렇게 사장의 몸을 닦아 주던 나는 밀려드는 피로와 졸음을 더는 이기지 못하고 쓰러지듯 옆으로 누워 잠이 들었다.

「의사가 하루를 더 쉬어야 한답니다.」

베루가 눈을 뜬 내게 말했다. 나는 놀라면서 고개를 들고 사장을 찾았다.

「전화를 하겠다면서 나가셨습니다.」

「괜찮으십니까? 아픈 데는 없으시답니까? 그래, 어디서 전화를 하고 계십니까?」

「아주 건강하십니다. 의사도 놀라더군요. 하지만 하루는 더 휴식을 취해야 된다고 했습니다. 전화는 아래층에서 하고 계십니다.」

수단에 와서 처음으로 깨끗하다는 느낌을 주는 시트를 걷고 나는 침대에서 내려섰다. 조금 어지러웠지만 쓰러질 정도는 아니었다. 문 쪽으로 걸어 나가려는데 시장이 들어왔다.

「어, 깼구나! 정말 달게 자던데.」

「죄송합니다.」

「쓸데없는…….」

「그 차들은 어떻게 온 것입니까?」

「포트수단을 떠날 때 시장에게 만일을 모르니 하르툼에 연락을 해 마중을 나오게 했지. 시장, 그 자식 돈깨나 달라고 할 거야. 줘야지, 살아났으니.」

「그 아담이라는 친구는?」

「어, 그 친구, 아까 나한테 왔더라고, 남은 돈 달라고.」

「주셨습니까?」

「일이 빵꾸가 났는데 어떻게 주나. 그런데 그 친구가 울며 용서를 비는 거야. 그래서 다시는 그러지 말라며 오십 불을 더 줬지.」

「…….」

「오후에 사우디로 갔다가 파리로 갈 거니까 준비해. 파리에서 잘 되면 리비아에 들렀다가 귀국한다.」

「알겠습니다.」

사장에게 의사의 말 따위는 효력이 없다는 걸 나는 잘 알고 있는 터였다. 그래서 베루에게 퇴원하겠다고 말했더니 그는 몹시 놀라워했다.

「우리도 당신네들처럼 체력적으로는 그리 약하지 않아요. 너무 걱정 말아요, 여행하다가 이상하면 치료를 받을 테니.」

「그렇지 않습니다. 사막에서 쓰러진 사람을 이곳 사람들은 열흘간 서늘한 데 뉘어 놓고 살핍니다. 열사병은 당장 증상이 보이기도 하지만 며칠 뒤에 갑자기 나타나기도 하거든요.」

「걱정해 줘서 고맙소. 너무 걱정 말아요.」

그날 오후 우리는 베루의 도움으로 하르툼을 떠날 수 있었다. 베루는 공항으로 나와 탑승 수속까지 모두 해결해 주었다. 나는 베루와 악수하는 척하면서 5백 불을 건네줬다. 그가 나를 꼭 껴안고 한참 있었다. 사장이 늘 자신감에 차 있는 것이 무엇 때문인지 조금 알 것 같았다.

5개월 후 나는 사장을 수행하여 다시 하르툼으로 갔다. 면직 공장을 가동할 기술진 스무 명도 함께였다. 사장은 와이셔츠 봉제로 육대주가(家)를 이룬 사람이었다. 그의 진두지휘로 한 달 만에 면직 공장은 비록 삐걱거리기는 했지만 기계 소리를 낼 수 있었다. 그리고 다시 한 달 후 절반만이었지만 공장이 돌아갔다. 두 달 동안 나와 사장은 시장의 집에서 묵었고, 기술자들은 시내의 집 여섯 채를 구입하여 사택으로 사용했다.

시장은 벌린 입을 다물지 못했고, 사장은 한국에서 온 노동자들을 위해 4층짜리 아파트를 짓게 했다. 그리고 며칠 후 타이어 공장 착공식이 있었다. 누메이리 대통령과 사장은 나란히 단상에서 단추를 눌렀다. 그러자 다섯 색깔의 화약 연기가 하늘로 치솟으며 공사 시작을 알렸다.

타이어 공장도 1년 후 가동됐고, 육대주는 타이어 공장 부근에 네 개의 대형 담수 처리 시설을 설치해 공장에 다니는 수단 현지인들이 언제든지 물을 집으로 가져가게 했다.

나는 사장을 모시고 20여 번이나 하르툼에서 포트수단을 다녀왔지만, 타이어 공장 덕분인지 면직 공장 덕분인지 승객들이 많아졌고 비행기 결항도 더는 없었다.

다시 사막으로

「백문이 불여일견!」

사장이 새로 채용한 임원들을 모아 놓고 말했다.

「임원이라면 자기 회사가 어디에서 무슨 일을 하는지를 알아야 되는 건 기본입니다. 그것도 책상에서 도장만 찍으며 서류로 아는 것이 아니라 직접 봐야 합니다. 그래야 아이디어도 떠오르고 또 죽기 살기로 하겠다는 각오도 서는 것입니다. 다시 말해 정신 무장이 된단 말입니다. 정신 무장이 되지 않고서는 어느 전쟁에서든 지고 맙니다.」

'인간 이성은 본질적으로 불완전하다. 무지한 인간이 세우는 완벽한 계획이란 있을 수 없다. 따라서 인위적으로 사회 경제를 조종 통제하려는 생각은 이성의 남용일 뿐이다. 또 경제 현상은 구체적으로 설명할 수 있거나 예측할 수 없다. 시장은 천재적 이성이 만들어 낸

것이 아니라 불완전한 인간들이 만들어 가는 자생적 질서 체계이다.'

나는 프리드리히 폰 하이에크가 한 이 말에 전적으로 동의한다. 그것은 내 수군을 보면 온전히 이해가 되는 까닭이다. 그 자생적 질서 체계의 수명은 아무도 예측할 수 없고 또 보장하지도 못한다라고.

기자 출신인 정치하는 선배로부터 이런 말을 들은 적이 있다.

「정치인을 우습게 봤는데 그게 아니야. 그들의 세계가 가지고 있는 힘은 무한하다. 우리 당만 하더라도 교수를 하거나 기자를 하다가 들어온, 똑똑하다고 천하가 다 인정한 사람들이 있지만, 일단 이 바닥에 들어오면 기를 못 펴. 아직도 내가 알지 못하는 어떤 힘이 있는 거지. 그래서 나는 요즘 정치야말로 인간이 가질 수 있는 직업의 정점(頂點)이라는 생각을 한다. 돈과 관록, 뭐 그렇게 금방 답을 낼 일이 아니야. 정말 모르겠어. 무서운 곳이 아니라 참으로 묘한 곳이지.」

나 또한 그 선배에게 이렇게 말했다.

「기업도 함부로 정의를 내려선 안 돼요. 저도 처음엔 그냥 물건을 만들어 파는 단순한 조직이라고 생각했는데, 그게 아니라 자로 잴 수 없는 거대한 하나의 생명체예요. 그 생명체가 탄력을 받으면 무섭게 움직이는데 그때 방향을 잘못 잡아 주면 병에 감염돼 죽는 거예요.」

IMF가 터질 당시 육대주 계열사의 주가는 액면가를 밑돌았지만 한때 좋은 시절도 있었다. 내가 입사해 겨우 회사가 돌아가는 걸 알았을 때였다.

「기업다운 기업이 되기 위해서는 기업 공개를 해야 돼. 전 계열사

주식을 공모해. 한 해에 다 하기 어려울 테니까 해마다 두어 개씩 처리하는 게 좋을 거야.」

그리하여 차례로 기업 공개를 단행했다. 그 기업 공개는 순식간에 육대주를 성장잠재력이 무궁무진한 거대 회사로 둔갑시켰다. 당연히 자본금이 엄청나게 불어났고 자연스레 그룹으로 불려졌다. 당시 우리나라의 기업들은 경제 규모의 확대에도 불구하고 전근대적인 사업 방식에 얽매여 있는 경우가 많았다. 대부분의 회사들은 그때까지도 필요한 자금을 정부로부터 차입하는 간접 금융과 금융 기관에 전적으로 의존하고 있었던 것이다.

정부는 과거의 방법이 성장의 걸림돌이 된다고 판단하고 기업 자체의 자금 조달능력 제고를 위한 방안으로 1973년 기업공개촉진법을 추진하여 시행했다. 그 법이 시행되자 74년 육대주물산과 건설이 기업 공개를 단행했다. 그리고 연이어 계열사의 기업 공개를 시행하기에 이르렀던 것이다. 그렇게 한 5, 6년이 지나자 육대주는 명실공히 5대 재벌로 뛰어올랐다.

처음 육대주물산이 기업 공개를 했을 당시, 여타의 기업가들은 기업 공개가 곧 자산을 나누는 것이라 생각하고 관심을 두기는커녕 코웃음을 치며 냉담해했다. 결국 그들과 사장은 패러다임이 달랐다. 사장은 기업 공개를 해야만 계속 발전할 수 있다고 생각했고, 그들은 피땀 흘려 만든 회사를 주인이 누군지도 모르는 어정쩡한 회사로 만들 수 없다는 것이었다.

지구를 이미 세 바퀴 반이나 돌았다고 자부하는 사장이 앞장서서 관심을 보이며 임직원들에게 철저한 분석을 지시했다. 영문판과 일

본어판 주식 상장에 대한 지식서들을 읽느라 직원들은 정상 퇴근은
아예 포기하고 살았다. 하지만 훗날 직원들은 다른 기업이 아직 '작
전'이라는 증권 시장의 은어를 모르고 있을 때 주머니를 불리는 작
업에 능숙했는데, 이는 모두 주식에 대해 남보다 일찍 공부한 덕분
이었다.

임원들이 불어나는 여세를 타고, 나도 이사로 진급했다.

「이젠 엉뚱한 생각 하지 마라. 넌 이제 직원이 아니라 중역이니
까.」

내가 진급 인사를 갔을 때 사장이 한 말이었다. 그리고 전 임직원
의 여권을 준비시켰다. 그때까지 전 직원의 여권을 구비한 회사는
없었다고 기억될 만큼 파격적인 지시였다.

사장은 자신의 해외 출장에 맞추어 새로운 임원들에게 소위 기적
을 일구고 있다는 수단과 리비아의 공사 현장에 동행시켰는데, 그 노
정이 결코 녹록지 않아 임원들은 혀를 내두르며 내게 말했다.

「어유, 제갈 이사께서는 어떻게 사장님을 몇 년간이나 따라다니셨
습니까? 용합니다, 용해. 난 일주일 만에 입술이 다 터지고 몸무게
가 삼 킬로나 줄었어요.」

그럴 때 나는 조용히 웃어 주는 게 버릇처럼 되어 버렸다.

「저 사막을 활용할 수는 없을까? 저 밑에는 기름 말고 분명히 뭐
가 있을 거야……. 저걸 내게 준다면 몇 년이라도 파 들어가 세계
를 놀라게 해줄 텐데……. 기름을 뭐 하러 찾나. 여기선 물이 더
비싼데……. 카다피도 보통이 아닌걸. 용기도 있고……. 지중해

연안에서 물을 가져온다 이거지.」

사장은 사막을 날고 있는 전세 비행기에서 밖을 내다보며 중얼거렸다. 서울을 떠난 지 9일째, 숨 가쁜 일정으로 벌써 3개국을 돌아온 후였다. 임원들 대부분이 수단에서 입술이 터지고 녹초가 되어 있었다. 처음엔 아프리카 관광쯤으로 생각하고 좋다고 따라나선 신입 임원들은 사막을 보는 게 전부인 해외 출장에 이미 넌더리를 내고 있었다.

전세로 빌린 비행기는 스물세 명이 정원인 중형 프로펠러기였다. 때문에 동체가 작아 요동이 심했고 안에서도 프로펠러 돌아가는 소리에 귀가 먹먹했다. 비행기가 기류의 변화로 느닷없이 축축 가라앉을 때 뒷머리에 강한 전류가 흐른 것처럼 찌르르해졌다. 그러다가 동체가 좌우로 흔들릴 때면 임원들은 어어, 하고 비명도 아니고 탄성도 아닌 이상한 소리를 내질렀다. 중얼중얼 사장에게 불만을 터뜨리는 사람도 있었다. '꼭 이렇게 한꺼번에 사람을 끌고 다니며 고생을 시켜야 하나?' 비행기에는 모두 열일곱 명이 타고 있었고 리비아 공사 현장을 3일째 돌아보는 중이었다.

육대주의 리비아 진출은 수단과 마찬가지로 순전히 사장의 배짱으로 시작되었고, 그 배짱에 반한 운명의 신이 사장의 손을 번쩍 들어 주었던 것이다. 만약 육대주가 리비아의 굳게 잠긴 문을 열지 못했다면 육대주조선은 탄생하지 못했을 것이다. 그것은 곧 10여 년에 걸쳐 리비아 현장에서 들여온 수십 억 달러가 후에 고스란히 구축함을 만들고 잠수함을 만들게 된 육대주조선에 투자되지 못했을 것이기 때문이다.

「시저가 왔었고, 나폴레옹이 왔었으며 나도 왔노라! 시저가 왔을 때는 가난한 땅이었지만 지금은 온통 사막이 돈으로 보이는구나!」

서양의 언론에서 악마로 비유되는 리비아의 트리폴리 공항에 내려 처음으로 사장이 한 말이었다.

1977년 사장은 수단과 리비아를 약간의 간격을 두고 공략했다. 당시 육대주의 지사는 모두 30여 곳으로 늘어 있었다. 그곳에서 들어오는 정보는 그대로 사업 계획에 반영되었는데, 그해 8월 미국 로스앤젤레스 지사로부터 리비아 정부가 가리우니스 의과대학 공사를 국제 입찰에 붙인다는 정보가 들어왔다.

「왔다, 왔어, 기회가 왔다!」

사장은 텔렉스 전문을 읽으면서 흥분하고 있었다. 하지만 자세히 보더니 그 전문 용지를 집어 던지는 것이었다.

「무슨 일이십니까?」

내가 물었다.

「입찰 마감일이 열흘 후야. 이거 보낸 새끼, 당장 들어오라고 해. 이런 새끼가 주재원으로 있으니 뭐가 되겠어? 이것도 정보라고 보낸 거야? 여기서 열흘 동안 뭘 어떻게 하란 말이야? 약올리는 거야, 뭐야. 이런 새끼들을 믿고 일을 하니.」

그렇게 그 일은 피워 보지도 못하고 끝나는 듯했다. 그러나 아니었다. 3일 후에 다시 날아온 정보는 리비아 국내 사정으로 입찰이 두 달간 연기됐다는 것이었다.

사장의 성화와 함께 입찰 팀이 짜이고 전원 야근과 철야가 며칠 계속됐다. 그리고 한편으로는 수단과 리비아의 관계가 좋지 않다는 것에 온 신경을 써야 했다.

「수단에 들어갔던 임직원은 모조리 여권을 다시 내. 수단 비자가 찍힌 여권으로는 리비아에 들어갈 수 없어. 거긴 정부의 보호도 받지 못하는 미수교국이야.」

이번에는 내가 사장을 대신하여 팀을 이끌었다. 나는 육대주 그룹의 각 부문 공장에서 나오는 제품을 전부 알지 못했지만 그런 예민한 정보는 누구보다 많이 알고 있었다.

그러나 입찰 결과는 실망스럽게도 3위에 그치고 말았다. 죽어라 고생한 입찰 팀 중에는 울먹이는 친구도 있었다.

「덜떨어진 놈!」

사장이 그 친구를 향해 소리치고는 문을 부서져라 닫으며 나갔다. 그런데, 몇 시간 후 기막힌 전갈이 왔다. 1위와 2위로 선정됐던 미국과 프랑스의 건설업체들이 모두 부적격 판정을 받아 최후 낙찰사는 육대주건설이라는 연락이었다.

「오오, 신이여!」

열렬한 기독교 신자였던 고한목 과장이 느닷없이 무릎을 꿇고 손을 모았다.

「일어나. 너 그런 식으로 하면 우리 쫓겨나! 여기가 어딘지 몰라서 그래?」

「죄송합니다.」

멋쩍어하며 일어선 고한목 과장의 눈가에 이슬이 맺혀 있었다. 나는 그의 어깨를 툭툭 쳐주고는 밖으로 나왔다. 나 역시 눈물이 쏟아질 것 같았기 때문이었다.

그 낙찰로 해외 건설의 후발 주자라는 꼬리표를 뗀 것은 물론, 육대주의 신화가 시작될 줄은 아무도 몰랐다. 눈이 벌겋게 되어 들어온 사장이 직원들에게 일일이 손을 내밀었다.

「수고했어.」

그러나 감격도 며칠, 리비아 문교부가 제동을 걸고 나왔다. 그때부터 사장의 눈부신 작전이 시작되었다. 그 작전은 아래부터 위까지 육대주를 물어뜯지 못하게 뇌물을 쓰는 것이었다. 카다피의 사회주의 노선 안에서도 알게 모르게 뇌물이 아니면 일을 성사시키기 어려웠다. 우리가 선진국 건설업체와의 싸움에서 이겼던 것은 바로 모든 사람들에게서 이중성을 드러나게 하는 뇌물이라는 무기였다.

문교부가 오케이 사인을 보낼 즈음, 이번에는 리비아 건설부가 입찰 가격이 너무 높다면서 또다시 제동을 걸고 나섰다. 사장은 그들이 제시한 가격에서 반을 자른 금액으로 다시 서류를 만들게 했다.

3만 불이 담긴 가방을 든 나와 사장이 건설부로 들어갈 때 보았던 입찰 팀의 시선은 말 그대로 먹을 것을 구하러 가는 아빠를 바라보는 굶주린 아이들의 눈빛이었다.

사장의 작전은 또 성공이었다. 게다가 입찰가는 처음의 것으로 결정됐다. 모두가 필요한 곳에 적절히 쓴 3만 불의 힘이었다.

먼 훗날 사장은 바로 이 작전 때문에 수없이 구설수에 오르고 법정에도 섰다. 하지만 그 작전이 회사를 살리고 우리를 살렸다. 동류(同類)로서 하는 말이 아니라, 우리가 작전이라고 부르는 관공서의 뇌물은 그들의 말도 안 되는 횡포에서 시작되었다. 그 뇌물 작전을 쓰게 만든 사람들은 바로 어느 나라에서나 그 작전을 막아야 할 관리들이었다.

1990년대로 접어들면서 부패방지법 등이 체결되어 공정성과 투명성이 강조됐지만, 당시 우리는 오로지 살기 위해서 뇌물을 주고 일을 따내었던 것이다.

한번 문을 연 우리는 다음 달인 6월에 세 건의 도로 공사를 따내고 수단과 리비아에 열정을 나누어 퍼부었다. 그 공사가 시작되자 리비아 인들은 육대주를 다시 보기 시작했고, 이어 우조 비행장, 트리폴리 중앙병원, 벵가지 중앙병원 등으로 수주가 이어졌다.

사장의 말을 듣고 잠시 생각에 빠져 있던 나는 순간적으로 뭔가 이상하다는 걸 느꼈다. 그것은 비행시간이 너무 오래 걸린다는 것이었다. 시계를 보니, 아니나 다를까, 예정 착륙 시간에서 20분이나 넘어 있었다. 그런데도 비행기는 고도를 낮추지 않고 있었다. 시간상으로는 벵가지 공항에 도착하고도 남을 시간이었다. 간혹 예정 착륙 시간을 초과하는 수도 있었으나 그때는 기내 방송이나 승무원이 알리는 것이 원칙이었다. 비행기의 고도를 창밖으로 어림해 보니 여전히 구름은 동체 부근에 있었다.

나는 더 참지 못하고 승무원을 호출했다. 작은 비행기라 승무원도 여자 한 명뿐이었다. 3일 동안 같이 비행을 했으므로 우리는 낯이 익어 있었다. 나는 비행시간이 길어지는 이유를 그녀에게 물으려다가 직접 조종실로 가보기로 작정했다.

「조종실에 좀 가보고 싶은데 어떻게 하면 되지요?」

미국 태생이라는 그녀는 30대의 금발이었다.

「무엇을 알고 싶으신가요?」

그녀는 아주 천천히 말했다. 아마도 내가 못 알아들을 것을 배려하고 있는 듯했다.

「왜 비행기가 착륙하지 않는지 알고 싶습니다.」

내 말에 승무원이 웃으며 말했다.

「영어를 아주 잘하시는군요.」

「칭찬해 주시니 고맙군요.」

「때로 조금 더 걸릴 수도 있습니다. 그러나 궁금하시다면 제가 가서 알아보겠습니다. 잠시만 기다려 주십시오.」

나는 내가 직접 가겠다고 말하려다가 그만두었다. 사장을 수행할 때 만일의 질문에 대비하여 나는 늘 도착 시간과 비행시간을 꼼꼼히 체크하고 있었다.

조종실로 들어갔다 나온 승무원이 나에게 오라는 손짓을 했다. 손가락 짓에 기분이 언짢았지만 상황이 급한지라 나는 그녀가 있는 곳으로 갔다. 그녀는 기내 주방의 커튼을 얼른 치고는 말했다.

「모르고 계셨습니까?」

「무얼 말이오?」

「우리는 지금 벵가지로 가는 것이 아닙니다.」

「그럼 어디로 간단 말이오?」

「동북부의 자발하수나라는 곳으로 갑니다.」

「자발하수나? 거기가 어디요?」

「모릅니다, 사막이라는 것밖에는. 사막에도 여기저기 지명이 있는데 그중의 한 곳이겠죠.」

「누가 결정한 거요?」

「오너.」

「오너, 우리 사장?」

「그래요.」

「말도 안 돼.」

「뭐라고 하셨어요?」

내가 무심코 내뱉은 우리말을 알아들을 리 없는 그녀가 눈을 동그랗게 떴다.

「아, 그럴 리가 없다고 했습니다.」

「그럼 제가 거짓말을 하고 있다는 뜻인가요?」

「그게 아니라, 무슨 착오가……..」

「창공에선 착오란 곧 죽음입니다. 있을 수 없습니다.」

미국인답게 그녀는 착오란 있을 수 없다고 완강한 어투로 다시 말했다. 나도 그녀의 말을 믿고 싶었다.

「나를 조종실로 안내해 주시오. 내가 직접 물어보겠소.」

「그럴 수 없습니다.」

「그럼?」

「오너에게 확인해 보세요.」

나는 그 말이 떨어지기 무섭게 얼굴을 최대한 일그러뜨리며 잠시 노려보다가 커튼을 힘껏 걷어 젖히고 나왔다.

혹시 조종사들이 말을 잘못 들은 건 아닌가. 사장이 지시를 했다면 내가 몰랐을 리가 없다. 하지만 승무원의 말이 사실이라면 사장은 나를 무시하고 있다는 증거가 아닌가. 다른 사람은 몰라도 나만은 사장의 주변에서 일어나는 모든 것을 알고 있어야 보필이든 수발이든 들 게 아닌가.

엔진 소리가 요란한데도 사장은 자고 있었다. 참으로 평화로운 그 얼굴로 다가가면서 나는 서서히 화가 끓어오르고 있는 것을 의식할 수 있었다.

내가 숨을 고르면서 사장을 막 깨우려고 했을 때, 그가 인기척을 느꼈는지 눈을 떴다.

「응, 왜?」

「비행기가 벵가지로 가지 않고 어디로 가는 겁니까?」

「자발하수나, 왜?」

「승무원의 말을 듣고 놀라서요. 사장님은 알고 계셨습니까?」

「내가 시켰는데 몰라? 그곳에서 카다피를 만날 거야. 내가 말을 안 한 건 안전 때문이야. 카다피가 어디를 가는 건 측근 중에서도 몇 명만 알아. 그 자식들 나중에 비행기 승무원들한테도 확인할 테니까. 그러니까 미국이 그렇게 잡고 싶어도 못 잡지. 참, 우리는 또 잘 알려지지 않은 사막의 취수장 예정지에도 갈지 몰라. 그곳들이 앞으로 세계 최대의 취수장이 될지도 모르니까. 다른 놈들은 왜 늦는지도 모르지?」

「예.」

머리라면 사장의 꼭대기에 올라앉아 있다고 생각해 왔던 나는 뒷머리를 한 대 맞은 꼴로 물었다.

「수로(水路) 건입니까?」

「그 말이 당장에 튀어나오는 걸 보면 역시 넌 대가리 하난 잘 돌아가. 왜, 가능성이 없다고 생각해?」

「아, 아닙니다. 제가 건설에 대해서 뭐 아는 게 있어야지요.」

「또, 또 상대방 지혜를 빌리려고 그런다. 이 친구야, 좀 용감해 봐. 누군 건설을 알아서 이러고 다니나? 가봐. 더 자야겠다. 카다피는 술도 담배도 안 한다지만, 정말 친한 사람하고는 마신대. 하부 관리들한테는 통하는 뇌물이 카다피와 그 측근들한테는 안 통해. 오로지 신뢰와 믿음이 있어야만 가까이 갈 수 있어. 그 친구한테 오늘 밤새도록 시달릴지 몰라. 참, 카다피를 나는 그렇게 똑똑하게 보지 않았는데 그게 아닌 것도 같다. 카다피는 언젠가는 석유가 고갈되고 선진국들이 식량으로 세계를 지배할지도 모른다는 생각을 가지고 있다는 거야. 그래서 수로 사업을 녹색 혁명의 가장 핵심적인 사업으로 여겨 특별법까지 제정하려 하고 있으니까. 카다피는 언젠가 일억 팔천만의 아랍인 식량을 모두 이 사하라 사막에서 생산하겠다는 엄청난 계획을 가지고 있다는 거야. 아랍어로 사하라는 불모지란 뜻이야. 어때, 상상이 가? 일억 팔천만이 먹을 양식이 불모지에서 생산된다는 게?」

「수로 공사도 우리가 합니까?」

「몰라, 생각 중이야. 그 공사는 십오 년 이상 걸릴 거야. 게다가 워낙 길어서 남는 거나 있을지…… 하나쯤은 포기해도 좋을 것 같고. 같이 한번 생각해 보자고.」

「알겠습니다.」

나는 내 자리로 돌아왔다.

30여 분이 지나자 금연 등과 벨트를 착용하라는 등에 불이 들어오더니 곧 착륙한다는 짤막한 안내 방송이 나왔다. 기내는 잠시 술렁

이는 분위기가 이어졌다.

「어, 여긴?」

「뭐야? 왜 그래?」

눈썰미 빠른 한 임원이 이상하다는 듯이 고개를 갸웃하면서 중얼거리자, 너도나도 떠들고 나섰다.

「사막 아냐? 비행기가 길을 잃은 거야, 착륙 허가가 안 난 거야? 사막 한복판에 내리면 어쩌라는 거야?」

어디서나 가장 먼저 선동하는 사람이 있게 마련이었다. 배종기(裵鍾基) 상무가 가장 먼저 불만을 터뜨렸다. 그는 미국 MIT공대 박사 출신이었다. 사장의 고등학교 후배인 그는 자신의 모교에 교수로 있었다. 그러다 나처럼 사장의 미래 계획을 듣고 귀국하여 육대주에 들어왔다. 내가 기자 출신이라는 걸 알고는 상당히 점잖게 대해, 나 또한 그에 대한 감정이 좋았다.

「제갈 이사, 어떻게 된 거요?」

「보안 때문에 사장님이 승무원도 모르게 여길 왔답니다.」

「여긴 어디요?」

「자발하수나란 곳입니다.」

비행기가 내린 곳은 공항이랄 것도 없는 허허벌판이었다. 사막의 모래 위에 깔린 군용 임시 철판 활주로에 비행기가 내린 것이었다.

나는 웅성거리는 무리를 떠나 사장에게 다가갔다. 사장이 손짓으로 불렀기 때문이었다.

「주위를 둘러봐. 트럭이 있을 거야.」

그러나 꼼꼼하게 살폈는데도 트럭은 보이지 않았다.

「보이지 않습니다.」

「몇 시지?」

「오후 두시 이십분입니다.」

「십 분 남았군.」

나는 마치 사막의 한가운데에서 접선을 기다리는 유격대가 된 기분이었다.

정확히 두시 30분이 되었을 때 서쪽에서 모래 먼지가 일어나는 것이 보였다. 자세히 살피니 트럭의 행렬이었다. 트럭은 회색 얼룩무늬로 위장되어 있었는데, 상당히 많은 숫자였다.

「군용 트럭들이 이쪽을 향해 오고 있습니다. 군사 작전 중인 것 같습니다.」

「작전이지. 나를 만나는 작전. 카다피를 믿어도 되겠는데. 사막에서 약속을 정확히 지키는 자라면.」

이미 사장을 수행하면서 굶주리거나 죽을 고비를 숱하게 넘긴 나였다. 그랬음에도 또다시 오싹하는 느낌이 들었다. 문득 사장이 경영자라기보다는 모험가에 가깝다는 생각을 했다. 두려운 가운데서도 내 귀에는, 아니 가슴에서는 '그는 믿을 수 있는 사람이다'라는 말이 들려왔다.

임원들은 아무런 설명도 듣지 못하고 내렸다가 군용 트럭이 다가오자 놀란 표정들이었다.

사장이 내게 귓속말로 일렀다.

「전부 서서, 카다피가 다가오면 박수를 치라고 일러. 카다피가 먼저 손을 내밀기 전에는 절대로 손을 내밀어서는 안 돼. 만약 카다피가 앞에 있는데 손을 내민다거나 주머니에 넣으면 사살될지도 몰라. 주의를 시켜.」

나는 사장이 지시한 말을 임원들에게 들려주었다. 곧 횡으로 줄이 만들어졌다. 트럭에서 내린 한 떼의 군인들이 오고 있었는데 거의가 선글라스를 끼고 있어 누가 누군지 알 수 없었다. 그들 뒤에는 또, 둥근 실탄 케이스가 달린 소련제 AK자동소총(따발총)을 든 한 떼의 군인들이 따라왔다.

「저 사람들 속에 카다피가 있습니까?」

「그래, 저 앞에 오는 자들이 모두 카다피의 혁명 동지들이야. 모두 스물대여섯 살 때 카다피를 따라 혁명을 했지.」

「권력을 가지면 젤 먼저 떠오르는 게 자신이 혹시 암살당할지도 모른다는 우려라고 하더군.」

임원들 중에서 누군가가 말했다.

「그렇겠지요. 겁나는 게 죽는 것밖에 더 있겠어요.」

군인들이 가까이 다가왔다. 나는 그중에서 유난히 얼굴이 흰 사람이 카다피라고 단정지었다. 좀 더 자세히 보니 피부가 흰 것이 아니라 무얼 바른 듯했다. 아마도 햇빛을 차단하는 약인 듯했다.

사장이 한 걸음 앞으로 나서자 그 흰 얼굴의 군인이 다가와 악수를 하더니 좌우로 번갈아 가며 포옹을 하고는 떨어졌다. 사장이 카다피에게 뭐라고 하며 우리를 한 사람씩 소개해 나갔다. 나를 지나 세 명쯤 더 가자 지루해졌는지 카다피가 갑자기 악수하는 걸 멈추고 돌아섰다. 사장도 황당한 표정으로 그를 따랐다.

군인들이 분주히 움직이더니 대형 텐트 10여 개가 쳐졌다. 문득

<사막의 라이온>이라는 영화의 한 장면이 떠올랐다. 이탈리아와 싸우는 리비아 인들이 서로의 다리를 묶어 두려움에 자신도 모르게 도망치려는 행동을 방지하고 죽을 때까지 싸우던.

「카다피 정도라면 여기저기 별장을 지어도 될 텐데, 텐트에서 생활하는 걸 즐긴다고 하더군.」

「그건 몇 년 전에 미국이 영빈관에 폭탄을 쏟아 부은 다음부터래. 미국이 골머리를 앓고 있는 것도 바로 그거래. 도무지 상식을 벗어나 있으니까 어떻게 해볼 수가 없는 거지. 어디에서 잔다고 정보가 들어왔다가 한 시간도 안 돼 다른 정보가 들어오니. 카다피뿐만이 아니라 중동인들은 정부에서 아파트를 지어 주고 공짜로 살라고 해도 싫다면서 사막으로 나간다니, 도대체 어떻게 이해를 해야 할지. 우린 정말 고달픈 땅에 태어났어. 여기에선 대학까지 학비는 당연히 공짜고 보조금까지 준다고 해도 공부하는 인간이 별로 없대. 우리 같으면 서로 하겠다고 난릴 텐데…….」

옳은 이해를 돕기 위해 내가 나섰다.

「카다피는 베두인 족이며 시르테 사막에서 자랐습니다. 혁명은 중학교에 다닐 때부터 계획했답니다. 여긴 헌법이 없는 나랍니다. 대신에 카다피의 《그린북》이 법이지요. 하지만 누가 압니까? 다음번 역사는 또 어떻게 씌어질지요. 그가 죽어야 제대로 된 평가가 나겠지요.」

텐트 주변에는 몇 겹의 군인들이 진을 치고 있었다. 회색 텐트의 크기와 모양이 모두 같아 어디에 카다피가 있는지도 잘 알 수 없었다. 동원된 군인들은 대략 2개 대대쯤 된다고 장교 출신의 어느 간부가 아는 체를 했다.

　저녁 식사는 1백 명은 족히 들어가 잘 만한 대형 텐트 속에서 했는데 카다피와 사장이 한 테이블에 앉았다. 사장도 나 정도의 회화 실력은 되었지만 만일을 생각하여 통역 겸 이런저런 수발을 위해 나도 그 테이블에 앉았는데, 어찌나 경호원들에게 신경이 쓰이던지 식사도 제대로 할 수가 없을 정도였다.

　그동안 사장을 수행하면서 국가 원수와 같은 테이블에서 식사를 한 적이 여러 번 있었다. 그러나 카다피와의 식사는, 그가 강력한 독재자라는 것 말고도 미국을 끊임없이 괴롭히고 있다는 점에서 또 다른 호기심을 일으켰다.

　식사 중의 얘기는 주로 수로 공사에 관한 것이었다. 사장이나 카다피는 둘 다 대단한 상상력의 소유자였다. 두 사람의 회화 실력은 통역이 필요하지 않을 정도였으나 중요한 대목에서 사장은 내게 확인하곤 했다.

「독점으로 공사를 준다는 말이 맞지?」

「맞습니다. 또 하청을 줘도 무방하지만 육대주가 끝까지 도덕적인 책임을 지라고 합니다.」

　나는 대답을 하면서도 공상 만화 같은 일이 실제로 일어나고 있다는 것에 그저 벙벙할 뿐이었다. 리비아 사막에 대형 수로를 건설한다는 것은 아무도 생각하지 못했던 일이었고, 어마어마한 공사비는 리비아가 산유국이라고는 하지만 감당하기에 무리가 따를 것 같았다. 그러나 사장은 연신 카다피의 말에 고개를 주억거리며 찬동하고 있었다.

저녁 식사가 끝나자, 카다피는 사장과 영어로 대화를 주고받는 데 어려움이 없다는 걸 알고는 은밀한 대화를 나눌 셈인지 통역사며 경호원들을 모두 내보냈다.

사장은 두어 시간이 지난 후 나를 불렀다.

「술을 먹어도 좋다고 했으니까 가져온 술로 목 좀 축여라. 안주는 이 사람들이 양을 잡아주기로 했어.」

「알겠습니다.」

곧 사막에는 양고기 굽는 냄새가 진동했다. 그 냄새를 맡고 여우와 자칼들이 모여들었지만 덤비지는 않고 군인들이 던져 주는 뼈와 내장 등을 먹으려고 저희들끼리 싸웠다.

「인간한테 고기 몇 점 얻어먹는 대가로 쇼를 해주는 셈이군.」

배 상무의 말에 모두 유쾌하게 웃었다. 임원들이 돌아가면서 나에게 잔을 권했다.

「우리 그룹에서 젤 고생하는 사람이 아마 제갈 이사일 거요. 자, 드릴 건 없고 술 한잔 받으시지요.」

거절하노라고 했는데도 열 잔 가깝게 마셨다. 이상하게도 사회주의 국가에서 술을 마시면 평소 주량을 넘어서도 만취가 되지 않는데, 그날 저녁에도 그랬다. 결국 자정이 돼서야 나는 텐트로 기어들었지만, 그때까지도 사장은 카다피와 있었다.

아침에 기지개를 켜면서 텐트에서 나온 나는 깜짝 놀랐다. 어제 저녁에 즐비하던 텐트와 경비병들은 간 곳이 없고 겨우 세 개의 텐트만이 모래를 뒤집어쓰고 있었기 때문이었다. 거기다가 나를 더욱 놀라게 한 것은 사장이 오래전에 일어나 옆 텐트에서 회의를 소집하고 있다는 것이었다.

황급히 다이어리를 찾아 들고 회의가 열리고 있는 텐트로 들어서
자 30여 개의 눈이 나를 향했다.

「어, 일어났냐? 술 몇 잔에 정신없이 뻗어 버리더니. 체력이 좋아
야 머리도 잘 돌아가.」

「죄, 죄송합니다.」

나는 사장이 특유의 말솜씨로 분위기를 어색하게 만들지 않으려
한다는 걸 알고는 눈물이 나도록 고마웠다. 앉을 데를 찾아 두리번
거리는데 서로 몸을 비켜 자리를 만들어 주었다. 나는 간부들을 못
본 체하고 사장 옆으로 가 그 뒤쪽에 앉았다. 필기를 하려고 다이어
리를 펴는데 시선들이 아직 내게 쏠려 있다는 걸 알 수 있었다.

「자, 그만들 합시다. 특별히 회의랄 것도 없으니까 끝내자고. 텐트
는 그대로 두고, 그럼 출발.」

아침도 먹기 전이었다. 텐트는 어떻게 되느냐고 남아 있던 군인
몇에게 물으니 우리가 그곳을 떠나면 모두 철수한다고 대답했다. 그
리고 비행기가 이륙하면 활주로도 모래로 위장된다고 했다.

비행기가 이륙하자 사장은 나를 옆자리에 앉히더니 조용히 지시
했다.

「수로 공사는 아동건설에 줄 거야. 거기서 엄청나게 공을 들이고
있다는 거야. 카다피는 나에게 선택권을 줬지만 그렇게 큰 공사의
하청은 재미없어. 잘못되면 우리가 뒤집어써야 하니까. 다른 공사
도 많으니까 미련 두지 말자. 또 해봐야 이 공사에선 별로 남기지
도 못해. 뭣보다 기간이 너무 길어. 생각해 봐라. 십오 년 이상이

걸리는 수로 공산데, 첨에 한 공사가 공사를 계속하는 동안 속을
썩이지 않을 것 같아? 물이라도 새면 다시 시작해야 돼. 그럼 한
쪽에서는 본 공사 하고 한쪽에서는 하자 보수 하다가 날 새는 거
야. 카다피는 이 사막에 물을 끌어들여 밀밭을 만들겠대. 참으로
괴물이야. 넌 말이야, 이번에 들어가거든 먼저 아동 비서실에 접근
부터 해. 이 사람 저 사람 만나지 말고 딱 한 사람만 만나서 끝을
봐. 일단계 공사 만기가 오 년 후니까 그 공사비에서 더도 말고 오
프로만 달라고 그래. 이단계, 삼단계는 모르는 일로 하겠다고 말이
야. 그쪽에서 깎자고 나서면 마지노선은 삼 프로야. 그 이하를 받
으면 우리가 우습게 될 수도 있어. 서류 같은 건 만들지 마. 그냥
끝까지 들러리를 서겠다고 하면 알아들을 거야. 직원들이 알아도
안 돼.」

「알겠습니다.」

사장의 지시대로 나는 귀국 즉시 그 일에 매달렸다. 아동건설은
우리의 제의에 오히려 고마워하며 5퍼센트의 커미션을 현금으로 내
놓았다.

그리고 20여 년 동안 아동이 그 하나의 공사에 매달리는 사이 우
리는 무려 40여 건의 크고 작은 공사를 진행시켰다. 그때 사우디아
라비아에서는 울산건설의 주베일 산업항의 거대한 드라마가 펼쳐지
고 있었다.

하지만, 우리 그룹이 몰락해 갈 때 아동건설 역시 회사 깃발을 내
려야 할 처지에 빠지고 말았다.

마천루 지하의 안가(安家)

「우리는 이제 육대주 그룹의 착륙과 이륙을 조정하고 지시하는 관제탑 역할을 하게 될 것입니다. 따라서 관제요원이랄 수 있는 우리는 날씨의 예측은 기본이고 내리고 뜨는 항공기의 순서 조율과 비행 제한까지도 자신 있게 해야 합니다. 가족사(家族社)들은 우리의 조정에 따라 때로는 계기 비행을 하거나 자동항법으로 이착륙을 할 수 있을 것입니다. 고장난 비행기라 할지라도 안전하게 착륙하게 하자면 우리는 누구보다 많이 알아야 합니다. 당연히 수많은 레이더가 요소요소에 설치되어 있어야 한다는 말입니다. 레이더 설치비는 결재 과정을 통해 올리면 가능한 한 빠짐없이 지원될 것입니다. 그러나 정보만이 전부가 아닙니다. 정보를 파악할 능력이 없으면 정보는 암호에 불과합니다. 그러므로 기업의 누구보다도 열심히 공부하고 정보를 모아 분석할 능력을 키워야 합니다. 덧붙이면 실력이 없이는 아무것도 할 수 없다는 말입니다. 정보는 가능하면 공유하게 하겠습니다. 그러나 특급 비밀로 분류된 정보는 직급에 따라 제한이 주어질 것입니다. 아까도 말했지만 관제를 정확히 하기 위해서는 여러분들의 자신 있는 판단이 필요합니다. 주저하고 어물거려서는 관제가 정상적으로 이뤄질 수 없습니다. 관제는 인사에서부터 제품 개발까지 그 제한을 두지 않겠습니다. 다음 달부터 각사담당제(各社擔當制)를 두겠습니다. 보고서는 매달 두 번, 월초와 월말로 할 것입니다. 궁금한 점이 있으면 언제든 나에게 개별적으로 찾아와도 좋습니다.」

내 말에 자신감을 얻은 기조실 직원들은 눈에 띄게 달라졌다. 우리 부서가 그룹 내 최고라는 자부심을 심어 주려던 나의 생각이 주효했던 것이다. 젊은 직원들은 내가 굳이 말하지 않아도 나보다 분위기를 먼저 읽고 목에 힘을 주고 다녔다.

언제부터인가 회장이라는 명칭은 발표가 없었음에도 자연스레 대내외적으로 쓰여지고 있었다. 언론에서도 육대주의 기사를 쓰면서 김병수 그룹 회장이라고 썼다.

「A건이 터졌습니다. 그래서 부근이 젖지 않도록 방수 작업 중입니다. 방수액이 많이 들 것 같습니다.」

「K신문사가 부산 공장 생산직원 해고 문제를 파고 있습니다. 밤에 데스크를 만나기로 했습니다. 일주일 계속해서 오단 통으로 광고를 주면 거래가 될 것도 같습니다. 오늘 좀 구워삶을 작정입니다.」

일이란 거듭되면 능숙해지게 마련이었다. 또 열심히 하다 보면 자신도 모르게 그 재미에 빠지게 되었다. 그리고 무엇보다 긴급한 일을 하는 동안, 소위 실탄이니 방수액이니 하는 은어로 통하는 자금을 충분히 쓸 수 있는 권리가 생긴다는 거였다. 직원들이 돈을 좀 헤프게 쓰고 있었지만 나는 그 점에 대해서는 일언반구도 하지 않았다. 그룹의 싱크탱크 일원으로서 그 정도의 반대급부는 있어야 한다는 것이 내 지론이기도 했다.

나는 마치 군대의 5분 대기조처럼 기조실을 운용하고 있었다. 쉴 틈 없이 울려 대는 전화벨 소리와 직원들의 웅성거림은 저릿저릿한 활력소였다. 일요일에 쉬고 싶어 누웠다가도 오후 두시가 되면 몸이 근질거려 부서장들에게 돌아가며 전화라도 해야 안심이 됐다. 어느 땐 식구들에게 회사일을 빙자하고 바로 밑의 간부들을 불러내어 술을 사주면서 충성을 확인시킨 적도 있었다.

기조실에서는 담당자의 필요에 따라 각사에 자료를 요청하면서 회장에게 보고할 거라는 말을 덧붙이는 게 관례였다. 그리 되면 상대 회사의 누가 됐건 직급의 높고 낮음에 관계없이 자료가 즉시 송달됐다.

하지만 우리의 그 방법이 때로 조직에 본의 아니게 해를 끼치기도 했는데, 그것은 가족 같아야 할 가족사들과의 관계가 점점 견제하는 쪽으로 발전한다는 것이었다. 즉, 어떤 문제가 있을 경우, 초기에 서로 머리를 맞대고 풀어야 함에도 견책을 두려워하여 숨기는 바람에 곪을 대로 곪은 후에 터진다는 게 그거였다. 가족사에서는 기조실 모르게 일을 처리하려 했고 마무리가 잘되어 우리가 모르고 넘어가는 경우도 많았다. 결국 소중한 노하우를 다른 계열사에 나누어 주지 못하는 것이 그룹의 누(累)요 해(害)였던 것이다.

어찌 됐건 시대는 육대주의 편이었다. 수출에 힘이 붙어 신장률이 다달이 경신됐고, 은행에서는 대출이 타행보다 적다며 고위급이 찾아와 허리를 굽히며 자기 은행의 돈을 써달라고 할 정도였다. 게다가 육대주는 이미 금융에도 진출하고 있었다. 두 개의 부실 증권 회사를 인수 통합하여 탄생한 육대주증권은 그룹의 후원에 힘입어 업계 선두를 달리는 중이었다.

그 여세에 힘입어 육대주는 국내외로 본격적인 경영다각화를 추진하여 복합 기업을 만들기 시작했다. 훗날 평등과 정의와 진리를 외치며 밥을 먹는 사람들이 이를 갈며 말하는 바로 '문어발 경영'의 시작이었다. GM과의 합작으로 자동차 생산 공장도 포함시켜 거대 기업으로 키웠다.

복합 기업의 출발과 함께 홍보의 기능이 강화되었다. 제품의 홍보는 각사에서 하는 것이었고, 기조실 홍보 팀은 그룹 이미지를 보다 좋게 사람들의 의식에 심는 것이었다. 해외의 대형 공사 현장이 텔레비전과 신문에 소개되고 외국의 통치자들과 어깨를 나란히 한 회장의 사진이 전파를 타기 시작하면서 육대주의 이미지는 나날이 향상되어 갔다. 게다가 지상 27층 지하 5층의 최첨단 신축 사옥으로 이사를 한 후로는 직원들의 사기도 눈에 띄게 달라졌다.

그해 가을, 신차(新車) 발표가 사옥 로비에서 열렸다. 나는 회장의 은밀한 지시를 받아 기조실 전원을 신차발표회 준비에 투입했다.

「그날 대통령이 올지도 몰라. 아니, 올 거야. 그러니까 준비를 좀 잘해 봐.」

나는 회장의 지시에 만전을 기하기 위해 발표회 일주일 전부터 부근 호텔에 묵으며 아예 집에도 들어가지 않았다. 매일 철야를 할 만큼 일이 많아서가 아니었다. 그것은 일종의 연출로서, 조직원들의 정신력을 보나 강하게 하는 빙책인 동시에 열심히 하고 있다는 선전이기도 했다.

기조실장이 그 일에 밤낮 매달린다는 소문이 나자, 발표회 주무 회사인 자동차는 말할 것도 없고 여타 계열사의 간부들도 도울 것이 없느냐면서 찾아와 덩달아 밤을 새우기 시작했던 것이다.

드디어 발표회 당일 저녁 일곱시 30분 정계, 관계, 재계, 언론계, 문화계에서 이름만 들어도 알 만한 사람들이 초대되어 입장을 마쳤다. 로비 중앙에는 신차인 '로망스' 두 대가 대통령이 보낸 대형 화분 옆에 푸른 천으로 덮여 있었다. 로비로 통하는 아홉 개의 자동문 중 여덟 개는 모두 잠겼고 중앙의 한 대만이 입을 벌리고 기다렸다. 그 앞 8차선 도로는 교통이 통제되었고, 로비에 모여 선 사람들의 시선은 모두 중앙의 자동문으로 쏠려 있었다.

정각 여덟시. 검은 양복을 입은 대통령이 경호원들에게 둘러싸여 로비로 들어섰다. 대통령은 그대로 걸어가 두 대 중 오른쪽의 로망스 앞에 서고 회장은 왼편의 로망스 앞에 섰다. 대통령이 먼저 푸른 천을 잡아당겼다. GM과 합작으로 생산된 검은색 월드 카의 자태가 드러났다. 로망스는, 육대주의 향후 수출 주력 상품으로 만든다는 의욕을 가지고 회장이 무엇보다 열정을 쏟은 차였다. 박수 소리가 요란한 가운데 회장은 잠깐 사이를 두었다가 푸른 천을 벗기고 대통령에게 다가가 머리를 깊이 숙였다.

「수고했어. 차가 생각보다 멋지구면.」

「감사합니다, 각하.」

사회를 맡은 나는 초기의 경공업에서 탈피하여 경영을 다각화해온 과정을 간략하게 설명하고 신차 소개보다 대통령이 육대주에 온 것에 더 힘을 실었다. 그러면서 대통령이 북아프리카의 미수교국이었던 수단과 리비아의 문을 연 회장의 노력을 치하하기 위해 온 것임을 강조했다.

국회 의장이 축사를 하고 만세 삼창을 제의했을 때 식장은 뜨거워졌다. 나는 회장의 지시로 만세가 끝나기 전에 얼른 경호실장과 함께 중앙 뒤편에 있는 비상계단을 이용해 대통령을 지하에 있는 일식집으로 모셨다. 이미 직원들이 네 겹으로 막고 있어 대통령이 그 속으로 사라지는 것을 사람들은 눈치 채지 못했다.

이제 가수들이 무대로 오를 것이고 거물들은 임원들의 안내로 각기 흩어질 것이다. 이미 한 달 전부터 임원들은 자신과 인연이 있는 초청자 명단을 제출했고, 나는 회장의 재가를 얻어 임원들에게 각자 초청한 사람들의 접대를 맡겼다.

문을 닫자 로비의 소음이 멈추고 대통령의 목소리가 들려왔다.

「문을 열었다고?」

회장이 대답했다.

「예, 각하!」

이미 연락받은 전 종업원이 입구에 두 줄로 서서 허리를 굽혔다.

「어서 오십시오, 각하.」

일식집은 지하 1층이었으나 뒤의 산을 기준으로 한 것이어서 실제로는 1층이나 마찬가지였다. 그곳의 창은 안에서는 밖이 내다보였지만 밖에서는 검은색으로 보이도록 설계된 방탄유리로 되어 있었다.

일식집 '국화(菊花)'는 서른 살의 오기노 지배인이 모든 운영을 맡고 있었다. 그녀는 일본에서 태어난 재일 동포 2세였는데, 눈치로 보아 회장보다는 대통령과 관계가 있는 듯했다. 왜냐하면 회장은 다른 계열사와 두어 곳의 위장업체에는 늘 나를 앞세웠지만 국화만은 평소 얼씬도 못하게 했기 때문이었다. 게다가 회장은 오기노를 꽤 어려워하고 있었다.

그곳에 들어서면 마치 도쿄의 한 음식점에 와 있다는 착각을 일으킬 정도였다. 인테리어는 물론 사용하는 모든 집기 등속이 일본에서 공수된 것들이기 때문이었다. 입구에는 앙증맞은 연못이 있고 어른 셋이 안아야 들릴 만한 붉고 검은 돌이 있었는데 그것도 공수된 것이었다.

「신경 썼구먼.」

대통령이 신발을 벗고 올라서며 모두 들으라고 한 말이었다.

입구의 문이 닫히고 홀에는 경호원과 육대주 비서실 직원 네 명만이 대기했다.

30여 분이 지나고 문득 문이 열리며 회장이 나왔다.

「제갈 이사.」

나는 얼른 회장에게 다가갔다.

「각하께서 좀 들어오라는군. 술친구가 나 혼자로는 부족하신가 봐.」

안으로 들어서자 대통령은 앉아 있고 오기노는 서 있었다. 그녀는 내가 들어서자 대통령에게 고개를 숙여 보이더니 방에서 나갔다.

　며칠 사이에 실내 장식이 바뀐 것 같아 얼른 둘러보니 벽 중앙에 있던 그림이 없어지고 대신 칼 걸이가 세워져 있었다. 그 칼 걸이에는 일본도가 걸려 있었는데 하나는 길고 하나는 약간 짧은 것이었다. 검은 칼집이 주는 묵묵함이 새로웠다. 그 칼 걸이 바로 앞에 대통령이 앉아 있다가 나를 보더니 말했다.

「앉지. 기자를 했었다고?」

「예, 각하. 절 받으십시오.」

「아니, 그냥 앉아.」

「아닙니다. 절 받으십시오.」

나는 큰절을 하고는 무릎을 꿇고 앉았다.

「편히 앉아. 그래 가지고 술 마시겠어?」

「괜찮습니다.」

「편히 앉으라니까.」

「감사합니다.」

「자, 받아.」

대통령이 건네준 것은 양주잔이 아니라 물컵이었다. 거기에 중간쯤 차도록 시바스리갈을 따른 대통령이 얼음 그릇을 밀며 말했다.

「얼음 좋으면 넣어서 먹고. 난 넣는 게 좋더군.」

「감사합니다.」

얼음 집게로 얼음을 집는데 나도 모르게 손이 떨렸다. 예전에 기자였을 때 정치부 기자들은 때로 대통령이 주는 술잔을 받아 봤다고 했지만, 나는 경제부에 있어서 그런 기회가 없었다. 그런데 지금 대통령 바로 앞에 앉아 술잔을 받게 된 것이었다. 두고두고 기억 나는 것은 대통령의 목소리가 좀 쉰 듯했지만 힘이 들어가 있었고 의외로 따스하게 느껴졌다는 것이다. 게다가 신경질적인 사람으로 알았는데 직접 대하고 보니 그 반대였다. 이런 사람이 10월 유신으로 전국을 얼음장으로 만들었다는 것에 도무지 실감이 나지 않았다.

회장의 대통령에 대한 수발은 자연스러웠는데 그만큼 두 사람의 사이가 가깝다는 것을 의미했다. 나는 대통령으로부터 두 잔을 받고 한 잔을 따라 주었다. 대통령은 양주잔에 술을 받아 물컵에 붓고는 얼음을 채워 온더록스로 마셨지만 내게는 두 번 다 컵에 반 잔쯤 따라 주었다. 회장에게는 한 번밖에 따라 주지 않았는데 양주잔으로였다.

「기자들이 싸가지없다고 말하는 사람이 많은데 내가 보기엔 예의가 더 있어. 배운 사람들을 이해시키는 게 더 쉬워.」

내가 큰절한 것을 두고 말하는 듯했다.

「무식한 놈들이 더 뻣뻣합니다, 각하.」

「그건 그래.」

그러더니 문득 말을 이었다.

「시간이 없어. 내 일전에 얘기한 거 있잖아?」

「예, 각하.」

「시작해 봐. 시간이 없어.」

나는 대통령이 시간이 없고 회장이 알았다는 그 일이 무엇인지 전혀 감을 잡을 수 없었다.

대통령은 시간 반쯤 술을 마시다가 돌아갔다.

그 후 대통령은 보름도 안 돼 국화에 두 번 나타났는데 모두 밤이었다. 밤 열시쯤, 모든 직원이 퇴근하고 상가도 철시한 다음 은밀히 뒷문을 통해 들어왔는데, 직원들은 물론 사옥의 경비들도 몇 명을 제외하고는 모르게 했다.

첫 방문 때는 비서실장과 중앙정보부장이 동행했고 두 번째는 혼자였다. 중앙정보부장과 왔을 때는 나도 참석할 수 있었지만 혼자 왔을 때는 회장도 홀에서 기다리고 대신 오기노가 접대를 맡았다.

그리고 보름쯤 지난 어느 날 출근과 동시에 나는 회장의 부름을 받았다.

「통(統)이 갑자기 참치와 멸치 회가 잡수고 싶다는 거야. 오기노 지배인과 의논해서 준비를 좀 해봐.」

「알겠습니다. 시간은……?」

「저번과 같아.」

「빈틈없도록 하겠습니다.」

국화는 그때까지 회장의 고객만 받는 특수한 영업을 했다. 그래서 음식이며 주류 가격이 얼마인지도 알 수 없었다. 내가 아는 것은 회장에게서 들은 말이 전부였다.

「사람들 접대할 만한 데가 없었는데 국화가 있으니까 편해. 전화로 어떤 사람들이 몇 명 간다고만 하면 되니까 말이야. 거물들도 마음에 드나 봐. 요정은 너무 얼굴이 팔리고, 애들도 다 그게 그거 아니야?」

오기노에게 회장의 지시 사항을 말하자 그녀가 의자를 가리키며 말했다.

「앉으십시오. 그건 벌써 일본에 연락해 두어서 오늘 세시 비행기로 도착합니다. 우리가 나가는 것보다 이사님이 조처해 주시면 감사하겠습니다.」

나는 예진에 들었던 방을 한번 봐도 좋으냐고 물었다.

「그럼요.」

오기노의 대답을 듣고 문을 열었다. 내가 보고 싶었던 것은 칼이었다. 그런데 칼 걸이가 있던 자리에 그림이 걸려 있었다.

「전번 각하가 오셨을 때는 칼을 봤습니다. 그런데 지금은 없군요?」

「네, 각하가 드시기 전에 제가 걸어 드립니다.」

「일본에는 그런 관습이 있나 보지요?」

나는 묘한 호기심을 느끼며 물었다.

「일본인에게 칼은 정신이고 생명이라고 전해져 옵니다. 요즘은 별로 신경을 안 쓰지만 아직도 그렇게 생각하는 사람들이 꽤 됩니다.」

「그럼 그때 그 칼은 가검(假劍)이 아니라 진검입니까?」

「그렇습니다. 그것도 오래전에 명인이 만든 검입니다.」

「각하가 검을 좋아하시나 봅니다.」

「각하뿐만 아니라 각하의 일본 친구분들도 모두 검을 사랑합니다.」

「죄송합니다. 괜한 걸 물어서…….」

「아닙니다. 저는 그냥 아는 걸 말씀드렸을 뿐입니다.」

시간에 맞춰 공항으로 직원을 보낼까 하다가 내가 직접 공수에 나서기로 했다.

입이 무겁다고 낙점한 정창명(丁昌銘) 대리를 데리고 공항으로 갔다가 돌아오니 오후 다섯시였다. 철로 된 상자 네 개를 국화로 가지고 오자 오기노가 반색으로 맞았다.

「감사합니다. 이사님 신세를 많이 집니다.」

「뭘요, 불편한 게 있으면 언제라도 말씀하십시오.」

그렇게 대답하고 회장에게 보고를 하러 갔다가 이발하러 갔다는 소리를 듣고 나도 급히 지하실에 있는 임원 이발실로 향했다.

그즈음 세간의 소리 없는 소문은 대통령이 회장을 돕고 있다는 것에서 서서히 유착이니 밀착이니, 양아들이니 하는 쪽으로 옮겨 가고 있었다. 그 소문이 그룹에 불리하지는 않아, 나는 소문의 불을 끄려 하지 않았다. 게다가 소문이 적확한 것도 아니었다. 우리 쪽에서 보면 울산 그룹이나 은하수 그룹이 더 대통령의 도움을 받는 것 같았기 때문이었다. 게다가 울산건설은 경부고속도로를 시공한 회사였다.

도대체 서두르라는 그 일이 뭘까? 얼굴의 잔털을 면도하는 동안 눈을 감은 채 깊이 생각해 봤지만 여전히 감이 잡히지 않았다.

밤 아홉시 40분, 나는 정문이 아닌 후문 주차장 입구에 서서 기다렸다. 회장은 내 뒤에 서 있었다. 차가 보이면 나와 회장은 위치를 바꾸어 대통령을 맞을 것이었다.

보안 탓인지 교통이 통제되지는 않았다. 열시 5분쯤 되어 검은색 링컨콘티넨털 세 대가 나타났다. 대통령은 늘 같은 차 세 대를 동시 운행하여 어느 차에 자신이 탔는지 모르게 위장하고 있었다.

대통령과 앞뒤 차에서 내린 사람은 모두 여덟 명이었다. 비서실장

과 중앙정보부장, 경호실장은 알겠는데 나머지는 모르는 사람들이
었다.

「갑시다.」

대통령이 말하면서 옆사람의 등을 두드리며 나직이 말을 주고받
았다. 나는 그들이 다 지나갈 때까지 후문 앞에 있다가 문을 닫아걸
고 지하로 내려갔다. 사람들이 많이 왔기 때문에 나는 방으로 들어
갈 기대는 하지 않고 있었는데, 곧 방 안에서 나를 불렀다. 안으로
들어가자 대통령 쪽에 세 명이 앉아 있고 나머지는 그 앞에 앉아 있
었다. 대통령 뒤에는 칼 걸이가 있고 역시 두 개의 칼이 비스듬히
걸려 있었다. 내막을 들어서인지 묘한 위압감이 대통령 주위에 감
돌았다.

어디에 앉을까 잠시 망설이는데 비서실장이 자리를 권했다.

「나랑 앉읍시다, 같은 일 하는 사람끼리.」

방이 넓어 열 명이 더 들어온다 해도 자리 때문에 문제가 될 것은
없었다.

대통령이 사람들을 소개했는데 모르는 사람 넷은 재미 학자들이
었다.

「여긴 앞으로 같이 일할 사람들이니까 믿어도 좋아요. 서로 그렇
게만 알고 자세한 건 생략하지. 공 박사, 아까 오면서 들으니 우리
준비가 아직도 부족한 게 있는 모양인데, 그게 뭐요?」

「연구숩니다. 용인에 있는 연구소는 시설이 아주 좋지만 사람이
많아 기밀이 샐 염려가 있습니다. 미 국방성도 첨단 무기에 대한
연구는 알려진 연구소에서 하지 않습니다. 팀을 짠 뒤에 은밀히

연구소를 만들어 운영합니다. 주로 지하를 이용하는데, 만약을 위해섭니다. 우리도 팀이 되면 우선 수도권을 벗어난 곳에 연구소를 새로 설치해야 합니다. 게다가 분야별로 실험 장소가 여러 곳 필요합니다. 그래야 만일의 사태가 있더라도 다른 쪽에서는 연구를 계속할 수가 있습니다.」

「분산해라?」

「그렇습니다.」

「갖춰야 할 게 있을 거 아니오?」

「일단 지하 암반이 두껍지 않은 곳이 좋습니다. 물은 바닷물을 담수 처리해서 사용할 수도 있습니다.」

「얼른 떠오르는 데가 있소?」

「저는 이곳을 오래 떠나 있어 그것까지는 모릅니다. 각하께서 선정해 주셨으면 합니다만…….」

「내가? 그렇기도 하겠지……. 좋아요, 그건 좀 더 시간을 두고 생각해 보기로 하고. 민 박사, 잠수함에 대한 애긴데 현재 핵잠수함을 가진 나라가 어디 어디요?」

「예, 각하. 이차 대전이 끝나고 미국은 유엔 안보리 상임이사국인 프랑스, 영국, 소련, 중국에만 핵잠수함을 개발할 수 있는 권리를 줬습니다. 일본과 독일에는 재래식 잠수함만 가질 수 있되 그것도 육백 톤 이하로 묶었습니다. 그중에서 미국이 가장 앞섰으나 미국이 기술을 나눠 준 나라는 영국밖에 없습니다. 프랑스와 소련은 자체 개발이 끝난 상태입니다. 중국은 중국대로 열심히 뛰고 있습니다. 그들 네 나라보다는 못하지만 소련의 도움으로 상당한 기술을 보유했습니다. 하지만 문제가 거기서 끝나지 않습니다. 독일은 바로 그 제재 때문에 세계 최고의 성능을 가진 재래식 잠수함을 속속 개발하고 있습니다. 서는 일단 독일의 재래식 모델을 받아들여야 한다고 생각합니다.」

「아, 그 얘기, 다음에 나랑 한 번 더 얘기합시다. 그건 그렇고 결국 재래식 잠수함을 눈감고도 건조할 수 있을 때 핵잠수함도 건조할 수 있겠다는 말이 되는데, 우리 핵잠수함이 여기저기 돌아다니면 일단 주변국에서 얼기는 얼겠구면.」

「그렇습니다. 항공모함이 가장 센 것 같지만 그렇지도 않습니다. 이차 대전에서 잠수함이 구축함과 순양함에 의해 침몰됐던 것은 디젤 엔진을 사용했기 때문이었습니다. 디젤 엔진은 엔진을 돌려 전력을 저장했다가 운항하는 것인데, 문제는 엔진을 돌릴 때 잠수함에 있는 산소가 소모된다는 것입니다. 결국 산소 때문에 수면으로 부상하지 않을 수 없는데, 이때 폭뢰를 떨어뜨려 잡는 것입니다. 하지만 핵잠수함은 육 개월 동안 수면으로 부상할 필요가 없습니다. 연료를 태울 때 산소가 필요하기는 하지만 아주 적습니다. 또 그 산소도 자체 컴프레서로 대체할 수가 있습니다. 그렇게 되면 핵잠수함이 어디를 돌아다니는지 모르게 됩니다. 지금 동해나 서해에도 몇 대의 핵잠수함이 돌아다니는지 알지 못합니다. 부상해야 대잠초계기나 순양·구축함이 잡아 낼 텐데, 뜨지 않으니 소용이 없는 것이지요. 음파탐지기로는 거의 잡을 수 없다고 봐야 합니다. 왜냐하면 잠수함에서도 음파 탐지를 하니까요. 기관이 돌아가는 소리를 잡으면 잠수함은 최소의 전력만 남긴 채 모두 끄고 기다립니다. 그럼 위에서 지쳐 가버리는 것이지요. 무엇보다 가공할 위력은 항공모함도 잠수함에서 쏜 어뢰 한 방이면 가라앉힐 수 있다는 것입니다. 결국 항공모함보다 잠수함이 앞으로는 국력의 잣대가 될 것입니다. 그 잠수함에 핵미사일이 실린다면 미사일 사거리에 매달릴 필요도 없는 것입니다. 게다가 일본은 핵잠수함을 가질 수가 없고, 중국도 성공했다는 정보가 있지만 그 정보는 역정보일 수가 있습니다. 다만 소련은 건조를 완료한 것으로 미 정보국은 결론을 내리고 있습니다.」

「일 년에 두 번만 뜨면 된단 말이지요?」

「그렇습니다, 각하.」

「전투기를 가득 실은 항공모함을 잠수함이 쪼갠다…….」

「이차 대전에서 연합군 함정과 항공모함이 일본과 독일의 잠수함 작전에 수없이 파괴되었습니다. 제재는 그래서 가해진 것입니다.」

나는 내 귀를 잠시 의심했다. 내가 이런 얘기를 들을 수 있다니. 아니, 그것은 얘기가 아니라 국가안보회의라고 해야 맞을 것이었다. 이 중요한 회의에 내가 들어와 있다는 것이 문득 무서웠다. 모르면 살지만 알면 죽는다는 경구가 떠올랐다.

「김 회장, 들었지?」

「예, 각하.」

「당신이 여기 박사 몇 분하고 나가서 필요한 거 좀 사와. 그리고 연구소 그거 어디다 지으면 좋겠나 생각 좀 해보고. 잠수함은 당신이 만들 거니까 거기에 대한 준비도 좀 하고. 국방과학연구소와는 또 다른 거니까 눈에 안 띄는 데가 좋겠지.」

「저, 제 생각에는 거제에 있는 조선소에…….」

「거기 크기가 얼마랬지?」

「현재 백삼십만 평쯤 됩니다. 매립이 완공되면 사십만 평이 더 늘어납니다.」

「그 정도로 크다면 한쪽에서 뭘 하는지 모르게 연구소를 운영할 수도 있겠군.」

「그렇습니다.」

거제 조선소가 육대주 그룹에 편입된 것은 몇 개월 되지 않았다. 그 조선소는 애초 정부의 중화학공업육성시책으로 1973년 대한조선공사가 사업 주체가 되어 설립한 회사였다. 그러나 그해 말에 일어난 오일 쇼크로 세계 경제가 침체되자 위기를 맞았다. 그에 따라 그동안 활황을 보이던 조선 경기도 급격히 침체되었던 것이다. 곧 거제 조선소와 같은 대단위 조선소 건설의 필요성과 경제성에 대한 논란이 일어났다. 그러자 대한조선공사는 수주 물량 확보에 대한 불확실성과 함께, 국내외로부터의 건설자금 조달이 어려워 더 이상 공사를 진행할 수가 없었다. 결국 건설 공사는 1976년 자금 조달의 어려움으로 공정 30퍼센트 상태에서 중단되고 말았다.

이에 정부는 사업 주체를 자금 조달 능력과 경영 능력이 뛰어난 업체로 변경한다는 결론을 내리고 78년 육대주에게 중단된 공사 현장을 넘겼던 것이다.

문득 대통령은 잊고 있었다는 듯이 함빡 웃으면서 말했다.

「거, 핵 얘기가 나오니까 으스스하구먼그래. 술 좀 돌려. 참, 조 박사, 빨리 취할 수 있는 방법 없소? 전원이 비슷하게 취하는 방법 말이오.」

「있습니다. 양주 이십에 맥주 팔십을 타서 마시면 맥주 속의 탄산 가스가 양주의 알코올 흡수 속도를 빠르게 하기 때문에 빨리 취합 니다. 양주의 양을 늘리면 취하는 속도가 더 빠릅니다.」

「그냥 양주를 컵에다 한 잔씩 하는 게 더 빨리 취하지 않겠소?」

「맞는 말씀입니다만, 양주는 독해 술을 잘 못 마시는 사람이 마시 려면 좀 거북하지만 맥주를 타면 마시기가 좀 부드러워집니다.」

「그렇겠군. 뭐 화학, 공학 박사들이니 어련들 하시려구. 오늘 그렇 게 한번 해봅시다. 다들 어때?」

누구의 말이라고 감히 거역하겠는가. 훗날 나는 폭탄주라는 이름 으로 그날과 흡사한 음주 방법이 유행되었을 때 감회가 있었던 것이 사실이다. 하지만 누구에게도 그날의 술자리 얘기를 한 적이 없었 다. 다만 폭탄주를 제5공화국 군사 문화의 잔재라고 우기는 사람들 을 보면 빙그레 웃었을 뿐이었다.

「음, 나는 모르겠는데 우리 비서실장같이 술 한 잔 마시고 온갖 상 찡그리는 사람들은 마시기가 좀 부드럽겠군. 미국에서는 이렇게 들 마십니까?」

대통령은 경호실장을 뺀 모든 사람에게 두 잔씩 돌린 후, 조 박사 라는 사람에게 물었다.

「주로 학교에서 술 좋아하는 친구들이 마십니다. 돈은 부족하고 포만감이 있으면서도 빨리 취하고 싶을 때 씁니다. 제가 알기로는 육십 년대 초 미국의 항구 노동자들 사이에서 처음으로 시작됐다 고 합니다. 돈이 없는 노동자들이 배가 부르면서도 빨리 취하기 위해 싸구려 위스키와 맥주를 혼합해 마신 것이 유래라고 알고 있습니다.」

「그것 참 재미있군. 미국 노동자들이 만든 걸 대통령인 내가 마시니 말이야. 하지만 효과는 있는 것 같아. 자 봐, 모두들 얼굴빛이 비슷하잖아.」

「그렇습니다, 각하.」

나는 넉 잔이나 마셨지만 정신은 아주 말짱했다. 플루토늄, 거제가 머릿속에서 떠나지 않았다.

대통령은 불쾌해진 얼굴들을 둘러보고는 말했다.

「비행기, 그것도 미사일로 무장된 대공포망은 못 벗어나. 결국 잠수함이야.」

대통령은 그렇게 말하더니 더는 그 일에 대해 말하지 않았다. 모두 얼굴이 붉었지만 대통령은 오히려 하얘지는 듯했다.

「김 회장, 그거 사올 돈은 있나?」

「있습니다. 걱정 마십시오, 각하.」

「없으면 얘기하고.」

「아닙니다, 충분합니다.」

「그럼 여기 박사님들하고 언제 만나서 얘기를 더 듣고 우선 시작품을 만들 만큼만 사와. 거래선은 확보해 줄 테니까.」

「알겠습니다.」

「많이 알려고 하지 말고 가져만 와.」

「예, 각하!」

「미사일 그거, 국방과학연구소에서는 온통 국산화 타령만 하고 몇 킬로 가지도 못해. 김 회장 당신이 한번 그것도 연구해 봐. 당신은 기업가니까 필요한 부품을 외국에서 쉽게 사올 수 있으니 더 유리할 거야. 거 왜, 당신 예전에 전자 부품인가 그것도 왕창 들여왔다가 속 썩였잖아. 그런 식으로 하든 좌우간 알아서 해. 국방과학연구소 것 베끼려 하지 말고 단독으로 해보란 말이야. 내 말 알겠지?」

「알겠습니다, 각하. 저희 기술로도 깎는 건 문제가 없습니다. 단지 로켓이…….」

「그래서 내가 이렇게 이런 분들을 계속 모시잖는가.」

「많이 도와주십시오.」

회장이 학자들을 향해 말하자, 그들은 입을 모아 오히려 자신들을 도와 달라고 했다.

1년 전인 1978년 4월 상업 운전을 개시한 고리 1호기와 건설 중인 2, 3호기가 떠올랐다. 원자력 발전소의 전 공사는 울산건설이 단독으로 시공 중이었다. 그 원자력 발전소에서 플루토늄을 추출해도 되건만 결국 시간이 걸린다는 것일까.

1975년부터 정부는 무기국산화정책을 강력히 추진해 오고 있었다. 중공업 공장을 가진 기업치고 무기 한두 개씩 맡아 개발하지 않은 데가 없었다. 그런데 대통령은 회장에게 다시 미사일과 잠수함을 개발하라고 하는 것이었다.

「그렇다고 회사일에 소홀해서는 안 돼, 김 회장.」

「명심하고 있습니다, 각하.」

대통령이 정색을 하고 회장을 바라볼 때 나는 그의 눈에서 번득이

다 사라지는 광채를 봤다. 숨이 막힐 듯한 그 빛은 오랫동안 내 머릿
속에 남아 있었다.

「내가 미국에 핵 포기 각서를 쓰고 몇 달 동안 잠을 못 잤어. 미국
에서는 우라늄의 우 자도 꺼내지 못하게 해. 그렇지만 말이야, 우
리처럼 작고 강대국에 둘러싸인 나라는 고슴도치처럼 무장하지
않으면 안 돼. 고슴도치는 작아도 바늘로 무장이 됐기 때문에 맹
수들도 함부로 잡아먹지 못해. 일본에 있는 내 동기들이 도와줄
거야. 자위대 고관들이니까 브로커 짓은 안 할 거야. 내가 이렇게
일본의 아는 사람까지 동원하면서 돕는데 빵꾸 내면 당신 그날로
끝날 거니까 정신 차리고 잘해.」

「네, 각하.」

「그리고 내가 너무 말을 막 했는데 이해하고 내 말 더 들어. 기업
하는 사람들 돈 벌어서 나라 위해 좀 내놔도 돼. 정부에서 할 수
있는 게 있고 할 수 없는 게 있어요. 그러니 좀 도와줘. 나를 돕는
게 아니라 나라와 국민을 돕는 거니까.」

「염려 놓으십시오, 각하. 저, 그 정도 능력은 됩니다.」

「그래. 마음이 좀 놓이는구먼. 저 기자 출신 말고는 다른 사람들은
모르게 해. 끝까지 말이야. 그리고 만에 하나 탄로가 나도 나는 도
울 수가 없어. 당신은 기업가니까 다른 나라에 팔 목적으로 일을
한 것으로 끌고 가야 해. 그러니까 꼬리 잡히지 말도록.」

「네, 각하.」

나는 머리를 조아리는 회장을 보면서 그도 대통령을 나처럼 진실
되게 주군으로 모시는 것이라고 판단했다. 거기서 일단 무거운 대화

는 끝났다. 돌아가면서 양주를 탄 맥주를 두 잔씩 더 하고, 일본에서 공수된 싱싱한 참치와 멸치 회가 떨어질 때쯤 대통령이 일어섰다.

새벽 두시였다. 심하게 취한 사람은 없었다. 나도 취하기는커녕 너무도 긴장해 머리에서 바삭바삭 소리가 날 정도였다.

양지에 낀 이끼

1979년 10월 23일 오전, 나는 5백만 불이 든 가방을 들고 회장을
따라 공항으로 갔다. 공항에는 낯익은 두 명의 재미 학자와 세 명의
요원이 기다리고 있었다. 나는 재미 학자들도 우리와 동행하는 줄
알았다. 그러나 그들은 회장과 잠시 대화를 나눈 뒤에 흰 봉투 하나
를 건네주고는 돌아갔다. 요원들은 10분도 채 안 돼 수속을 끝내고
우리를 서울발 후쿠오카 행 대한항공 탑승구로 안내했다.

비행기 안에서 회장은 봉투 속에 든 글을 읽더니 내게 건네줬다.
그것은 대통령의 친서였다. '김 회장, 당신 주변에 쓸 만한 요원들을
배치했으니 안심하도록.' 그리고 또 한 장에는 핵무기를 제조하는 데
필요한 것들이 적혀 있었다.

「이것은……?」

「그건 일본에서 구할 수 있는 것들이래.」

「박사들은 왜 같이 가지 않습니까?」

「그 사람들은 이미 핵무기를 연구했던 사람들이라 국제적으로 다 알려져 있대. 그런데 어떻게 소련에 가겠나?」

회장은 봉투를 다시 속주머니에 넣고는 눈을 감았다.

후쿠오카 도착 직전, 한 기관원이 내 자리로 와 말했다.

「후쿠오카에서 바로 동경으로 가는 비행기를 탈 겁니다. 회장님에게 그렇게 전해 주십시오.」

「알겠습니다.」

우리가 도쿄로 바로 가지 않고 후쿠오카를 경유하는 것은 육대주 무역 지사가 후쿠오카에 있어 만약의 경우 우리의 출장을 합리화하기 위한 것이었다. 나는 떠나기에 앞서 지사장에게 전화를 걸어 마중 나오지 말 것을 당부하고 회장과 나의 도쿄 행이 일본 고위 관료와의 은밀한 만남이라는 언질을 줬다. 그러니까 혹여 본사에서 전화가 오더라도 회장을 후쿠오카에서 활동 중인 것으로 해달라는 지시 겸 부탁이었다.

후쿠오카 공항에 도착하자 우리는 한국 중앙정보부가 임대한 사무실로 안내되었다. 그곳에서 일본 국적의 여권을 받았는데 사진의 인물은 나였으나 이름은 고바야시 하치로(小林八郎), 회장은 기라 고노스케(吉良上野介)로 기재되어 있었다.

오후 네시경 도쿄 공항에 도착한 우리는 준비된 차량으로 데이고쿠 호텔로 들었다. 나는 가방을 풀고 회장의 방으로 갔다.

「뭐 지시하실 거 없으신가 해서 들렀습니다.」

그러자 회장이 담배를 꺼내 물더니 말했다.

「앉아. 얘기나 좀 하자.」

그러더니 담배를 권하면서 말을 이었다.

「묻고 싶은 게 많지?」

「그렇습니다.」

「나도 속 시원하게 모두 말해 주고 싶지만 별로 아는 게 없다. 그래도 내가 너보다는 많이 알 테니까, 말해 주면 일하는 데 도움이 되겠지. 너도 박 대통령의 자주국방 의지가 얼마나 강한지 알고 있을 게다. 그래, 대통령은 자주국방을 외치면서 천구백칠십이년에 국방과학연구소와 국방원자력연구소를 설립했다. 그리고 너도 알다시피 해외의 핵 관련 연구소에서 활동 중인 과학자들을 더 나은 대우를 약속하고 데려왔다. 그들에게 대통령은 우선 소화기(小火器) 국산화를 맡겼다. 그리고 설계가 완성되는 대로 그동안 기술이 괜찮다고 눈여겨봤던 민간업체들에 설계도를 나눠 주고 무기를 제작하게 했다. 그리고 제작된 무기의 성능을 검사한 후에 함량 미달인 업체의 설계를 회수하고 시설을 철수시켰다. 합격한 업체는 계속 무기를 개발하게 했다. 물론 그 회사들에는 세금 삭감이니 은행 대출이니 많은 반대급부를 주면서 말이다. 우리도 정부의 방위업체를 인수해 그 일을 하고 있다는 건 너도 잘 알 게다. 그래, 그 결과 소화기 부문뿐만이 아니라 첨단 무기들도 어느 정도 국산화될 수 있었다. 하지만 자세히 들어가 포장을 한 꺼풀 벗기면 그렇지만도 않다. 국산이라는 명패를 달았지만 유도탄이나 전차, 장갑차 등에 들어가는 예민한 부품이나 중요한 부분은 외국에서 통째로 갖다가 조립하는 단계를 못 벗어났으니까 말이다. 심하게는 아예 외국에서 완제품을 산 후 그것을 뜯어서 들여와, 다시 색칠하고 로고 새겨서 대통령에게는 국산으로 개발했다고 보고하는 뻔뻔스러운 업체도 있다. 대통령 밑에서 일하는 사람들이 그걸 알고도 워낙 대통령의 의지가 강하니까 사실대로 보고하지 못하고 있다. 박 대통령은 앞으로 헬리콥터는 물론이고 최신형 전투기도 조립 생산해야 한다면서 두 연구소와 방위산업체를 몰아붙였다. 그건 웬만한 사람은 다 아는 사실이니까 너도 알 게다. 하지만 핵무기 개발은 철저히 비밀에 부쳐졌다. 보안이 유지되는 가운데 사실 로켓은 그런대로 개발이 거의 완료됐다. 작년 구월 이십육일, 충남 서산에서 처음으로 대전차 로켓과 사정거리 이십 킬로미터에 이십팔 연발인 다연발 로켓이 발사에 성공했다. 또 어설프지만 사정거리 백오십 킬로에 유효반경 삼백오십 킬로나 되는 유도탄도 쏘아 올려졌다. 그건 미국 나이키 유도탄을 카피한 중거리 유도탄이었다. 그게 하늘로 올라갔으니 박 대통령이 얼마나 자신감을 얻었겠나 한번 생각해 봐라. 나도 따라갔는데 대통령이 큰 선물을 받은 애처럼 좋아하더라. 그런데 문제는 다른 곳에서 터졌다. 핵무기 개발이 시작된 지 일 년 지났을 때였다. 청와대의 한 만찬에서 국방위원회 소속의 한 국회의원이란 작자가 그것도 자랑이랍시고 미 대사관 직원에게 우리는 지금 핵무기를 개발하고 있다고 떠벌린 것이다. 그것은 곧 미국에 보고되었고, 미 국방성은 주한 미 대사관의 과학 담당인 로버트 스텔라라는 작자를 박 대통령에게 보내 핵무기를 개발하고 있다는데 정말이냐고 따졌다. 당연히 처음엔 아니라고 오리발을 내밀었다. 그런데 스텔라가 언제 어디서 누구에게 들었다는 사실을 들이대며 계속 다그쳤다. 화도 나고 자존심도 상한 대통령은 스텔라를 당분간 만나 주지 않았다. 대신에 그걸 냄새 맡고 취재하러 날아온 〈워싱턴포스트〉지와 인터뷰를 하면서 '한국은 미국의 핵우산 보호를 받지 못할 경우 우리의 안전을 위해 핵무기 개발을 포함하여 가능한 모든 수단을 동원하겠다'고 말해 버렸다. 그러자 미국은 그 발언을 빌미로 삼아 스텔라를 시켜 조사하게 했다. 스텔라가 국방연구소를 드나들면서 어찌나 건방을 떨며 조사를 했던지 연구원들이 청와대로 진정서를 낼 정도였다. 그래도 박 대통령이 의지를 굽히지 않자 미국은 원자력 수출국들을 동원했다. 영국, 프랑스, 벨기에, 서독 등 원자력에 상당한 기술력을 가지고 있는 나라들과 '런던클럽'이란 걸 만들어 핵 개발을 추진 중이던 우리나라와 브라질, 아르헨티나, 파키스탄을 조이기 시작했던 것이다. 각국은 시달리기도 했지만 미국과의 관계 악화를 우려해 포기를 선언했다. 그래도 박 대통령은 쉽게 손을 들지 않았다. 그러자 미국은 우리에게 직접 기술을 제공하는 프랑스와 벨기에를 조종하기 시작했다. 우리는 프랑스의 한 민간업체에서 재처리와 농축 중수(重水) 제조법 기술을 이전받기로 계약이 됐었는데, 갑자기 그 업체가 되지도 않는 시비를 걸면서 계약을 파기하자고 나왔던 것이다. 더욱 기가 막히는 건 그 계약 파기의 책임이 우리에게 있다는 거였다. 박 대통령이 펄펄 뛰었지만 어쩌겠냐? 결국 위약금이 없다는 조항만을 달아 프랑스가 내미는 서류에 서명을 할 수밖에 없었다. 그때가 천구백칠십오년이었는데 그 이듬해에는 벨기에와 추진 중이던 혼합액 연료 사업도 중단됐다. 일은 거기서 끝나지 않고 이미 약속된 무기 원조와 주한 미군 문제, 차관 문제 등을 가지고 미국의 국방 장관 슐레진 저가 방한해서 약속한 선물을 주는 대신 핵무기 포기 각서를 받아 돌아간 거다. 환장할 일은, 우리가 프랑스와 벨기에에 거의 매달리다시피 기술을 구걸하는 사이에 패전국으로서 핵 개발은 물론이고, 첨단 무기 제작에 대한 제재 때문에 내놓고 기술을 살 수 없었던 일본이, 그 제재를 요리조리 피해 가며 나카무라라는 한 연구원의 피나는 노력으로 순 일본산 플루토늄을 농축하는 데 성공했다는 거다. 겉으로는 순수한 핵 발전 운운했지만 결국 그 연구는 핵무기였다. 일본의 핵 발전 방식이 고속증식로(高速增殖爐)인데, 그 방식이 바로 연료를 재처리하여 얻는 플루토늄을 우라늄과 혼합해서 사용하는 원자로였다. 일본은 그 방식의 실험로를 천구백칠십사년에 완공하여 운영하면서 플루토늄을 은밀히 축적해 왔던 것이다. 박 대통령이 가슴을 친 것도 바로 그때부터였다. 그래서 박 대통령은 자존심을 죽이고 일본으로 선을 댔지만 일본 역시 누구에게 기술을 나눠 줄 수준은 아니었다. 게다가 우리의 핵 발전 방식은 고속증식로가 아니었다. 거기서 박 대통령의 핵무기 개발에 대한 열정은 막을 내리는 것 같지만 사실은 그렇지 않다. 재미있는 것은 박 대통령의 전폭적인 지원과 지지를 받으면서 핵무기 개발에 청춘을 바친 사람들인데, 그들은 곳곳에 배치된 연구원들뿐만이 아니라 십 년이 넘도록 전국의 산과 들을 샅샅이 누비며 우라늄 광산을 개발하던 사람, 나같이 무역을 하는 기업가들도 있다. 참, 언제 비서실장에게 들으니 그 우라늄 광산업자는 자다가도 우 자만 나오면 벌떡 일어날 정도라고 했다. 지성이면 감천이라고 그 사람 결국 몇 군데 우라늄 광산을 찾아 시추를 하기는 했다. 그런데 우라늄이 나오기는 해도 연료로 사용하기엔 함량 미달이라는 판정을 받았다고 한다. 그래도 포기하지 않고 지금도 계속 우라늄을 찾아다닌다고 한다. 대통령이 그 사람 정성을 생각해 가끔 봉투를 보내 주고 있는 걸로 알고 있다. 나, 이 사업으로 돈을 남기려는 생각은 없다. 돈이야 다른 사업으로 벌면 되는 거고. 나도 나라 위해 좋은 일 한 번 한다는 각오로 덤벼든 거니까 어떻게든 성사를 시키고 싶은 욕심뿐이다. 플루토늄을 구해서 대통령의 말대로 핵잠수함을 만들어 낸다면 더 바랄 게 뭐 있겠냐. 오억 불 들어간다고 해도 정부에서 다방면으로 지원이 있을 테니까 길게 보면 크게 손해날 것도 없을 거다. 핵잠수함 한 대에 일억 불이 넘는다니까 여섯 대만 만들면 복구하고 일억 불 남는 거 아니겠냐? 내가 우려하는 것은, 비선 조직인 기업 몇 군데에 이런 오퍼를 했는가 하는 것이다. 그들보다 내가 늦는다면 회사를 더 키워 나가는 데 장애가 많을 테니까.」
「여기저기 오퍼를 하면 그만큼 보안에 구멍이 뚫릴 텐데요?」
「우리는 일을 할 때 꼭 한 놈만 믿고 하냐? 보안보다 더 중요한 건 플루토늄을 구하는 거 아니겠어? 기업도 다른 소리를 할 수 없게 됐다. 중동 특수로 가방이 묵직해졌거든. 시키는 거 안 하면 세금으로도 얼마든지 뺏어 갈 수 있다. 그러니 누가 어디서 뛰는지는 모르지만 하여간 뛴다고 보는 게 옳을 거다.」
「혹시 모스크바를 가는 건 쇼고, 물건은 일본에서 구하는 거 아닙니까?」

「아니야, 모스크바로 가서 가져올 거야. 일본은 우리에게 나눠 줄 물건이 없어. 세 군데의 원자력 발전소를 오 년 동안 돌려야만 제대로 된 핵폭탄 하나 만들 플루토늄을 건질 수 있을까 말까 하다니까. 어쩌면 우리에게 거래선을 터주면서 자기들도 더 구하려 할지 모르지. 아니면 우리가 그 새끼들 것까지 돈을 내주는 건지도 모르고.」

「…….」

회장에게 수십 번이나 놀란 터였지만 번번이 그 감동은 커져 갔다. 도대체 이 사람의 상상력과 능력은 어디까지인가. 거기에 비하면 나는 너무도 하찮은 존재인 것 같아 초라해졌다.

「거제에 하는 잠수함 건조시설 공사는 언제쯤 시작합니까?」

「먼저 독일에서 잠수함 설계를 받아 와야지. 독(dock)이야 시제품을 만들면서 시작하면 되는 거고. 우리가 언제 독이 있어서 삼십만 톤이 넘는 운송선을 수주했냐? 지금 만드는 두 대는 몇 달 있으면 바닷물에 뜬다고 한다. 독도 그때쯤이면 완성되겠지. 그럼 앞으로는 배 만드는 능력이 배로 늘어나게 된다. 들으니 우리만 그랬던 것도 아니다. 울산 그룹 회장도 바닷가에 말뚝만 박은 땅만 믿고 영국에 가 오백 원짜리 돈에 그려진 거북선을 천오백 년대에 만들었다면서 차관 따고 삼십만 톤급 수주를 두 척이나 땄다고 자랑하고 있다. 대통령의 지원이 있었다고 해도 사실 그 사람도 괴물이야. 경부고속도로 낸 거 봐. 그게 쉽겠냐?」

30만 톤이면 길이가 4백 미터 가까이 되고 폭이 70미터에 높이가

30미터가 넘는다. 독이 완성되지 않아 사다리를 서로 잇고 매달려 용접을 비롯한 작업을 하다가 많은 근로자가 떨어져 죽었다. 안전 장치를 한다고 하지만 그때까지 우리나라 조선업의 실적은 1만 톤급이 고작이었다. 때문에 처음부터 몇십만 톤급 건조는 많은 무리가 따랐던 것이다. 하지만 처음으로 수주한 배는 거의 완성되어 가고 있었다.

「모스크바에서는 플루토늄을 우리가 직접 들고 나와야 합니까?」

「그건 모르겠다. 이번에 내가 온 건, 돈을 지불하고 더 달라면 지사를 통해 처리해 주기 위해서니까. 저녁에 자위대에서 사람이 오면 알 수 있겠지.」

「자위대가 자신들의 안보에도 위협이 될 수 있는 우리의 핵 개발을 정말 도와줄까요?」

「나도 그게 의문이다. 대통령은 만주 육사에서 의형제를 맺은 사람들이라 믿을 수 있다고 했지만 말이야. 우리가 알지 못하는 어떤 거래가 있겠지. 저녁에 어떻게 될지 모르니 한숨 자두는 게 좋겠다. 너도 가서 자거라.」

「알겠습니다. 그럼 제 방으로 돌아가겠습니다.」

방을 나오면서 나는 회장이 한 말과 내가 아는 것을 조합시켜 정리했다.

육대주뿐만이 아니라 한국의 중공업은 뭐니 뭐니 해도 방위 산업으로 성장했고, 또 하고 있다고 해도 과언이 아니었다. 그 결과, 한국의 중공업은 겉만 번지르르한 것이 아니라 그 기술도 일본을 바짝 뒤쫓고 있었다. 게다가 항공 부문은 아직 갈 길이 멀었지만 조선해

양 부문의 몇 개 부문에서는 그 규모면이나 수주면에서 일본과 어깨를 나란히 할 정도였다.

육대주가 방위산업체로 선정된 것은 내가 입사한 1974년이었다. 그때 이미 육대주는 울산 그룹보다는 작지만 경남 창원에 중공업 단지를 조성해 가동 중이었다. 그리하여 중공업의 핵이라 할 수 있는 정밀 공작기계 사업을 정부의 방위산업육성시책에 편승해 키웠다. 그 결과 매년 60퍼센트 이상의 높은 사업신장률을 기록하면서 그야말로 급성장해 왔다.

아니, 정부의 적극적인 지도와 도움으로 땅 짚고 헤엄을 쳤다는 표현이 더 적절한지도 모르겠다. 내수 시장에서의 적자는 군납에서 복구할 수 있도록 정부가 눈감아 주어 대기업들의 중공업은 그야말로 반석 위에 서게 된 것이었다.

그리하여 정부에서 인수한 엔진 공장을 합친 육대주중공업은 군용 차량에 탑재되는 디젤 엔진, 화차와 객차, 불도저, 지게차 등 일반 기계류와 중장비 외에도 각종 방위 산업 물자를 생산 납품하면서 기술과 돈을 축적했다. 그러다가 마침내 주한 미군의 장갑차 개조와 정비 사업을 따내었다. 정비를 한다는 것은 그 제품을 조립할 수 있다는 뜻이다. 이때 축적된 기술로 우리는 한국형 장갑차와 탱크를 생산해 낼 수 있었다.

우리의 욕심은 거기서 멈추지 않았다. 언젠가는 항공기도 만들어 수출하겠다는 회장의 야심은 그 방면에도 촉수를 뻗쳤다. 즉, 한국 정부가 외국으로부터 고가의 무기를 구입할 때 상대국도 일정액 이상의 한국 부품을 사용하도록 협정을 유도하는 게 그거였다. 그런

배경을 깔고 육대주중공업은 한국 정부가 구입하는 항공기에서 정밀도가 낮은 부품 생산에 미진하나마 참여하게 된 것이었다.

우리가 항공 산업에 대한 욕심을 부릴 때 국내의 또 다른 대기업들도 팔짱만 끼고 구경하지는 않았다. 그들도 항공 산업에 참여를 희망한다는 사업 계획과 의지를 정부에 제시했다. 그러나 F−16 전투기 제작 공급선인 미국의 제너럴다이내믹스 사는 부품 생산에 참여하는 업체로 우리 육대주중공업을 선정했다. 물론 회장의 발 빠른 로비 덕이었다.

또 육대주중공업의 레이저 가공 기술도 상당한 수준에 올라 있었다. 철판을 절단하기 위해 개발된 레이저는 그야말로 무기로 발전된다면 차세대의 가공할 무기가 될 터였다. 그러므로 선진국에서도 쉬쉬하며 기술 이전은커녕 성공했다는 발표마저도 회피하는 종목이었다. 어느 나라에서나 첫 개발 회사는 자본의 부족을 겪는데 회장은 그 미래 기술에 상당한 투자를 하여 그 나라에서 법으로 막기 전에 이미 기초 기술 이전을 끝냈다. 그러므로 비록 초보적이지만 국내에서는 단연 앞서가는 레이저 기술을 보유하게 된 것이었다. 회장은 그 기술을 언젠가는 핵잠수함에 무기로 탑재하겠다는 야심 찬 계획을 가지고 있었다.

「잠수함에 레이저를 단다. 그럼 천하무적의 잠수함이 된다.」

회장이 했던 말을 떠올리면서 방으로 돌아온 나는 대충 몸을 닦은 뒤 커튼을 치고 휴대용 자명종 시계를 꺼내 두 시간 후로 맞춰 놓고 침대에 누웠다. 다른 출장 때와 달리 전화를 한 통도 하지 않았는데 신경을 써서인지 꽤 피곤했다. 눈을 감자 금방 잠이 몰려왔다.

자명종 소리에 눈을 떴다. 일어나 옷을 입고 담배를 한 대 피우고 있는데 전화벨이 울렸다. 나는 회장이라 짐작하고 얼른 받았다.

「저, 저녁 식사부터 하시지요.」

듣던 목소리가 아니었다. 그렇다면 다른 요원일 것이라 짐작하고 대답했다.

「회장님과 따로 식사를 하고 싶은데, 그래도 되겠습니까?」

「그래도 되겠지만 저희와 같이하셨으면 합니다. 얼굴도 익혀야 하고…….」

「알겠습니다. 어디 계십니까?」

「이층의 뷔페식당입니다.」

「회장님 모시고 내려가겠습니다.」

회장은 아직 일어나지 않았는지 응접실에 없었다. 회장의 방은 약 열 명이 회의할 수 있는 응접실이 달린 소형 스위트룸이었다. 침실 문을 두드리자 막 깬 듯한 목소리가 들려왔다.

「누구, 제갈?」

「예, 접니다.」

문이 열리고 팬티 바람의 회장이 눈이 부신 듯 눈을 반쯤 감고 말했다.

「오랜만에 푹 잤다. 무슨 일이야?」

「식사하러 오라는 연락을 방금 받았습니다.」

「우리가 밥도 못 먹을까 봐?」

「그게 아니라, 뭐 할 얘기가 있는 모양입니다.」

「그럼 가보자.」

몇 년 동안 수행했지만 회장이 출장 중에 이렇게 한가하게 잠을 자는 걸 보지 못했다. 낮잠을 오래 자서인지 회장의 눈두덩은 약간 부어 있었다.

식당으로 들어가 요원들이 어디 있나 두리번거리자, 입구에 서 있던 앳된 얼굴의 청년이 나직이 말했다.

「앞으로 저희들이 돕게 됩니다. 여기까지 모시고 온 팀의 임무는 끝났습니다.」

그들은 모두 세 명이었다.

그러자 회장은 마치 스파이 작전처럼 사람이 갈리고 분위기가 딱딱해지는 데 기분이 상한 것 같았다. 그걸 짐작했는지 셋 중에서 나이가 들어 보이는 사람이 말했다.

「회장님, 죄송합니다. 저희는 여기서 태어난 사람들이라 일본어에 능통합니다. 밤에 손님이 오실 것입니다. 통역 때문에 저희들이 나왔으니 이상하게 생각하지 마십시오.」

「그럼 댁들도 우리랑 모스크바에 가지 않는 거요?」

「그렇습니다. 저희는 일본에서의 일만 도와 드리라는 명령을 받았습니다. 모스크바에선 일본인 요원들이 모십니다.」

「거참, 무슨 일인지…….」

회장은 식사를 하는 동안 내내 말이 없었다.

「맥주를 좀 가져올까요?」

내가 묻자 회장은 말없이 초밥을 씹으면서 고개를 저었다.

식사를 마치고 모두 차를 가지러 일어났지만 회장은 내게 방으로 돌아가자고 했다.

「무슨 일 있으면 연락 주십시오.」

나는 얼른 회장을 따르며 그들에게 말했다.

방문을 열고 회장이 들어가기를 기다리는데 회장이 말했다.

「들어와라. 여기서 커피 마시자.」

나는 룸서비스로 커피 두 잔과 단것을 좋아하는 회장의 간식용으로 약간의 과자류를 시켰다.

「대통령이 정보 장교 출신이라서 그런지 도무지 감을 못 잡겠어. 나한테는 일의 전말을 말해 줘야 할 거 아냐.」

「일하는 사람들이 너무 경직돼서 그런 거 같습니다. 제가 기회를 봐 주의를 주겠습니다.」

「그냥 놔둬. 어차피 오래 알 필요도 없는 친구들이니까.」

「알겠습니다.」

밤 아홉시쯤 식당에서 만났던 요원들이 50대 중반으로 보이는 두 사람의 일본인을 안내해 왔다. 중년의 손님들은 자세하게 소개를 못 하는 것을 이해해 달라면서 고개를 숙인 다음, 바로 본론으로 들어갔다. 요원 중 하나가 익숙하게 동시통역을 했다.

「김 회장님, 가져온 돈을 저희에게 주십시오.」

「계산은 우리가 직접 하는 걸로 알고 있습니다만?」

「일본에 들어오실 때는 저희가 도왔기 때문에 안전할 수 있었습니다. 그러나 모스크바에서는 저희 입김이 닿지 않습니다. 그래서 돈을 분산하여 옮길 계획입니다.」

「어떻게 말입니까?」

「사할린스크에 무역 회사와 가스, 유전에 종사하는 일본인은 오천 명에 달합니다. 그들은 정기적으로 귀국했다가 나가는데, 거의 단체 수준입니다. 그들을 이용하고 또 승무원들과 일본 외무성 직원을 동원합니다.」

「우리가 준비한 돈은 오백 불짜리 고액환입니다. 단체 근로자들에게 고액환을 나눠 주다니요? 더 위험한 일 아닙니까?」

「인솔자가 공항에서 뇌물로 손을 쓸 겁니다.」

「뇌물이 통한다면 우리가 가져가는 것이 가장 안전한 것 아닙니까?」

「그렇지 않습니다. 돈은 모두 오백만 불이 맞지요?」

「그렇습니다.」

「오백만 불은 큰돈입니다. 만약 무슨 일이 생기면 외교 문제가 발생하고 그 돈은 그 즉시 압수 조치됩니다. 하지만 근로자들 몇 명에게 문제가 될 경우에는 돈만 압수되지 외교 문제는 발생하지 않습니다. 게다가 김 회장님이 한국인이라는 게 밝혀지면 걷잡을 수 없을 만큼 일이 확대될 것입니다.」

「……」

회장은 말없이 나를 쳐다보았다. 나 역시 다른 방법이 있을 리 없었다.

「믿으십시오. 저희는 김 회장님을 위해서가 아니라 박 대통령을 위해 일하고 있습니다.」

「문제가 핵인데도 말입니까?」

「그렇습니다. 우리가 크게 잘못을 하지 않는 한, 그분은 우리에게 총구를 겨누지 않을 것으로 믿고 있습니다. 또 우리도 그 정도의 방어 능력은 있습니다.」

「그렇다면 좋습니다. 돈은 언제 돌려줍니까? 물건값을 제 손으로 치르고 싶어서 그럽니다.」

「그렇게 하도록 조처해 드리겠습니다. 모스크바에서는 캠핀스키 호텔에 드시게 될 것입니다. 저희가 가장 많이 이용하는 호텔이며 김 회장님이 계시기에도 시설이 괜찮은 편입니다. 또 우리를 돕는 사람들이 장사하고 있는 호텔이기도 하고요. 그곳 지하에 미도리라는 일본식 레스토랑이 있습니다. 돈은 그곳으로 안전하게 보내질 것입니다. 하지만 미리 찾지 마시고 러시아 인들이 찾아와 거래를 하게 되는 날 찾아 그 자리에서 바로 건네주십시오. 혹 분실의 우려가 있을 수도 있으니까 말이죠. 말씀하셨듯이 김 회장님이 직접 돈을 치르십시오. 단 하나, 모스크바에서는 지금처럼 김 회장님을 적극적으로 보호해 드리지 못합니다. 그러니 절대로 호텔 밖으로 나가지 마십시오. 드린 여권을 봐서 아시겠지만 비즈니스 비자로 입국하십니다. 비자를 낸 사유는 일본 후지쓰 그룹과 러시아 공업청과의 공작기기 부품 수출입 면담입니다. 물론 면담 같은 건 없습니다. 또, 돌아오는 비행기가 삼 일 후 시월 이십칠일에 있으므로 그전에는 돌아오실 수 없습니다.」

「삼 일 후에 돌아온단 말이지요?」

「그렇습니다.」

「모스크바 거리는 위험합니까?」

「그 반대입니다. 너무도 치안이 잘돼 있어 오히려 위험하다는 것입니다.」

「……?」

「러시아 인들은 과거에 전쟁에서 진 것 때문에 일본 사람을 그리 좋아하지 않습니다.」

「언제 떠납니까?」

「내일 저녁 여섯시입니다. 그동안 어디를 가서도 좋습니다만, 가능하시면 회사 분들은 만나지 않는 게 좋겠습니다. 그럼 저희는 돈을 가지고 돌아가겠습니다. 좋은 밤 되십시오.」

한참 세 사람의 얼굴을 노려보듯 하던 회장이 말했다.

「가져다 드려.」

「네, 회장님.」

나는 침실 침대 옆에 있던 가방을 들고 나와 그들에게 건네주었다.

「그럼 돌아가겠습니다. 다시 못 뵙게 될지 모릅니다. 내일은 다른 사람이 오니까요. 그렇더라도 김 회장님의 그 결단을 높이 존경합니다. 박 대통령 각하께서는 좋은 친구분을 두셨습니다.」

「그분은 저의 친구가 아닙니다.」

「하, 그렇습니까? 어쨌든 부럽습니다. 그럼.」

「잠깐, 한 가지만 물읍시다. 자위대에 계신 것은 맞습니까? 실례가 되지 않는다면 계급과 성함을 좀 알고 싶습니다.」

「대답 못해 드리는 것을 용서하십시오.」

「그럼 이건 대답해 줄 수 있습니까? 우리가 만나는 러시아 사람들은 러시아 과학 아카데미 소속입니까?」

「죄송합니다. 그것도 말씀드릴 수가 없습니다.」

그러고는 돌아섰다. 동시통역을 했던 요원이 얼른 말했다.

「오늘 일정은 없습니다. 이제 두 분의 시간을 가져도 좋습니다.」

그리고 일본인들을 따라 응접실을 나갔다.

「도대체 저 새끼들은 일본 측 요원이야, 우리 측 요원이야?」

회장이 담뱃갑을 집어 던지며 언성을 높였다.

「……」

「냉장고 뒤져서 술 한 병 꺼내 와.」

냉장고 속에는 조막만 한 크기의 장난감 같은 술병뿐이었다. 맥주가 나을 것 같아 두 병을 꺼내자 회장이 담뱃불을 붙이며 말했다.

「그거 넣고 큰 거 한 병 시켜라. 어디 불안해서 잠이 오겠냐?」

다른 때보다 회장의 마시는 속도가 좀 빨랐다.

「이게 뭐야? 뭣 주고 뺨 맞는다더니, 내 꼴이 그렇잖아?」

나는 할 말이 없었다. 내가 회장을 위해 할 수 있는 일은 그저 술친구가 되라면 술친구가 되고, 방을 나가라면 나가는 것뿐이었다.

「내가 선을 댄 것이 아니라서 참기는 한다마는 두 번 다시 이렇게는 안 하겠어. 대통령 아니라 그 할아비가 시켜도 이렇게는 못해. 이게 뭐야, 사람을 핫바지로 만들어도 분수가 있지.」

「대우를 받겠다는 건 아니지만 좀 너무합니다.」

술이 바닥이 나서야 회장은 자야겠다며 나를 방으로 돌려보냈다.

이튿날 회장은 오전 내내 마치 수면제를 먹은 사람처럼 잠을 잤다. 정오를 넘기고 일어난 회장에게 식사를 권했지만 생각 없다면서 더 자겠다는 것이었다. 회장이 일어난 시간은 오후 세시였다.

「샤워하고 밥 먹자.」

떠날 시간이 다가올수록 두렵지는 않았지만 긴장은 됐다. 회장도 긴장이 되는지 담배를 찾는 횟수가 잦아졌다.

오후 네시 50분, 두 명의 요원이 방으로 찾아왔다. 그들을 따라 밖으로 나가자 검은 밴이 기다리고 있었다. 밴은 곧장 공항으로 달렸다. 공항에서의 수속도 요원들이 모두 처리했다.

다섯시 45분, 탑승 수속을 마치고 비행기에 올랐다. 우리가 탄 비행기는 러시아 국영 항공사인 아에로플로트 점보기였다. 우리와 같이 동행하는 요원 둘은 모두 일본인이었고 못 보던 얼굴들이었다.

미수교국을 여러 번 다녀 봤지만 우리나라를 적으로 간주하는 나라로의 입국은 처음이었다.

「거래를 트러 가는 것보다 어찌 더 불안하다.」

「…….」

「몇 시간이나 걸린다고 하디?」

「아홉 시간이라고 합니다.」

「지루하겠군.」

한 두어 시간이나 지났을까, 앞 의자에 꽂혀 있던 러시아 잡지를 뒤적이던 회장은 기내식이 나오자 먹고는 잠이 들었다. 나도 눈을 감았지만 잠은 오지 않았다. 영화를 보다 음악을 듣다 잠을 청하다 보니 어느덧 담뱃불을 끄고 안전벨트를 매라는 불이 들어오고 곧 착륙한다는 안내 방송이 나왔다.

비행기는 모스크바 셰레메티에보 제1공항에 도착했다. 비행기 트랩을 내려오면서 날씨가 한국과 비슷하다는 느낌을 받았다. 나는 회장을 사람 수가 적은 줄에 서게 한 뒤 그 뒤에 섰다. 요원 둘 중 한명이 옆으로 빠져나갔다. 잠시 후 그 요원이 오더니 우리를 특별 입국 심사대로 안내했다. 공항 직원들이 모두 군복을 입어 군인인 줄 알았으나 그들의 신분은 국경수비대라고 일본 요원이 영어로 짧게 설명해 주었다.

「모두 끝났습니까?」

「그렇습니다. 나가면 차가 기다리고 있을 것입니다.」

그때 회장이 긴장을 풀려는 듯 내게 말했다.

「수단에서의 일 기억 나냐?」

「기억 납니다.」

「사막에서 죽을 뻔했지. 그 친구 이름이?」

「아담이었습니다.」

「그래, 맞아. 아담이었지. 자꾸 그 생각이 나는구나……..」

계속 안내 방송이 나왔지만 모두 러시아 어여서 알아들을 수 없었다.

공항의 인테리어도 겁 먹을 만했다. 천장은 마치 벌집 같아 보였는데, 자세히 보니 포탄피였다. 서둘러 에스컬레이터를 타고 내려오는데 2층의 가게를 본 회장이 불쑥 말했다.

「저게 면세점인가 본데. 꽤 넓군. 뭘 파는지 들어가 봤으면 좋겠어.」

나는 회장과 해외를 드나들면서 그가 관광하는 걸 단 한 번도 본 적이 없었다. 그러나 어느 나라를 가든 회장은 가능하면 백화점이나 시장을 둘러보았다. 그래야 뭘 팔아야 할지 떠오른다는 거였다.

우리 임원들도 회장을 본받아 그때부터 내놓고 백화점과 시장을 꼭 들렀다. 그러면서 국내에 없는 물건이면서도 가격이 싸고 생활에 유익한 물건을 쇼핑하고는 했다. 실제로 회장은 출장을 다녀온 임원을 다그친 적이 있었다.

「이번에 이란을 다녀왔다면서?」

「그렇습니다.」

「누굴 만났나?」

「상품을 구매할 의향이 있다는 그쪽 무역 회사 영업부 직원들을 만났습니다.」

「일은 잘됐나?」

「잘됐습니다.」

「수고했어. 그런데 그 사람들이 발주하는 거 말고 이란에 뭘 갖다 팔면 잘 팔릴까?」

「조사를 시키겠습니다.」

「조사고 뭐고 당신이 이번에 갔다 왔다면서?」

「저는 사람들을 만나고 이쪽 일이 바빠 바로 들어왔습니다.」

「이 친구야, 그게 장사꾼의 자세야? 출장 간 나라의 시장하고 백화점도 안 가봤단 말이야?」

「시간이…….」

「백화점 가고 시장 가는데 하루가 걸려, 이틀이 걸려? 중요한 데 두 군데만 돌면 감이 올 거 아냐, 감이.」

「다음부터 조심하겠습니다.」

「당신은 공무원이 아니야. 관광객은 더 더욱 아니고. 넥타이 매고 그쪽 회사 영업부 직원 몇 명 만나 상담 좀 했다고 만세 부르고 오면 만날 그쪽 친구들한테 끌려 다녀. 머리를 써, 머리를. 그쪽 시장에서 잘 팔리는 물건 중에서도 경쟁이 될 만한 걸 만들어 내야지. 그래서 가격과 질로 승부를 하면, 오지 말라고 해도 그쪽에서 먼저 달려와.」

「몰랐습니다.」

「출장비 아껴서 정산할 때 몇 푼 내놓거나 물건 사와 직원들 나눠 주는 짓거리들 하지 마. 그럴 돈이 있으면 만나는 사람에게 더 써. 식사를 한 끼 대접하더라도 기억될 만하게 내란 말이야. 내 말 알아?」

「알겠습니다.」

그동안 임원들은 출장비를 정산할 때 몇 달러 내놓으며 마치 그 돈을 벌어 온 듯이 생색을 내곤 했는데, 그래서 그런 분위기가 사내에 팽배했다. 회장은 바로 그 점을 꼬집은 것이었다.

그때부터 임원들의 출장 가방은 가벼워졌고 또한 몇 푼의 돈을 남겨 생색내는 분위기도 바뀌었다.

나는 내게 늘 웃음을 짓는 한 요원에게 잠시 면세점에 들르면 안 되겠냐고 물었다.

「이곳에는 물건이 많지 않습니다.」

「뭘 사려는 게 아니라 잠시 구경을 할까 해섭니다. 우리는 장사하는 사람들이라 기회만 있으면 상점들을 둘러봅니다.」

「그럼 다녀오십시오. 단, 한국어로 크게 말하지는 마십시오. 저들 중에는 알아듣는 사람도 있습니다. 저 사람들은 점원이 아니라 공항 직원들과 마찬가지로 국경수비대 소속입니다. 또 북한에 파견됐던 사람도 있을지 모릅니다.」

「알겠습니다.」

회장은 내 말이 끝나기 무섭게 다시 2층으로 올라갔다. 나도 얼른 그 뒤를 따랐다.

「미제는 하나도 없군. 이러니 제품이 제대로 만들어질 리가 있나. 경쟁을 시켜야 돼, 경쟁을. 무기는 최상급이면서 이 자식들 생활용품 만드는 수준 좀 봐라. 이게 외국 관광객들을 위한 면세점이냐. 그냥 구색을 갖춘 가게일 뿐이지. 출국 면세점은 어떤지 나갈 때 봐야겠는걸.」

회장은 혼잣말처럼 중얼거리고 있었지만 나는 들은 말이 있는지라 몹시 불안했다. 하지만 그런 말을 영어로 하라고 할 수도 없었다. 찬찬히 돌면서 물건의 표정이며 용기 등을 예리하게 보고 지적해 나가는 회장을 나는 그저 뒤따르기만 했다.

공항 청사를 나오자 우리를 기다리는 사람은 뜻밖에도 금발의 여자였다. 그녀는 우리를 쥐색 밴에 태우면서 딱 두 마디만 했다.

「오시느라 수고하셨습니다. 캠핀스키 호텔까지는 사십 분이 걸립니다.」

궁금한 게 많았으나 조수석에 탄 그녀가 뒤를 돌아보지 않아, 그만두고 대신 밖을 내다봤다. 짙은 회색의 덩치 큰 건물들이 드문드문 지나갔다. 특이한 것은 서유럽의 건물들과는 달리 형체가 유달리 뭉툭하다는 것이었고 색깔도 대부분 어두웠다. 하지만 풍광은 서유럽에 결코 뒤지지 않았다. 서유럽에서는 흔히 볼 수 없는 자작나무 숲이 볼 만했다.

'이곳에서 나폴레옹의 운명이 바뀌었지. 우리의 운명은 어떻게 바

낄까?'

호텔 입구에는 AK-47 자동소총을 멘 군인 둘이 서 있었다.

방을 배정받고 번호를 보니 회장 방과 내 방은 붙어 있는 것이 아니라 한 층이나 차이가 있었다. 내가 데스크에 뭐라고 말하려 하자 일본인 요원이 얼른 말렸다.

「어쩔 수 없습니다. 문제를 일으키지 마십시오.」

회장도 고개를 저어 나를 나서지 못하게 했다.

회장의 방은 1203호였고, 내방은 1114호였다. 그러나 요원들의 방은 알 수 없었다. 그것은 그들이 키를 받지 않았기 때문이었다.

「우리와 이 호텔에 함께 투숙하지 않습니까?」

「이 호텔에 있을 겁니다.」

「몇 호실에?」

「아직 잘 모릅니다. 올라가 계십시오. 연락드리겠습니다. 다시 말씀드리지만 호텔 밖으로는 나가지 마십시오. 나가면 군인들이 여권을 보자고 할 겁니다. 여권이 프런트에 맡겨져 있다고 해도 영어를 잘 못하기 때문에 일단 조사부터 하자며 끌고 다닙니다. 아무 일 없이 나온다고 해도 하룻밤을 조사받으면서 새우게 되는 게 이곳입니다. 그러니 절대 나가지 마십시오. 대신 이 안에서는 식사를 하시든 술을 드시든 마음대로 하십시오. 레스토랑은 지하 일층과 이층에 있습니다.」

나가고 싶은 마음은 들어올 때부터 싹 가셔 있었다.

「군인들이 왜 호텔에 와 있습니까?」

「신경 쓰지 마십시오. 저들의 근무지가 여기니까요. 사회주의 국가는 호텔도 국가 소유라 국가의 재산을 지키는 것이죠. 안에도 군인들이 있지만 문제를 일으키지 않으면 간섭하지 않습니다.」

저녁 식사는 기내에서 했으므로 그냥 자기로 하고 엘리베이터를 탔다. 12층을 누르자 회장이 11층 버튼을 눌러 주며 말했다.

「네 방이 십일층이니 먼저 내려라. 나는 내가 알아서 할 테다.」

「모시고 가겠습니다.」

「됐어. 그냥 내려. 괜히 신경 쓰인다.」

「알겠습니다.」

나는 일단 11층에서 내려 방을 찾아 들었으나 회장을 방까지 안내하지 못한 것이 마음에 걸려 불안해졌다. 손을 씻은 다음, 곧바로 방을 나왔다. 엘리베이터를 타려다 한 층 위라 계단으로 가려고 비상구를 열던 나는 몹시 놀랐다. 총을 든 군인이 문 뒤쪽 의자에 앉아 있었던 것이다.

「십이층에 일행이 있어 올라가려 합니다.」

나는 침착하게 영어로 말했다. 그러자 그 병사는 이를 보이며 웃었다. 그래도 내가 서 있자 고개를 끄덕이고는 고개를 돌리는 것이었다. 나는 그가 영어를 못해 그러는 줄 짐작하고 계단을 올라가는 시늉을 했다. 그가 다시 고개를 끄덕였다.

12층 비상구 앞에는 또 한 명의 병사가 앉아 있었다. 나는 그에게는 아예 말을 하지 않고 손으로 문을 가리켰다. 그러자 그가 고개를 끄덕였다.

회장 방의 문을 두드리자, 한참 지나서야 문이 열렸다. 생각은 하고 있었지만 방은 내 방의 크기와 같은 트윈 룸이었다.

「죄송합니다.」

「방? 괜찮아. 누군 이런 데서 안 자고 돌아다녔나?」

그러고는 창가로 가더니 고개를 돌리지 않고 말했다.

「와서 봐. 멀지만 모스크바 강이 보여. 크렘린도 보이고.」

나는 회장이 크렘린과 모스크바 강에 관심을 보이는 것이 조금은 신기해 창가로 다가섰다.

「불빛은 칙칙한데 널찍널찍하고 뭔가 웅장한 건 있어.」

「정말 그렇습니다.」

나는 크렘린이 맞다고도, 모스크바 강이 아닐지 모른다고도 말을 할 수가 없었다.

「저쪽 사람들이 오늘 밤엔 찾아오지 않겠지?」

「그럴 것 같습니다.」

내 대답에 회장은 더 이상 묻지 않고 창밖을 내다보고 있었다.

그렇게 한참을 보냈다.

「각층 계단에 군인이 한 명씩 지키고 있었습니다.」

「그래? 그 많은 층을 다 지키고 있단 말이지?」

「다는 모르지만 십일층과 십이층에서는 봤습니다.」

「뭐라 하디?」

「영어를 못하는 것 같았습니다. 그냥 웃었습니다.」

「다 있는 건 아닐 테지. 외국인을 같은 층에 몰아넣고 그 층만 지키게 한다면 모를까.」

나는 또 회장의 빠른 판단력에 뒷머리를 긁었다.

「회장님 말씀이 맞는 것 같습니다.」

「복도를 군인이 지키고…… 돈은 지하에 있다고 했다. 문을 닫았겠지만 미도리에 한번 가보자.」

「예…….」

엘리베이터에 지하 표지는 있었지만 눌러도 불이 들어오지 않았다.

「로비에서 걸어서 내려가야겠습니다.」

「로비에서 내려가는 걸 감시하겠다, 이거지. 이 새끼들, 고객의 편의는 생각 않고 관리에만 신경을 쓰고 있군.」

「그런 것 같습니다.」

나는 프런트로 가서 지하로 내려가는 길을 물었다.

「왼쪽으로 쭉 가시면 지하 입구가 나옵니다.」

안내라는 푯말을 앞에 두고 앉아 있는 군복 차림의 붉은 머리 여자가 웃으면서 대답했다. 이 호텔에 들어온 이후 처음으로 부드러운 웃음을 띠는 사람을 만나 반가웠지만 더 할 말이 없었다.

로비는 어마어마하게 넓고 길었다. 1백 미터쯤 앞으로 가자 부속 건물로 이어지는 통로가 있고 중앙에 지하로 내려가는 계단이 보였다. 지나다니는 사람이 없어 썰렁하고 으스스했다.

미도리는 찾기 쉬웠다. 그러나 예상한 대로 영업이 끝나 문이 잠겨 있었다. 왼쪽 상단에 영어로, 아침 오전 일곱시부터 아홉시까지, 점심 오전 열한시 40분부터 오후 두시까지, 저녁 오후 여섯시부터 오후 여덟시 30분까지라는 푯말이 붙어 있었다.

「내일, 아침 식사를 여기서 하자. 분위기도 좀 살필 겸.」

「알겠습니다.」

「괜히 이른 아침부터 예약하려고 부산 떨지 마. 호텔에서도 아침 식사 예약을 받는 곳은 거의 없으니까.」

나도 아는 사실이었지만 잠자코 있었다.

로비로 나오자 안내원과 직원들의 눈이 모두 우리 두 사람에게 쏠렸다.

「미치겠군. 빨리 올라가자. 참 그리고, 이거 불안해서 잠이 오겠냐. 너, 방에 가서 필요한 거 가지고 내 방으로 올라와라.」

나 역시 혼자 우두커니 감옥에 갇히듯 있는 것보다 나을 것 같아 얼른 가방을 가져왔다.

보드카와 마른과자가 있어 권했지만 회장은 고개를 저었다. 나도 술을 마실 기분은 아니었다. 그저 회장처럼 침대에 누워 알아듣지도 못하는 텔레비전을 보고 있었다. 고른 숨 소리가 들렸다. 살짝 일어나 회장의 얼굴을 보니 잠이 들어 있었다. 밤 열두시 40분이었다.

이튿날 회장을 모시고 미도리로 식사를 하러 간 시간은 오전 일곱시 10분이었다. 그전에 가고 싶었지만 영업시간을 확인했으므로 그 시간에 맞춘 것이었다.

「어떤 식사가 됩니까?」

내가 영어로 말하자 회색 눈빛에 갈색 머리인 남자 종업원이 잠시 내 얼굴을 보더니 유창한 영어로 되물었다.

「혹시 어제 도착하신 고바야시 상이 아니십니까?」

고바야시는 내 여권의 일본 성(姓)이라는 생각이 퍼뜩 들었다.

「그렇습니다만……?」

「우선 식사를 하시지요. 아침은 두 가지가 준비되어 있습니다. 죽과 밥입니다.」

「밥으로 하지.」

회장이 말하자 그가 고개를 숙이며 돌아섰다. 나는 돈이 궁금했지만 함부로 말할 수 없었다.

한참 후 미역이 든 된장국과 밥, 몇 가지 반찬이 든 쟁반이 식탁으로 옮겨졌다. 밥 특유의 냄새를 맡자 잊고 있던 시장기가 입가에 돌았다.

식사 시간은 10분이 걸리지 않았다.

「점심 식사도 여기서 하십시오. 생선 초밥을 준비하겠습니다. 그리고 두 분의 손님이 오실 것입니다.」

「어떤?」

「와보시면 압니다.」

「주인을 좀 만나고 싶은데요?」

「지금 그 일 때문에 나가 계십니다. 점심때 만나실 수 있습니다.」

「차를 한잔하고 싶은데 여기서 안 되겠소?」

종업원은 기꺼이 대접하겠다고 말했다. 그리고 마치 준비라도 해놓은 듯이 진한 커피 두 잔을 가져왔다. 그사이 여덟시가 다 되었으나 홀에는 우리밖에 없었다.

「가자. 점심때 오라니 궁금해도 참고 가자.」

회장이 일어서면서 말했다. 회장을 따라 로비로 올라오는데 프런트에 서 있던 일본인 요원이 손을 흔들었다.

「저 친구가 왜 저기 있지?」

「글쎄요…….」

나는 그렇게 말을 받으며 뛰듯이 다가갔다.

「어떻게 된 일입니까?」

「뭐가요?」

「도대체 일이 어떻게 돌아가는지 몰라 궁금해서 그럽니다.」

「일은 잘 진행되고 있습니다. 밖으로 나가지만 않으시면 신변도 안전합니다.」

「그건 잘 알고 있으니까 이제 그만 강조하십시오. 나가고 싶은 마음도 없습니다. 그보다 미도리에서 점심때 오라고 하던데?」

「가셔야 합니다. 중요한 일입니다.」

그리고 엉뚱한 말을 덧붙였다.

「호텔은 크지만 살 만한 물건이나 구경할 만한 것은 없습니다. 이곳은 모스크바에서도 오래되고 좋은 호텔 중 하나지만, 주로 사회주의 국가의 외국 귀빈들이 공산당 대회에 참가할 때 이용되지요. 어떤 때는 손님이 한 명도 없는 경우도 있습니다. 그러니 너무 돌아다니지 마십시오.」

「감시당하는 것 같아 돌아다닐 생각도 없습니다. 그건 그렇고, 당신들은 이 호텔과 무슨 관계가 있습니까?」

「이 호텔을 지을 때 일본이 자금을 좀 빌려 주었지요. 그러니 관계가 있다고 해야 되겠지요. 하지만 일본인 직원은 한 명도 없습니다. 혹시 미도리가 아닌 식당이나 가게에서 물건을 살 때 현금을 많이 가지고 있다는 표시를 내지 마십시오. 사람들 앞에서 고액 현금이 가득 든 지갑을 꺼내거나 하지 말라는 얘깁니다. 여기서 돈은 때로 목숨을 구하기도 하지만, 오히려 돈 때문에 목숨을 잃는 경우가 더 많습니다.」

그때 안쪽에서 어제 봤던 여자보다 훨씬 젊은 금발의 여자가 나왔
는데 역시 군복을 입고 있었다.

「모두 군인들입니까?」

「군인은 아닙니다. 유니폼이 그렇게 보일 뿐입니다. 다 직원입니
다. 그러니 너무 긴장할 필요는 없습니다. 올라가십시오. 특별한
일이 발생하면 연락드리겠습니다.」

그는 재빨리 말하고는 몸을 돌려 여자에게 러시아 어로 말하기 시
작했다.

점심시간에 맞춰 미도리로 가자, 아침에 봤던 종업원이 일본말로
떠듬떠듬 뭔가 말하려고 했다.

「영어로 해주시오. 우린 그게 편합니다.」

나는 이 친구가 아침에는 안 그러더니 왜 그러는가 싶어 그렇게
말했다. 그러자 사내의 얼굴이 환해졌다.

「오우, 일본에서 오는 중요한 손님들은 영어를 조금도 알아듣지
못합니다. 사장님이 계실 때 일본 분이 오면 무조건 일본어로 말
해야 되는 게 이 음식점의 규칙입니다. 그런데 영어를 쓰라고 하
시니 너무 감사합니다. 어서 들어가십시오. 손님들이 안에서 기다
리고 계십니다. 우선 가방을 받으십시오.」

그러더니 카운터 탁자 밑에서 가방을 꺼내 건네주었다. 한눈에도
그 가방은 도쿄에서 자위대 간부라는 자에게 건네준 것임을 알 수
있었다. 회장이 눈짓을 하여, 나는 구석으로 가 가방을 열었다. 5백
불짜리로 묶인 5만 불 1백 다발이 그대로 있었다. 돈을 분산시켜 들

여온다고 하더니 언제 다시 다발로 묶었는지 궁금했다. 돈이 맞는지 확인하고 싶었지만 시간이 없었다.

「맞아?」

가방을 닫는 내게 회장이 물었다.

「다발은 맞습니다.」

그러자 종업원이 우리를 방으로 안내했다. 안으로 들어가자 중년의 일본인과 백발의 러시아 인이 우리를 맞았다. 신기한 것은 일본인이 한국말을 유창하게 한다는 것이었다.

「저는 이 집 주인인 다카시 도지라고 합니다. 그리고 이분은 이번에 우리 일을 도와주시는 분입니다. 성함을 말씀드리지 못함을 용서하십시오.」

나는 어차피 가명으로 소개할 것이므로 그런 것은 필요치 않다고 생각했다. 문제는 무사히 플루토늄을 받는 것이었다.

러시아 인은 회장과 내게 손을 내밀어 악수를 청했다.

「식사하시기 전에 이분의 말씀을 전하겠습니다. 농축 플루토늄 칠 킬로그램과 오백만 불을 계약금, 잔금도 없이 즉시 맞교환합니다.」

「좋습니다.」

회장이 동의하자 다시 통역이 있었다.

「물건은 이 호텔에 있습니다. 지금 그것을 주는 것이나 마찬가지입니다. 그러니 먼저 돈을 주십시오. 점심시간이 한시 사십분에 끝나니까 식사를 하고 그때까지 들어가야 됩니다.」

「그럼 언제 제가 물건을 받게 됩니까?」

「일본에 도착하신 후입니다.」

「어떻게 믿을 수 있습니까?」

「여기까지 오신 걸 보면 우리를 믿으신 것이 아닌지요?」

「…….」

회장은 잠깐 눈을 감고 있더니 가방을 내밀었다. 러시아 인이 가방을 받아 안을 확인한 후 웃으면서 고개를 끄떡이며 뭐라고 말했다.

「대단히 감사하답니다. 그리고 떠나시는 날까지 조심하라고 하십니다.」

주인이 탁자에 부착되어 있는 벨을 눌렀다. 그러자 기다렸다는 듯이 식사가 들어왔다. 아침에 말했듯이 생선 초밥이었다. 크기가 일본에서 먹던 것보다 배는 됐는데 연어의 붉은 살이 손바닥만 하게 밥을 싸고 있었다.

「여기서는 크게 만들어야 합니다. 이들의 배가 우리 일본인의 배보다 크거든요.」

「허허, 그것 참, 생선 초밥이 이렇게 큰 것은 첨 봤습니다. 다음은 어떨지 몰라도 당장은 좋군요.」

회장은 그렇게 말하면서 생선 초밥을 먹기 시작했다.

이틀 동안 우리가 한 것은 한 병의 보드카를 마신 것과 네 번의 샤워, 그리고 스물일곱 시간의 잠이었다. 붉은 광장이 어디에 붙었는지 크렘린의 실제 크기는 얼마인지, 레닌의 지하 묘와 스탈린 언덕과 사회주의 각국의 수많은 붉은 사상가들이 유학했다는 모스크바 대학이 어떻게 생겼는지는 볼 수 없었다. 기억 나는 것은 호텔 방 천장과 로비의 너무도 밝은 백열등 불빛뿐이었다.

「나리타에 왔으니 이젠 살았다고 생각해도 되겠지? 오늘이 천구백칠십구년 시월 이십칠일이라, 역사적인 날이군.」

「그렇습니다.」

귀빈용 통로를 따라 걸으면서 회장이 말할 때 나는 무사히 다녀왔다는 안도감에서 그렇게 대답했다.

모스크바를 다녀온 요원들은 준비된 차량에 타지 않았다. 다른 요원 둘이 우리를 안내했는데 그들도 한국말이 유창했다.

호텔로 들자마자 너무도 충격적인 말을 들었다. 그것은 우리를 모스크바까지 보낸 박 대통령이 어젯밤 서거했다는 것이었다.

「호랑이 굴에서 겨우 빠져나온 사람에게 그런 농담이 어디 있소? 뭐요, 정말 대통령이 죽었단 말이오? 그렇다면 전쟁이라도 났단 말이오? 아니, 전쟁이 났어도 대통령이 죽을 리 없잖소?」

「우리 말을 믿지 못하시겠다면 티브이를 켜보세요. 일본도 지금 난리가 났습니다.」

텔레비전을 켠 회장과 나는 새파랗게 질리고 말았다. NHK는, 어제 10월 26일 저녁 한국의 박정희 대통령이 중앙정보부장 김재규에 의해 복부에 한 발, 관자놀이에 한 발을 맞고 절명했다는 뉴스를 5분마다 내보내고 있었다.

「어떻게 하면 좋겠습니까?」

나는 텔레비전을 끄고 회장에게 물었다. 담배를 꺼내는 회장의 손이 바르르 떨리고 있었다.

「우선 모스크바로 떠나기 전에 만났던 그 간부를 만나야 한다.」

그리고 요원에게 자위대 간부인 그를 만나게 해달라고 부탁했다.

「급합니다. 우린 대통령의 지시로 온 것이오. 아니, 당신들도 요원들이잖소? 이름은 못 들었지만 대통령은 나를 보내면서 그가 자위대의 고위 간부라고 말했소. 그를 불러 주시오.」

「이런 상황에서 약속드릴 수 없습니다.」

「무슨 일이 있어도 만나야 됩니다. 뭘 걸어도 좋소. 아니, 돈이 얼마가 더 들어도 좋소.」

「우선 쉬고 계십시오. 연락해 보겠습니다.」

요원들이 나가고 회장은 연거푸 담배를 태웠다. 나도 속이 타기는 마찬가지였다. 물로도 해갈되지 않는 초조와 갈증이었다. 애꿎은 담배만 피우면서 술을 한잔 마시고 싶다는 갈증에 시달렸다. 그러나 일이 어떻게 돌아갈지 모르는 데다가 회장이 어떻게 반응할지 몰라 참고 있어야 했다.

「짐을 풀지 말고 떠날 준비를 해둬.」

「귀국하는 겁니까?」

「플루토늄을 찾아서 가야지. 지금 찾지 않으면 일이 이렇게 됐으니 어디 가서 하소연도 못해. 그럼 이 새끼들이 거저먹는 거지.」

「…….」

두어 시간 후 중년의 일본인 두 명이 요원들과 함께 찾아왔다. 한 명은 모스크바로 떠날 때 봤었지만 한 명은 아니었다. 하지만 전에도 그랬듯이 말하는 사람은 하나였다. 어쩌면 같이 온 사람은 한국 사람일지도 모른다는 생각이 들었다.

「참으로 가슴 아픈 일입니다. 삼가 조의를 표합니다.」

「고맙습니다. 저희는 오늘 밤 물건을 가지고 귀국하겠습니다. 그러니 물건을 주십시오.」

「안 됩니다. 이미 비밀 조직은 와해되었습니다. 서로가 모르는 사이로 돌아간 것이죠. 그 조직이 깨졌는데 어떻게 물건을 가지고 입국하실 수 있겠습니까? 그렇게 되면 우리 일본까지 개입한 게 되어 사태가 심각해집니다. 돌아가시는 건 좋지만 물건은 안 됩니다. 한국 국내 사정이 좀 나아지면 회장님이 쓰신 돈을 우리가 변상할 수도 있습니다. 그러나 물건은 절대로 안 됩니다.」

「내 돈으로 산 물건입니다. 당신들에게 넘겨줄 생각은 추호도 없습니다. 그렇다고 물건을 들고 입국하지도 않을 것입니다. 단, 배나 구해 주십시오. 오늘 밤 거제로 갈 것입니다.」

「거제, 조선소를 짓는 곳?」

「그렇습니다. 독 공사를 위해 지하를 파고 있습니다. 백오십 미터는 됩니다. 그곳에 당분간 물건을 묻어 두려고 합니다. 연구소도 짓고 있지만 이제는 필요가 없겠군요. 우린 그 배로 돌아옵니다. 그리고 내일 비행기로 돌아갈 것입니다. 비밀을 지키는 건 물론, 경비도 모두 돌아가 처리하겠습니다. 도와주십시오.」

「배로 거제를 다녀온다……. 괜찮은 생각입니다. 하지만 나 혼자 결정할 수는 없습니다. 그 내용을 문서로 써주실 수 있겠습니까? 그리고 한 시간만 주십시오.」

「알겠습니다. 부탁합니다.」

나는 대략 회장이 말했던 내용을 쓰고 회장의 서명을 받아 내밀었다. 자위대 간부가 문서를 받아 안주머니에 넣더니 방을 나갔다.

그들은 40분 후에 돌아왔다.

「준비하십시오. 일단 헬기로 자위대 기지로 이동합니다. 거기서 쾌속정으로 거제까지 갑니다. 거제에서 드릴 수 있는 시간은 두 시간입니다. 그 이상은 안 됩니다. 내일 아침이면 돌아오실 수 있을 것입니다. 경비는 내시지 않아도 되지만 그 대가로 비밀 유지를 원합니다. 훗날 문제가 생기더라도 우리가 개입했다는 언급은 피하시기 바랍니다. 그런 조짐이 있으면 회장님과 또 수행하시는 분의 신변에 위험이 닥칠 수도 있습니다. 이 거래를 허락한 건 돌아가신 박 대통령에 대한 의리 때문입니다.」

「어느 기지로 갑니까?」

그 정도는 예측했다는 듯 회장이 따라나서며 물었다.

「말씀드릴 수 없습니다. 미리 말씀드리지만 헬기에서 내리시기 직전 눈을 가리겠습니다. 그리고 승선 뒤에 풀어 드립니다.」

「좋습니다. 어떻게든 물건을 가지고 갈 수 있게만 해주십시오.」

30분 후 우리는 검은 안대를 쓴 채 자위대의 한 해군 기지에 도착했고 그곳의 한 사무실에서 전화가 허용됐다. 회장은 거제 조선소의 공사장 책임자인 민정찬(閔正贊) 이사에게 전화를 하여 약 일곱 시간 후에 도착한다면서 아무에게도 그 사실을 알리지 못하게 하고, 차량을 준비하라고 지시했다. 민정찬 이사는 핵무기 연구소와 잠수함 독 공사를 위해 회장이 특별히 내려 보내 상주시키는 사람이었다.

다시 안대를 쓰고, 양쪽에서 사람이 잡아끄는 대로 배에 탔다. 보통 배보다 스무 배의 속력을 내는 쾌속정이라고 자위대원이 말해 주었다. 회장은 간이침대에 누워 눈을 감고 있었다. 나는 계속 선실을 서성였다.

시간을 재지는 않았지만 대략 대여섯 시간이 지났다고 생각하고
있을 때, 엔진 소리가 약해지면서 배가 미끄러지듯 섰다.

「경계 지역입니다. 이 배로는 한국 영해로 들어갈 수도 없고 게다
가 배가 커서 부두가 아니면 상륙이 곤란합니다. 그러니 작은 배
로 갈아타십시오.」

「안대를 또 써야 합니까?」

「아니, 그럴 필요는 없습니다.」

우리가 옮겨 탄 배는 5톤쯤 되는 한국 어선이었다. 자위대원들이
큼직한 가죽 가방에 든 플루토늄과 그보다 작은 가방 하나를 실어
주었다. 나는, 작은 가방에 든 것은 회장이 일본에서 구입한다는 화
학물품이라고 생각했다.

어선으로 30여 분쯤 가자 거제항의 불빛이 보였다. 그러나 배는
항구 쪽으로 가지 않고 그 반대편으로 돌아 공사 중인 육대주조선
독으로 들어갔다. 거기에는 민정찬 이사가 두 명의 직원과 함께 나
와 있었다.

그들이 준비한 차로 3킬로나 되는 독 공사장을 돌았다. 5톤 포클
레인이 기다리고 있었다. 회장은 왼쪽 지하 독 정중앙의 콘크리트를
부수게 했다.

30분 정도 작업을 하자 2미터 가량의 구멍이 생겼다.

「가방을 넣고 시멘트로 밀봉해. 그리고 그 자리를 기준으로 수위
눈금을 그려.」

민병찬 이사와 직원들은 가방에 든 것이 무엇인지 묻지 않았다. 그
들은 아마도 박 대통령이 죽은 것과 이 일을 연관시키는 것 같았다.

돌아갈 때는 나도 잠을 잤다. 누군가가 깨우기에 일어났더니, 그들은 다시 검은 안대를 씌우더니 헬기로 갈아태웠다. 기지에 도착해 다시 차를 갈아타고 호텔로 돌아왔다.

「받으시죠.」

간부가 내민 것은 우리의 여권과 보딩 패스였다. 오전 아홉시 30분 도쿄 발 일본항공(JAL)이었다.

「좌석에는 신경을 쓰지 않았습니다. 모쪼록 안녕히 돌아가십시오. 잘 아시겠지만 우리는 아무것도 김 회장님을 도운 것이 없습니다. 또 앞으로도 도울 것이 없습니다. 두 분은 어제 이 호텔에서 밤 아홉시부터 열한시까지 십칠층에 있는 블루나이트에서 산토니 한 병을 드시고 열한시 이십분쯤 방으로 돌아오셨습니다. 그리고 각각 댁으로 전화를 한 통씩 하셨습니다. 일본의 전화국에서는 호텔에서 두 분이 집과 통신했다는 기록이 보관될 것입니다. 만약을 위해 기억해 두십시오. 그럼 다시 만나지 못하더라도 안녕히 가십시오. 돌아가시면 오실 때와 달라진 것이 많을 겁니다.」

「경비는?」

회장이 굳은 얼굴로 물었다.

「박 대통령과의 우정 때문에 한 일입니다. 경비는 필요 없습니다. 그럼.」

그가 느닷없이 거수경례를 했다. 내가 얼결에 차려 자세를 취하자 회장도 놀랐는지 얼른 손을 올려 같이 거수경례를 했다.

음지의 그림자

　신군부의 각종 제재는 나날이 그룹의 목을 조여 왔다. 회장은 거의 매일 밤 중역들과 회의를 거듭하면서 위기를 극복하려고 안간힘을 썼지만 비상구는 보이지 않았다.

　그러던 어느 날 회장이 나를 불렀다. 군 정보기관에 불려 가 이틀 만에 돌아온 직후였다. 말은 안 했지만 나는 회장이 재벌 총수로서 참기 어려울 만큼의 모욕을 당했다는 걸 짐작했다. 얼굴은 수척해졌고 평소에 관절이 좋지 않던 다리를 전보다 더 심하게 절고 있었다.

　「이 죽음의 터널을 빠져나갈 방법을 생각해 봐. 여기서 살아남지 못하면 도로아미타불이야. 뭐든 뚫는 창이 있다면 그걸 막을 방패도 있다고 하잖아. 저 자식들이 죽이려고 터널로 몰아넣으면 우리는 어떻게든 빠져나갈 구멍을 파야 해. 모조리 뺏기는 것보다 그 절반을 주더라도 빠져나갈 구멍을 뚫어 봐. 반을 더 내놓아도 좋

아. 조사한답시고 책상 앞에 앉아 있는 놈들 계급이 뭔지 알아? 장교도 아닌 하사관들이야. 그 새끼들이 나한테 투자 조정에 합의 하라고 호통을 치고 따귀를 때리면서 각서를 쓰라고 몰아붙였어. 그래서 급한 김에 투자 조정에 합의한다는 각서를 썼다. 하지만 그걸로 끝난 것 같지 않아. 너도 알지만 나는 훗날을 생각해 삼 김 (三金)에게 적지 않은 투자를 해왔다. 그게 저 새끼들 비위를 건드 린 모양이야. 삼 김을 모조리 박살 낸 후에, 후원한 기업가들도 차 례로 치려는 것 같아. 정말 사람의 앞날은 알 수 없다고 하더니 그 양반이 그렇게 어이없이 죽을 줄 누가 알았겠냐. 개새끼들, 사람을 아주 도둑놈 취급 하더라구. 뭔가 내놓지 않으면 더러운 꼴 당할 거야. 이젠 불려 가고 싶지 않아. 군복 입은 놈들 낯바대기도 보고 싶지 않단 말이야. 한 몇 년 나가 있고 싶으니까 리비아 건설 수주 를 핑계로 나갈 수 있게 해봐.」

「벌써 해봤습니다. 하지만 당분간 출국 금지는 풀기 어려울 것 같 습니다.」

「그렇다면 다른 대책을 강구해야지. 앉아서 죽을 수는 없잖아. 다 른 일 신경 쓰지 말고 머리 좀 굴려 봐. 그리고 투자 조정 요청이 곧 올 거야. 그럼 무조건 그 자식들이 하자는 대로 해줘. 우선 칼 끝을 피하고 보자.」

「알겠습니다.」

회장의 행복이 내 행복은 아닐지 몰라도, 그의 불행이 나의 불행 이라는 것은 불을 보듯 뻔한 사실이었다. 시급한 업무가 아니면 결 재 서류를 가져오지 못하게 하고 방에 틀어박혔다. 상대가 무엇을 원하는지 알아야 피할 방법도 나오는 거라 생각하고 머리를 쥐어짰다. 그러자 이 시나리오는 결국 박 대통령이 짜놓은 것이라는 생각이 문득 들었다.

제2차 석유 파동이 있자, 정부는 그동안 강경하게 추진하던 성장위주정책을 버리고 중화학 공업에 대한 투자 조정 작업에 손을 대기 시작했다. 성장위주정책을 근본적으로 수정하지 않으면 위기를 벗어나지 못한다는 결론에 도달한 것이다. 그 첫 단계는 수출지원금융제도의 대폭 개편이었다. 그러자 잠시 반짝하는 경기를 틈타 그동안 강력하게 억제되었던 물가의 고삐가 풀리기 시작했다. 그대로 가면 안정화시책의 효과가 떨어질 것은 불을 보듯 뻔했다. 그래서 다음 단계인 대외 경쟁력이 취약한 업종을 골라 중복 내지 과잉 투자 등을 조정하려고 칼을 빼 드는 과정에서 박 대통령이 죽었다.

권력을 장악한 신군부는 우선 각종 사회악과 비리를 근절한다는 명목으로 사회 전체를 공포의 도가니로 몰아넣었다. 부정축재자 색출이 연일 이어졌고, 기업에는 박 대통령이 짜놓은 시나리오 2단계인 '국민 경제의 안정화 및 체질 개선'이라는 칼을 들이댔다. 그리고 곧바로 이른바 8·20조치라는 투자 조정 방안을 실시한다고 발표했다. 명목상으로는 강력한 경제안정시책을 펴나가기 위해서라고 했지만, 그 말을 믿는 경제인은 없었다. 하지만 이미 사회의 분위기는 경제가 어려운 것이 모두 기업이 잘못해서라는 여론이 팽배해 있어 입도 뻥긋할 수 없었다.

그들이 내건 경제안정시책의 골자는 대략 이랬다.

첫째, 중화학 공업 분야 중에서 불요불급한 부문에 대한 투자는 취소 또는 연기하며, 전반적인 투자 규모도 축소 조정한다.

둘째, 과당 경쟁을 방지하고 기존 시설의 가동률을 높여 규모의 경제를 실현함과 동시에 지원 배분을 효율화한다. 이를 위해 다원화되어 있는 생산 체제를 통폐합한다.

그들이 칼을 들이밀게 빌미를 제공한 것도 따지고 보면 기업이었다. 1973년 중화학공업정책이 발표되자 기업들은 너도나도 다투어 중화학 공업에 뛰어들었다. 뿐만 아니라 무조건 공장부터 건설하고 보자는 기업이 많았는데, 그것은 정부의 지원이 후했던 까닭이었다. 때문에 투자는 과잉되었고 5, 6년이 지나자 대충 싸맸던 상처가 터진 것이었다.

따라서 신군부는 그 정책을 수습하지 않을 수 없었던 것이다. 신군부는 통폐합의 첫번째 대상을 자동차와 발전 설비로 잡았다. 두 종목이 구조 조정의 수면으로 떠오르자 울산 그룹 측에서는 우리 회장이 국보위와 유착하여 자신들을 옥죄고 있다고 오해하는 듯했다. 급기야 그런 내용이 소문으로 떠돌기 시작했다. 하지만 따지고 보면 오십보백보 차이였다. 같은 짓을 하고 50보 도망간 놈이 1백 보 도망간 놈에게 더 나쁘다고 욕하는 것이라고나 할까.

정보에 의하면 울산 그룹의 장 회장은 신군부의 수장(首長)이라고 할 수 있는 전두환 보안사령관을 여러 번 만나고 있었다. 회장도 모든 방법을 동원했지만 선이 닿지 않았다.

어쨌든 신군부의 주도로 구조 조정은 시작되었고, 두 종목 중 양자택일을 해야 할 날이 오자 회장이 아침에 나를 불렀다.

「열시 반쯤에 내 방으로 와.」

「……..」

「국보위에서 오늘 양자택일을 하러 상공부로 들어오라는 거야. 울산에서도 올 거야.」

「……..」

「내가 할 수 있는 건 이미 다 했어. 장 회장은 내가 국보위와 붙어서 일을 끌고 가고 있다고 생각하는 모양이야. 내가 자동차를 뺏고 싶어서 뒤에서 장난을 친다는 거지. 너도 내가 그 정도로 힘이 세다고 생각하냐?」

「아닙니다. 지금 절벽으로 내몰리고 있는 쪽은 우립니다.」

「그래, 죽느냐 사느냐지.」

「알겠습니다. 서류 준비하여 오겠습니다.」

「오늘 마무리짓는다고 도장도 가지고 오라니까 챙겨.」

「알겠습니다. 저……」

나는 이쯤에서 거제에 숨긴 플루토늄을 카드로 이용해 보는 게 어떨까 하는 생각이 들었다.

「뭐야, 말해 봐.」

「거제에 둔 그 물건 말입니다. 그걸 카드로 한번 써보는 것이?」

「생각하고는, 잘못 꺼내면 죽어. 넌 어릴 때 공부만 하고 동화책도 안 봤냐? 악당들에게 보물이 있는 장소를 말하면 죽는 거야.」

「그럼 저들이 뭔가를 알고 있습니까?」

「알고 있다는 게 아니라 그걸 얘기하면 죽는다는 거야. 정권을 막 잡은 이들이 미국의 심기를 거스르면서 그 일을 할 거 같아? 핵잠수함이고 레이저고 당분간은 물 건너간 거야. 내가 잊고 있으니까 너도 잊어버려. 어디 가서 입 잘못 놀렸다간 쥐도 새도 모르게 죽을지 모르니까.」

「알겠습니다. 하지만 마냥 그냥 둘 수도 없는 것 아닙니까?」

「박 대통령 심부름한 덕분에 다 전문가에게 들은 게 있어. 핵 저장고라는 게 별거야? 시멘트 두껍게 발라 방을 만드는 거야. 세상에 독보다 더 안전한 저장고가 어딨냐. 시멘트 두껍겠다, 물 차 있겠다, 꺼내지만 않으면 수백 년 뒤도 괜찮은 거지. 연구소야 땅 좀 다지다가 끝난 거고. 그거 사느라 돈 든 거 빼면 손해 없어. 그 대신에 조선소를 넘겨받았잖아.」

「……」

나는 회장의 말을 이해할 것도 같았지만 이해가 안 되는 부분도 많았다. 그러나 지금은 이런 설전을 벌일 때가 아니라고 판단했다. 불과 1년 사이에 우리의 처지는 매우 위태롭게 되어 있었다. 거기에 들어간 돈이 아쉽고 필요하기야 회장이 더할 것이었다. 그러나 훗날까지 그 얘기를 결코 먼저 꺼내지 않았다.

「재미 과학자들은?」

「말이 재미 과학자들이지 그 사람들 모두 핵 장사꾼 아니겠어. 입 다물고 있거나 미국으로 돌아가겠지. 그 사람들 신경 안 써도 돼. 문제는 우리야.」

「알겠습니다. 준비해서 모시러 오겠습니다.」

종합청사 대회의실에 도착하니 열한시였다. 아직 울산 그룹 장 회장은 도착 전이었다. 회의실에서 10분쯤 기다리자 장 회장이 그의 동생인 자동차 장세우(張細禹) 사장과 건설 이상박(李相博) 사장을 거느리고 들어왔다.

먼저 와 있는 우리를 본 장 회장의 얼굴이 일그러졌다. 인사를 해도 건성으로 받으며 외면하는 것이 오해가 대단한 것 같았다.

모두 참석하자 상공부 장관이 입을 열었다.

「나는 산업정책, 특히 자동차 관계는 잘 모릅니다. 그러나……」

그러자 장 회장이 나섰다.

「나는 잘 압니다. 왜냐하면 내가 일궈 낸 회사니까요. 그런데 장관님께서는 내용도 모르시면서 맞바꾸라, 두 가지 중에서 하나만 선택하라고 하실 수 있습니까?」

「내가 잘 모른다는 얘기지, 상공부가 모른다는 얘기가 아닙니다. 우리 상공부에서는 그 점을 계속 연구해 왔습니다. 장 회장님께서는 남의 말꼬리를 물고 늘어지지 마시고 신중하게 숙의해서 결정을 내려 주세요.」

장 회장은 이번에는 우리를 보면서 포문을 열었다.

「우리는 누구처럼 멀쩡한 회사를 특혜 금융으로 인수해 본 역사가 없습니다. 나는 언제나 내 돈으로 땅 사가지고 거기다 말뚝 박고 시작했습니다. 그런데 이게 뭡니까? 사람을 불러내 겁주고 협박하는 이런 강제 합병에는 전 동의 못합니다.」

회장은 내가 불안할 정도로 침착하고 조용했다. 이에 장 회장은 우리가 할 말이 없다는 뜻으로 받아들였는지 계속 육대주의 약점인 유착, 부실기업체 인수 등을 말하기 시작했다. 보다 못한 내가 나서려고 하자 회장이 탁자 밑으로 손을 뻗어 내 허벅지를 꼬집었다. 나는 헛기침을 하고 그대로 앉을 수밖에 없었다.

국보위에서는 모두 네 명이 왔는데 우두머리인 허강수(許康洙) 대령이 나섰다.

「장 회장님 말씀은 잘 알겠습니다. 그러나 우리가 주선하지 않으면 안 될 만큼 근간의 국내 경기 사정이 악화되어 있습니다. 저보다 더 잘 아시겠지만 오일 쇼크와 국제적인 경기 침체로 수출이 줄고 임금은 상승했으며 기업의 금융 비용은 증가했습니다. 그러니 자연 기업의 경쟁력이 뒤떨어질 수밖에 없었던 것입니다.」

「기업 전부가 그렇지는 않습니다.」

「장 회장님은 울산 그룹 하나만 생각하시면 되지만 우리는 국내 기업 전체를 생각하고 걱정해야만 됩니다. 그게 다른 것이죠. 흥분을 가라앉히시고 제 말을 들어 보세요. 기업이 잘한 게 뭐가 있습니까? 호경기 때 부동산이나 사 모으고, 자금 사정이 나쁘면 은행 관리나 법정 관리로 전환해서 정부에 구제 금융이나 요구해 왔습니다. 오해하지 마십시오. 전 지금 울산 그룹 얘기를 하는 게 아닙니다.」

「잘 압니다만 저는 그런 경제 강의를 들으러 오지 않았습니다. 저 바쁩니다.」

「알겠습니다. 대그룹 회장이시니 바쁘시겠지요. 하지만 이 얘기는 들으셔야 합니다. 그래서 우리 국보위는 기업체질개선대책을 수립하게 된 것입니다. 아시겠지만 일정 규모 이상의 여신을 받은 기업과 기업인의 부동산을 자진해서 처분토록 기간을 정한 것은, 그 기간에 자진 신고한 부동산에 대해서는 취득 경위를 묻지 않고 자체 처분하여 기업 자금으로 쓰게 하려는 뜻입니다. 하지만 자진 신고를 하지 않은 부동산은 강제로 감정가에 따라 매입하여 은행 대출금 상환에 충당하게 될 것입니다. 이건 회사가 크건 작건 다 해당됩니다. 또 각 재벌 그룹의 특성에 맞는 중점적 주력 기업을 선정하게 하고 그 주력 기업을 중심으로 기업의 능력에 맞게 계열 기업 수를 자율적으로 선정하게 하려는 것입니다. 당연히 그 주력 기업들은 업종별로 일정 비율의 자기 자본을 유지해야 합니다. 그러자면 증자가 되어야 하는데, 그 자원은 계열 기업의 매각과 부동산 처분으로 마련하게 할 것입니다. 그래서 먼저 가장 중복이 심하고 과잉 투자된 자동차와 발전 설비 분야를 선정한 것입니다. 나라의 경제를 위해서 두 분의 협조가 무엇보다 중요합니다. 두 분이 먼저 협조를 해주시면 다른 기업들도 따라올 것입니다. 그 점을 생각하셔서 결정해 주셨으면 합니다. 그럼 묻겠습니다. 먼저, 김 회장님은 어떠십니까?」

「예, 저희는 협조하겠습니다.」

「장 회장님은요?」

「그런 일에 저는 협조를 할 수 없습니다.」

「뭐요? 협조할 수가 없다니?」

국보위 팀들이 모두 일어날 자세였다. 상공부 장관과 실무자들도 얼굴이 새파래졌다. 장 회장의 불도저 식 밀어붙이기는 이미 세간에 소문이 나 있었지만 이 정도로 배짱이 좋은 줄은 몰랐다. 배짱이 아니라면 사태 파악에 둔한 것일지도 모른다는 생각이 들었다.

계속해서 버티던 장 회장은 문득 2주의 시간을 달라고 요청했다.

「안 됩니다. 이 주일은 드릴 수가 없습니다.」

「주판을 놔봐야 결정을 할 게 아니오?」

「그렇다면 일주일, 칠 일을 드리겠습니다. 그때 가서도 결정을 내리시지 못하넌 우리가 내리겠습니다.」

이것은 무서운 말이었고, 장 회장의 대응도 만만찮았다. 그 당시 국보위 앞에서 그 정도 반발을 한 사람이 또 있었다는 말을 나는 듣지 못했다.

일주일 후, 장 회장은 우리와 국보위의 예상을 깨고 전혀 엉뚱한 걸 선택했다. 우리는 그가 발전 설비를 선택할 것이라고 생각하고 준비하고 있었다. 왜냐하면 그는 울산양행과 울산중공업에 모두 발전 설비 분야를 가지고 있었기 때문이었다. 그래서 마음을 놓고 있었고 또 장 회장이 연장자이기도 하여 회장은 그에게 먼저 선택권을 줬던 것이다.

「자동차를 선택하겠습니다.」

이미 약속된 일이라 어쩔 수 없었지만 나는 몹시 낭패스러웠다. 얼른 국보위 팀의 얼굴을 살피니 그들도 예상외라는 표정이었다. 그러나 역시 회장, 아니 내 주군은 달랐다. 얼굴색도 변하지 않고 웃음을 띠면서 말했다.

「좋습니다. 그럼 저는 발전 설비를 맡겠습니다.」

뒷날 들으니 장 회장은 발전 설비를 내놓으며 눈물을 흘렸다고 했다. 그러나 자동차를 육대주에 주면 자동차는 영영 울산의 손에서 떠나게 된다고 판단했다는 것이다. 왜냐하면 육대주는 새한자동차에서 육대주자동차로 개명한 자동차 생산 라인을 가동하고 있었기 때문이었다. 또한 미국의 제너럴모터스와 합작이었고, 외국의 제품이 우월하다고 믿는 국민성에 기대어 국내 시장을 40퍼센트 정도 확보하고 있었다. 그러나 발전 설비는 달랐다. 육대주의 중공업은 거제 조선소와 네 군데의 중장비 공장, 객·화차 생산 공장, 두 군데의 무기 생산 공장이 전부였다. 그러므로 장 회장은 자동차는 주면 금방 합병돼 버릴 것이지만, 발전 설비는 우리의 준비 부족으로 오랜 시간을 끌 것으로 판단했다는 것이다. 그래서 정권의 변화를 보고 훗날 발전 설비를 되찾을 생각이었다는 것이다.

첫 중공업 투자 조정이 발표됐다.

발전 설비와 건설 중장비 분야는 울산양행의 군포 공장을 포함한 창원 종합기계 공장과 육대주의 옥포 종합기계 공단을 1개 법인으로 통합하여 육대주 그룹이 운영하기로 하며 빠른 시일 내에 정상 가동시킨다.

자동차(승용차) 공업 분야는 울산자동차와 육대주자동차, 그리고 기아산업을 1개 법인으로 통합 일원화하여 울산 그룹이 경영하도록 한다. 다만 기아산업은 중차량(重車輛: 1~5톤 트럭) 전문생산업체로 육성한다.

그러나 일은 묘하게 돌아가고 있었다. 육대주자동차 지분의 50퍼센트를 소유한 제너럴모터스가 울산자동차와의 합병에서도 50퍼센트의 지분을 요구하고 나선 것이었다. 울산자동차가 반격에 나섰다. 즉, 육대주에서는 50퍼센트였지만, 육대주자동차의 시장점유율이 40퍼센트이니 절반의 지분을 가진 지엠은 20퍼센트의 권리밖에 없다는 것이었다. 몇 개월에 걸쳐 울산과 지엠의 밀고 당기던 합의는 끝내 원점으로 돌아오고, 정부도 지엠이 끼여 있어 어쩔 수 없이 육대주에 다시 자동차 생산을 허가하지 않으면 안 되었다.

그런데 문제는 육대주 그룹은 자동차는 그대로 하고 발전 설비만 받은 꼴이 된 것이었다. 안 그래도 의심찍은 눈으로 보던 울산이 발전 설비를 내놓으려 하지 않았다. 이미 발표한 사안이라 정부가 나서서 재촉하자, 울산은 그렇다면 그동안 투자한 돈을 당장 내놓으라는 것이었다.

「지금은 그만한 돈이 없으니 사옥을 팔아 갚겠습니다.」

회장의 약속이 있고 나서 선인수 후청산으로 발전 설비를 인수할 수 있었다. 그러나 발전 설비에 아직도 많은 투자를 해야 하고 그 투자비를 회수하는 데 너무 오랜 시간이 필요하다는 자체 결론이 나왔다. 그러자 회장은 꾀를 냈다.

힘에 부쳐 도저히 경영할 수 없으니, 정부가 가져가라는 것이 그 꾀였다. 그러자 정부는 강제로 시킨 합병을 없던 일로 할 수가 없다면서 그룹을 몰아쳤으나 정중히 능력에 부쳐 못하겠다는 데는 어쩔 수 없는지 우리의 요청을 몇 개월 끌다 받아 주었다. 나는 회장의 기막힌 역전극을 흐뭇하게 지켜보았다. 정부는 결국 한국전력과 산업은행, 외환은행을 주주로 하여 발전 설비 공장을 한국중공업이라 개명하여 공사화(公社化)하기에 이르렀다.

억울한 것은 울산 그룹이었다. 그들은 그동안 발전 설비 건설비와 기자재 도입비로 들어간 투자 비용을 받아내기 위해 정부에 소송을 제기해야 했다. 우리가 손을 들었으니 우리에게 내놓으라고 할 수도 없었다. 그 뒤로 울산 그룹과의 관계가 회복되기 어려울 만큼 나빠졌음은 물론이었다.

나는 회장이 발을 빼는 모든 과정을 지켜보면서 안도했지만 위기
는 거기서 끝나지 않았다. 제5공화국 출범과 함께 숙정(肅正)의 태
풍이 더 강해졌기 때문이다. 급기야 부정축재자 축출이라는 초특급
폭풍이 그룹을 향해 불어오기 시작했다. 구조 조정을 망쳐 놓은 괘
씸죄를 물으려는 것 같았다.

나는 심사숙고를 거듭한 끝에 마침내 한 방법을 찾아내었는데, 그
것은 그동안 회장이 모은 전 재산을 사회에 환원하는 것이었다. 그
들이 부정 축재라고 주목하는 돈을 모조리 사회에 환원해 버리면 그
들은 닭 쫓던 개 지붕 쳐다보는 꼴이 되리라는 게 내 생각이었다. 하
지만 아픔을 수반하는 일종의 고육지책(苦肉之策)이었다.

「뭐, 내 재산을 몽땅 내놓으라고? 그럼 나는 알거지가 되란 말이
야?」

「상황이 너무 안 좋습니다. 저쪽이 상상할 수 없는 강공으로 나가
야 위기에서 벗어날 수 있습니다.」

「넌 도대체 어떻게 생겨 먹은 인간이 그런 방법밖에 생각해 내지
못하냐? 그따위를 계획이라고 내놓는 거야? 멍청한 자식 같으니
라고!」

나는 무안을 무릅쓰고 며칠 동안 계속 설득했다. 그러나 회장은
내 말을 들으려 하지 않았다. 가만히 보니, 나 말고 다른 채널을 열심
히 활용하고 있는 듯했다. 하지만 그들이라고 하여 마음먹고 덤벼드
는 신군부를 막을 힘이 있을 리 없었다.

운을 떼고 10여 일이 지난 어느 날 회장이 나를 불렀다.

「그동안 다른 방안을 찾아봤나?」

「죄송하지만 다른 방안이 없습니다.」

「으음, 꼭 그래야 한단 말이지……. 좋아, 내가 알아듣기 쉽게 설명해 봐.」

나는 얼른 준비한 보고서를 올렸다. 그걸 들여다보면서 회장은 연신 담배를 피웠다.

「모두 사, 사회에 환원한다…….」

서른 개가 넘는 계열사를 거느린 대기업의 총수라도 자신의 재산을 사회에 모두 환원한다는 문구를 읽을 때는 목소리가 심하게 떨렸다.

「사회 환원이라고 하여 돈을 당장 사회에 내놓는 것이 아닙니다.」

「그런데 왜 환원이라는 말을 써?」

「수사(修辭)가 지나친 점은 있지만 환원은 환원이니까요. 회장님은 이미 칠십팔년에 오십억 원을 출연하여 문화복지재단을 설립했습니다. 그 재단에서 이재민돕기와 장학 사업을 해왔습니다. 그것은 좋은 의미의 사회 환원이기도 하지만, 사실은 석유 파동을 돌파하기 위해서 특혜 금융을 받으려고 취한 어쩔 수 없는 조치였습니다. 그러나 이번에는 백억 대의 재산을 내놓아 그 재단을 제대로 키우는 겁니다. 그것도 당연히 사회 환원이니까 저들도 어쩌지 못할 것입니다. 단지 회장님 주식의 주인을 재단으로 바꾸는 작업이지만요. 그것뿐만이 아닙니다. 그 돈을 바탕으로 재단 소유의 빌딩을 짓는 겁니다. 빌딩을 임대하면 직원들 몇 명 월급은 충분히 나올 것입니다. 또 회장님이 주식을 모두 사회에 환원한다고 하면 육대주 계열사의 주식이 오를 것입니다. 결국 주식이 오르면 재단의 자산이 어느 정도는 늘어나게 됩니다. 결국 물러나시지 않아도 재산은 재산대로 지키면서 저들의 추격을 따돌릴 수가 있습니다. 게다가 해마다 나오는 배당금이 있습니다. 그 배당금으로 몇 가지 장기적인 계획을 세워 마음먹고 이 사회에 필요한 일을 해나가는 겁니다. 실제로 좋은 일을 하자는 것입니다. 재단은 그룹의 계열이 아닐 뿐만 아니라 사회·문화·복지 사업을 하는 곳이라 세금은 한 푼도 내지 않아도 됩니다. 그룹 경영과 별개로 운영하되 운영책임자는 나이 들어 퇴임한 사람으로 선택합니다. 그럼 그 사람도 고마워할 것입니다. 운영자들은 그룹에서 차출해 보내면 기업 문화를 고스란히 전수할 수가 있습니다. 또 기조실에서 표시 나지 않게 운영을 조정하는 겁니다.」

「그래…… 그런 방법이 있다는 말이지?」

「그렇습니다.」

「발표는 언제 하나?」

「이번 주 토요일입니다.」

「왜 하필 토요일이야?」

「그래야 좋습니다. 만약 언론에서 꼬집는 사안들이 있으면, 즉 저희 실무진이 거르지 못하고 있던 문제가 발생하면 대처할 수 있는 시간을 벌 수 있기 때문입니다.」

「그래. 어쩌겠나, 그렇게 하는 수밖에…….」

그주 토요일 기자간담회가 있었다. 회장은 기대 이상으로 연출을 잘해 주었다. 회장은 먼저 통폐합이 시대적으로 꼭 필요했다는 견해를 밝힌 다음, 재산의 사회 환원에 대한 부분에서는 목소리에 힘을 실었다.

「수출 진흥에 기여하고 있는 기업이 발생한 이익을 사회에 환원하여 문화나 복지에 부자하겠다는 정신은 국가를 위해서나 사회를 위해서나 바람직한 일이라고 저는 생각합니다. 문화·복지는 정부나 그 분야를 책임진 관료가 만드는 것이 아니라 국민 모두가 관심을 가지고 참여해야 성장할 수 있습니다. 육대주는 이제 국민의 기업입니다. 그러므로 기업의 사회적 책임을 선도하고, 기업의 문화·복지 사업이 구호나 겉치레에 그치지 않고 진실로 도움을 필요로 하는 사람을 돕는 게 저의 소신입니다. 오늘날 국내외의 상황은 기업인으로 하여금 소유라는 탐욕보다는 경영 중시의 청명한 새 시대를 맞게 하는 대전환기적 시점이라 아니할 수 없습니다. 이러한 위기를 맞은 이때 저는 가장 순수한 경영자로서, 또는 모든 사람이 요구하는 믿음직스러운 최선의 관리자가 되기 위해서, 제 주변 특히 저 자신이 새로운 출발선에 서 있음을 직시하지 않을 수 없었습니다. 새 시대를 맞는 경건하고 숙연한 입장에서 저는 제가 지닌 모든 재산을 완전히 공개함과 동시에 그 사재(私財) 모두를 이 참다운 사회에 환원시켜 앞으로 국민 여러분이 염원하고 있는 가장 선량한 전문경영자로서의 소임을 다하고자 합니다. 제가 소유한 육대주 그룹의 주식 등 부동산 이백여억 원은 신중하고 신속한 검토를 거쳐 사회에 환원될 것입니다. 사욕에 연연하지 않는 무사념(無邪念)의 자세로 더욱더 이 역사(役事)에 충실하겠다는 신념에 바로 저의 사재 완전 공개와 사회 환원의 근본적인 이유가 있다고 하겠습니다. 앞으로도 저는 혼신의 역량을 다

해 사회를 도울 것입니다. 그리하여 이 사회에 공헌했던 한 사람
으로 남기를 진정으로 희망합니다. 감사합니다.」

성공이었다.

나도 회장만큼이나 바빴다. 재단을 만드는 작업에 온 힘을 기울였
기 때문이었다. 재단의 명칭은 그룹의 이름을 따서 육대주문화재단
이라 명명했다. 그리고 초대 이사장에는 강수웅(姜水雄) 전 문공부
장관을 추대했다. 그리고 이사진에는 명문 대학의 이름난 교수들과
정치인들이 거의 망라되어 있었다. 어차피 하는 것이라면 멋지게 하
자는 생각에서가 아니라 살기 위해서였다. 살아남기 위해서는 그런
방패들이 필요했던 것이다.

우리보다 먼저 복지나 문화 사업을 시작한 재벌의 재단들을 나름
대로 조사해 보고 너무도 한심하다는 생각이 들었다. 대다수 재단의
이사장 자리는 총수의 부인이나 딸들이 차지하고 있었고, 하는 일도
어정쩡한 데다 세계적인 화가들의 그림을 소장하기 위해 하나같이
미술관을 건립했거나 건립을 준비하고 있었던 까닭이었다.

우리는 그럴 수 없다고 생각했다. 이미 그런 졸렬한 방법들이 세
상에 서서히 알려지고 있었기 때문이기도 했지만, 다른 그룹들과 차
별을 두고 싶은 욕심이 일었던 것이다. 그리하여 나는 더 고급한 방
법을 생각하기 시작했다. 기왕에 회사의 돈으로 문화·복지 사업을
벌이는 것이니 어느 부분에서는 정말 좋은 일을 하고 싶기도 했다.

그리하여 나는 회장에게, 소년소녀 가장들을 위해 보금자리를 지
어 주고 낙도 오지에 병원을 세우는 등 기왕에 해오던 소외 계층 돕
기를 더욱 확충하고 장학 사업의 폭도 훨씬 넓힐 것을 제안했다. 물

론 이런 부분도 이미 다른 재벌 재단들은 나서서 사업하고 있었다. 하지만 그 사업도 총수와 관련이 있다는 혐의가 짙었다. 그런 의심을 받지 않기 위해 나는 철저하게 조사시켜 국내의 가장 오지인 무주와 신안, 진도, 완도 등 네 곳을 병·의원 부지로 선정했다.

네 곳의 병·의원 설립계획서를 올리자 회장은 아주 잠깐 눈을 감고 생각했다. 그리고 번쩍 뜨더니 내 눈을 응시하면서 말했다.

「넌 정치를 했으면 대성공했을 놈이다. 정말 넌 나보다 더 정치적인 놈이야. 좋다, 해라. 네 계획이 성공한다면 그룹에 도움이 많이 될 것이다. 솔직히 우리가 이렇게 죽어라 돈을 버는 이유는 궁극적으로 국민들에게 추앙받는 사람이 되고 또 성취의 맛을 보기 위함이 아니겠냐. 그 머리로 그 다음에는 국회의원 몇 명 만들어 봐라.」

「그건 훗날의 일입니다. 아직은 아닙니다. 정치의 정 자만 꺼내도 권총에 맞아 죽을 겁니다.」

「그렇겠지.」

「중국의 한신은 건달들의 가랑이 사이도 기어 나간 사람입니다.」

「그것도 알고 있다.」

「죽지만 않는다면 훗날을 기약할 수 있습니다. 아니, 더 클 수 있습니다. 저들은 군인들입니다. 정치도 모르지만 기업 경영은 더 모릅니다. 일본을 통일한 도요토미 히데요시를 움직여 정치를 한 건 참모들이 아니라 사까이 패라는 당시 일본 최고 항구인 오사카 장사꾼들이었습니다.」

「…….」

회장이 말없이 귀를 기울인다는 것은 흔하지 않는 일이었다.

「그들은 히데요시에게 돈과 쌀과 비단과 총을 수입해 바치면서 납작 엎드렸습니다. 그렇게 히데요시의 마음을 산 후 자신들에게 유리한 정치를 하도록 히데요시와 그 측근들을 조종했습니다. 훗날 히데요시가 죽고 그 아들인 히데요리가 이에야스에게 죽음을 당했을 때도 사까이 패들은 온전히 살아남았습니다. 그리고 이에야스에게 엎드려 충성을 맹세했고, 역시 정치를 장사꾼들에게 유리한 쪽으로 유도했습니다. 일본이 우리보다 앞서 발전한 것은 바로 그런 장사꾼들이 있었기 때문이라는 학자들의 견해도 있습니다. 또 세상에는 한 가지만 열심히 해도 물리(物理)를 터득할 수 있다고 했습니다.」

「그 일을 나보고 하라는 거야?」

「그렇습니다.」

「이해하지 못하는 닭대가리를 만나 죽는 생각은 안 해봤나?」

「해봤습니다.」

「그래서?」

「그 죽는다는 게 다시 옛날의 그 자리, 즉 별로 가진 것 없는 자리로 돌아가는 겁니다. 한번 해볼 만한 일입니다.」

「하고 있잖아. 할 수만 있다면 널 국회로 보내고 싶다.」

「전 회장님 곁에 남아 있겠습니다. 전 생각은 할 줄 알아도 행동에는 문제가 많은 놈입니다. 주군이 필요합니다.」

「내가 너의 주군?」

「그렇습니다.」

「좋아서 펄쩍 뛰겠군. 대가리 좋은 아랫놈을 조심하라는 말이 무슨 뜻인지 이제 알 것 같다.」

「전 머리가 좋지 않습니다.」

「그럼 나쁘냐?」

「그냥 노력파일 뿐입니다.」

「자아식, 이대로 추진해. 넌 더 급하고 중요한 일이 많이 생길 테니까 직접 뛰지 말고 똑똑한 놈 내세워서 해.」

「절 믿어 주셔서 감사합니다.」

「믿는 게 아니야. 내 생각이 맞다는 것이지.」

그렇게 육대주문화재단이 만들어졌다. 그룹의 모든 것이 거덜 난 지금, 주군이 돌아와 있을 단 한 곳은 이제 재단뿐이다. 그리고 그 재단을 이끌고 있는 사람은 나만치나 회장을 이해하고 동경하는 육대주조선 사장 출신의 오정한(吳廷翰) 씨다. 옛 동력자원부 국장 출신으로, 30대 초반에 미국 MIT공대에서 박사 학위를 받고 1980년대 후반에 육대주에 들어온 인재였다. 그도 다른 몇몇 중역들처럼 회장과는 고등학교 후배라는 인연이 있었다. 2년 전 그가 회장의 마지막 보루인 재단 이사장으로 갔다는 소식을 들었을 때 솔직히 나는 하늘이 까매지고 다리가 후들거리는 충격을 받았다. 결국 나보다 그가 회장에게 더 필요한 사람이었다는 주체하기 힘든 질투 때문이었다.

어쨌든 재단은 설립된 지 10년 후 결국 내가 그토록 경멸하던 여타 기업들의 재단과 흡사해지고 말았다. 남의 사람이 되면 다 그런 것인지, 나는 사모님이 미술관을 설립하고 이리저리 얼굴을 내밀 때

적극적으로 말리기는커녕 지시가 떨어지면 그 일을 회사일보다 선두에 두고 처리했다.

재산의 사회 환원으로 아슬아슬한 위기를 넘겼으나 몇 년 뒤 뜻하지 않은 위기가 또 한 번 찾아왔는데 바로 노조 파업이었다. 1980년대 중반, 육대주자동차에서부터 불이 일기 시작한 노조 파업은 육대주 그룹을 한때 사면초가로 몰아넣었다. 제3공화국의 강력한 성장정책의 희생자였던 노동자들이 그동안의 희생과 정당치 못한 방법으로 정권을 잡은 정체(政體)를 향해 분노를 폭발한 것인데, 그동안 정부의 정책을 가장 모범적으로 따랐던 육대주 그룹에서 먼저 시작된 것이었다. 그러자 파업은 눈덩이 불어나듯이 커지며 다른 재벌로 그 불길이 옮아 붙었다.

고백하면 나는 그들의 운동에 대해 말할 생각이 우선 없다. 그것은, 고도정책이라는 이름 아래 권리를 짓밟힌 그들을 위하는 길이 아니라고 판단해서이다. 하여 여기서는 그들의 복직이 10여 년이 흐른 후 완료되었다는 것으로 대신하련다.

파업 사태를 처리하는 과정에서 나는 육대주 그룹의 안녕을 위해 나름대로의 수단과 방법을 가리지 않았다. 어떨 땐 대화로, 때로는 회유로, 마지막엔 공권력에 의지해 결국 그룹을 구해 냈다고 한동안 우쭐했었지만, 시간이 지나면서 씁쓸한 후회에 시달렸다. 무엇보다 그 과정에서 새파랗게 젊은 직원들을 여럿 옥고를 치르게 한 것이 가장 마음에 걸렸다.

부담 때문에 마음이 무겁던 나는 90년대 중반 회장에게 아직도 이런저런 방법으로 복직을 요구하는 전원에게 일자리를 주는 게 어떻겠느냐고 제안했다. 그때까지 파업의 주동자급들은 복직을 원하며 그룹과 대치하고 있었다.

「그러자. 나도 그 애들 생각하면 마음이 아프다.」

그리하여 나는 일자리를 원하는 전원을 그룹에 복직시켰다. 그중에서도 가장 독하게 그룹과 맞섰던 우두머리급인 한 젊은이는 당시 서른 초반이었는데, 복직 후 인사를 왔기에 만나 보니 이미 불혹을 넘긴 마흔세 살이었다. 그동안 뭘 하며 살았냐고 물었더니 그가 대답했다.

「트럭 운전도 하고, 김밥집도 하며 살았습니다.」

「결국 모두 복직이 됐는데 감상이 어떤가?」

「뭐 당연한 것 아닙니까? 별 생각 없습니다. 결국 제가 마지막으로 복직됐으니 긴 싸움이 끝났다는 것밖에는요.」

비록 제적을 당했지만 대학에 적을 둔 적도 있는 그 친구를 과장으로 진급시켜 자동차와는 상관없는 계열사로 보내 놓고 한 달에 한 번씩 근무 상태를 보고받았다. 한 6개월 정도 보고서를 보며 신경을 쓰던 나는 그 후로 더는 보고서를 읽지 않았다. 사람의 과거를 빙자해 사찰(査察)을 계속해서는 안 된다는 깊은 깨달음 때문이었다. 그 깨달음은 나 또한 조직을 등졌을 때 그룹의 이런저런 비리를 많이 알고 있을 것이라고 생각한 어느 중역이 회장과 그룹을 위한답시고 나를 감시할지도 모른다는 끔찍한 생각에서 얻은 결과였다.

훗날 나는 인간의 조직이 권총과 같다고 생각하게 되었다. 내 손에 있을 때는 나를 지켜 줄 든든한 무기지만, 잃거나 빼앗기면 나를 외려 위협하거나 해칠 흉기로 변하는.

하지만 당시엔 내가 하는 일이 곧 회사를 살리고 회장을 보호하고 나라를 강하게 하는 길인 줄로만 알았다. 그렇게 온몸을 던져 충성하다 보니 90년대가 밝아오기 전에 나는 어느덧 상무이사로 진급해 있었다.

과거는 흘러갔다

여기까지 오는 데 꼬박 7개월이 걸렸다. 재주없음을 스스로 탓하면서 몇 번이고 쓴 글을 모두 지워 버리려 했지만, 어떤 욕심 때문인지 아니면 이리 재고 저리 재는 성격 탓인지 그러지 못했다.

글을 써 먹고 사는 친구에게 부끄러움을 무릅쓰고 소주 몇 잔 한 김에 집필의 고통을 털어놓은 적이 있었다. 그때 그는 이렇게 말했다.

「글에 도가 트이면 머리에 떠오르는 생각이 그대로 손가락으로 찌르르 전달되어 손과 머리가 저절로 합체가 되지. 더 나아가면 글의 몇십 프로는 손가락이 해결해 주기도 하지.」

그러나 그게 무슨 소리인지 도통 감을 잡지 못했다. 그저 주군을 따르며 눈부시도록 화려했던 내 젊었던 시절을 회억(回憶)하며 얻은 쾌감이 글을 이어 가느라 뼈가 저린 아픔에 약간의 진통 효과를 냈을 뿐이었다.

그사이 나는 거의 한 달에 두서너 번씩 무려 스무 번이나 주군과 전화 통화를 시도했지만 실패했다. 예전에 전화를 받던 그 외국인이라면 그때를 핑계로 매달려보기라도 하겠지만 늘 여자가 받아 그런 사람은 아예 모른다고 잡아떼고 전화를 끊는 통에 달리 방법이 없었다.

내가 그토록 옛 주군과의 통화를 시도한 것은 전처럼 주저리주저리 한탄스러운 애기를 하려거나 가능성 희박한 재기의 방법을 의논하려는 게 아니었다. 나는 글을 쓰면서 나름대로 확고한 기준을 세웠는데 그것은 회장이 어떤 고약한 일을 당하더라도 무조건 빨리 귀국해야 된다는 것이었다.

이 마당에 전략이 무슨 소용이 있으며 계획을 짜본들 무엇하랴. 육대주는 빈껍데기뿐인 줄 알았는데 빚덩어리이기까지 한 사실을 모두가 알고 있는 이때, 회장이 할 일은 국민 앞에 하루라도 빨리 나타나 고개 숙여 진실을 밝히고, 국민에게 큰 부담을 준 잘못을 비는 것뿐이다. 설혹, 이런 말이 하고 싶더라도 당분간은 참고 말이다.

'제2차 세계 대전 후에 미국은 일본에서 고용인이 10만 명 이상인 대기업을 강제로 해체시켰다. 일본 정부는 눈물을 머금고 따랐지만 기업들이 일어날 수 있도록 표시 없이 도왔다. 그리하여 오늘의 일본은 경제 대국이 될 수 있었다. 그러나 당신들 권력자들은 재벌을 없애지 못해 온갖 법률로 우리를 질식시키려 했다. 또 당신들은 미국이 두 가지를 원하면 거기에 여덟 가지를 더해 우리 목을 밟았다. 도대체 당신들은 누구 편이며 정체가 무엇인가?'

정권이 바뀌면 들어와서 자신의 과실(過失)을 정치인, 관료 들과 나누려는 마음을 주군이 품고 있을지도 모르겠다. 하지만 그렇게 되면 조금은 덜 고약한 대접을 받을지 모르지만, 재기는 어림없고 오히려 국민들에게 손가락질을 받을 것이다. 나음 위정자가 누가 될지는 몰라도 그가 한국에서 정치를 해온 이상 과거에 주군과 이런저런 관계를 맺었을 것이다. 그래서 심중으로야 회장을 돕고 싶겠지만 국민의 분노에 대한 부담 때문에 어쩌지 못할 것이다. 그러기에 재기할 마음이 조금이라도 있다면 당장 들어와 법의 심판을 받아야 한다. 이대로 이국을 떠돌면 '국가적 죄인'이라는 꼬리표는 영원히 뗄 수 없다. 그러나 그 어떤 처벌도 달게 받겠다는 마음으로 들어와 국민들에게 고개를 숙인다면 '시대를 잘못 만난 불행한 기업인'이 될 수도 있다는 것이 내가 내린 최종 결론이었다.

20년 전 주군이 신군부에게 그토록 찍힌 이유가 바로 3김을 은밀히 도왔다는 것이었다. 그리하여 사유 재산의 사회 환원과 더불어 퇴진까지 각오했었다. 그런데, 그 3김 중에서 처음에 대통령이 된 사람과는 뒷날 대권 후보가 되고 싶은 욕심 때문에 맞닥뜨려 개처럼 몰리고, 또 한 사람의 시대가 와 은근히 좋아했었으나 어이없게도 그 시대에 그룹이 무너져 '국가적 죄인'이 되었으니, 참으로 알지 못할 것은 인간의 관계며 그 말로이다.

앞에서도 간략하게 말했지만, 나는 회장이 대통령에 출마하려는 뜻을 비쳤을 때 펄쩍 뛰며 말렸다. 그러나 그의 몸을 신분 상승의 사다리로 이용하려는 많은 이들이 그를 조용히 있게 하지 않았다. 거기다가 회장 또한 끊임없이 높은 곳에 기어 올라가 야호를 외쳐야 하는 '성취병' 환자였다. 결과는 내가 예측한 대로 입후보도 하지 못한 채 험한 꼴만 몇 번 당하고 끝장이 났다. 그 일로 그 정권 내내 편치 못하고 회장은 거의 대부분의 시간을 해외에서 보내야 했다. 정치인들이란 적당한 거리를 두고 거래를 하면 유대를 이어 갈 수 있지만, 그들의 밥상을 기웃거리면 안 된다는 상식을 몰라서 당한 곤욕이었다.

다행히도 그룹의 해외 법인과 지사가 4백여 개여서 회장의 일거리는 충분했다. 게다가 회장이 들르기만 해도 법인의 매출이 오르고 지사의 업무가 개선되어 그룹에 이득이 됐고, 과거처럼 정부의 전폭적인 지원이 없어도 버틸 수 있었다.

그 정권의 말기 무렵, 외환 위기가 다가오고 있다는 것을 우리는 감지하고 있었다. 그즈음 우리의 정보 수집 능력은 정부를 능가하는 부분이 많았는데, 주로 외환과 각국의 사회 간접 시설에 관련된 것이 그랬다. 나는 국내 외환의 목줄을 쥐고 있는 것이 일본과 미국이라는 정보를 입수하자마자 폴란드에 있는 회장에게 달려갔다.

내가 올린 보고서는 세계은행 뒤에 미국의 자동차공업협회와 철강협회, 전자통신협회가 있으며, 그들 뒤에는 또 일본의 전자, 통신, 철강, 자동차, 조선공업협회가 있다고 예상한 것이었다. 미국과 일본의 궁극적인 목표는 한국의 자동차 산업과 철강, 전자, 특히 반도체 산업을 무력화시켜, 대중국 진출의 대로(大路)는 자신들이 차지하고, 전자는 대만, 자동차·철강은 한국을 전진 기지, 즉 하청으로 삼으려 한다는 것이었다. 그들이 동북아에 외환 위기를 불러 한국 상장 주식을 3분의 1 가격으로 떨어뜨린다면 미국의 먹거리 업체인 맥도날드 한 회사의 자산만으로도 한국의 상위 열 개 업체를 장악할 수 있다는 무서운 시나리오를 바탕으로 삼았다. 실제로 그렇게 된다면 우리는 그 손아귀에서 벗어나 자립하는 데만도 20년의 세월이 필요하다는 계산과 함께.

이 보고서는 워드 프로세서로 작성했지만 극비 보고용이었기 때문에 작성자명은 물론 기록하지 않았고 보관하지도 않았다.

「……으음, 확증이 서나 보지?」

「꼭 그렇지는 않습니다. 하지만 미국은 일본이 우리 목을 죄기 위해 차입금을 거둬들이는 것을 용납하는 것 같습니다. 이달 초부터 일본이 은하수 그룹을 통해 우리 그룹의 단기 차입금을 거둬들이기 시작했습니다. 이대로 가다가는 영국의 금융과 홍콩의 금융도 미국의 눈치를 보며 따라 움직일 것입니다. 싱가포르와 말레이시아는 그걸 알고는 돈을 갚을 수 없다며 스스로의 힘으로 버티겠다고 하지만, 사막에서 얼마 남지 않은 물로 농성을 하겠다는 것에 다름 아닙니다. 회장님도 아시다시피 싱가포르는 런던의 금융가에, 말레이시아는 싱가포르 금융에 의존하고 있기 때문입니다. 그 돈의 절반은 미국과 이스라엘, 일본과 중국의 돈이라고 봐야 됩니다.」

「우리의 대응 방법은 뭐냐?」

「어떻게든 현금을 확보해야 합니다.」

「그 방법 외에는 없는 거냐?」

「없습니다. 현금을 최대한 확보해서 우선 이자를 지급하며 시간을 버는 사이에 우리를 좋게 보는 나라에서 낮은 금리로 돈을 빌려야 합니다. 미국은 어렵겠지만 이스라엘은 일본과 손잡은 미국을 곱

게 볼 리 없습니다. 또 중국이 있습니다. 중국과 이스라엘을 끌어들이면 심하게 터지기는 하겠지만 완전히 무릎을 꿇지는 않을 수 있습니다. 하지만 경제정책을 짜는 관리들이 모두 미국에서 배운 자들이라 도움받기는 어려울 것입니다. 그들은 우리의 차입금만을 문제삼고 있습니다. 이 물살만 잘 견디면 된다는 우리의 말에 귀를 기울이지도 않습니다. 게다가 벌써 우리의 단기나 장기 채권 발행을 금지시키려 하고 있습니다. 급합니다. 비상구를 마련하는 동안 적어도 팔 개월은 버틸 현금이 필요합니다.」

「지엠 개새끼들이 십억 불을 출자하겠다고 떠벌리는 통에 나는 아무것도 하지 않았다. 그 새끼들 여기 에프에스오(FSO: 폴란드 자동차 법인)를 나에게 빼앗긴 것에 대한 복수를 하는 거야.」

「시간이 없습니다. 이미 외환보유고는 바닥을 드러내고 있습니다.」

「정 부회장은 뭐 하는 거야…….」

정치수(鄭治洙) 부회장의 부하 직원 열세 명은 모두가 40대의 여자들이었다. 재미있는 것은 그 여직원들이 거의 초창기부터 경리를 담당했다는 것이었다. 비서실 소속이었지만 유일하게 나의 지시나 간섭을 받지 않았다. 나도 그들이 회장의 직속 금융 팀으로 국내외의 비자금만을 담당한다는 걸 어렴풋이 알 뿐이었다. 그러나 내가 알기로 이미 정 부회장은 국내 은행에서 몇억을 차용하는 데도 힘겨워하고 있었다.

「지출을 줄이고 투자는 급한 게 아니면 미뤄야 합니다.」

「미루고 거둘 게 어딨어? 전부 고만고만한데. 개새끼들! 하기야 남 욕할 것도 없어. 우리도 마찬가지야. 너무 썩었고 너무 살이 쪘어. 벌써 내 말을 듣지 않는 임원도 있어. 그런 군사들로 어떻게 세계 죄상의 군내와 진쟁을 해? 돈은 어떻고. 장부에는 있는데 은행에는 없어. 두고 봐라. 내가 만약 쓰러지면 족벌 체제로 경영했던 사람들이 이긴다. 국민 기업이니 전문 경영인이니 하는 정의로 그들을 이겼다고 생각했는데 내가 너무 경솔했다. 이봐, 우린 너무 머리를 믿었다. 세상에 머리로 되지 않는 게 없다고 믿은 게 탈이었다.」

회장은 이미 자신이 궁지에 몰리게 될 것을 예상하고 있었다. 회장이 야망을 품고 시작한 여섯 개의 자동차 현지 법인과 다섯 개의 전자통신 현지 법인들은 아직 투자 단계였다. 라인업이 끝나고도 한참 더 돈이 들어가야 일어설 기업들이었다. 더군다나 엎친 데 덮친 격으로 전 종업원의 취업 보장을 약속하고 인수한 공장들이라 종업원은 출근을 않는데도 40퍼센트의 임금을 줘야 했다.

육대주 그룹의 '국제 경영'은 1990년대 중반이 되자 전 세계에 벌여 놓은 현지 법인들로 거미줄같이 얽혀졌다. 이익이 발생하는 기업은 벌이가 없는 기업을 먹여 살리는 사슬로 얽어 놓은 까닭이었다.

여기서 죽은 아들 불알 만지기가 되겠지만 우리 그룹이 10여 년에 걸쳐 폈던 '국제 경영'에 대해 잠시나마 짚고 넘어가야겠다. 장삼이사들은 이미 실패한 그룹의 되지도 않은 경영을 이제 와서 뭣 하러 나불거리느냐고 할지 모른다. 하지만 그렇게만 쉽게 생각할 게 아니다. 왜 실패했는가를 아는 것도 어떻게 성공했느냐를 아는 것만큼 중요하기 때문이다.

90년대가 되자 국제화, 세계화라는 말이 유행처럼 번지기 시작했다. 그 근원은 관심 있는 사람들은 알겠지만 모순되게도 지역화, 다시 말해 블록 경제에서 비롯되었다.

제2차 세계 대전 이후 미국과 소련을 중심으로 동서 진영은 대립하기 시작했고 그 과정에서 유럽 석양론(夕陽論)이 제기되었다. 그러자 소외된 유럽 제국(諸國)은 미국과 소련의 양대국 체제에 정치적, 군사적, 경제적으로 대항할 필요를 공감했다.

그리하여 유럽의 12개국이 모여 관세동맹을 결성한 것이 바로 국제화의 원천이 되었다. 관세동맹은 더 나아가 공동 시장의 단계를 거쳐 유럽연합(EU)을 결성했다. 그러자 미국은 자국 시장보다 큰 유럽연합의 결성에 자극을 받아 북미자유무역협정(NAFTA)을 맺어 캐나다, 멕시코 간의 자유 무역 블록화를 추진했다. 급한 대로 유럽에 맞설 안전장치를 마련한 미국은 세계 시장에서의 주도권을 놓지 않기 위해 우루과이라운드(GATT)를 들고 나왔다.

하지만 우루과이라운드는 수년 동안의 협상에도 불구하고 합의점에 이르지 못하였는데, 이는 미국과 유럽, 미국과 일본, 선진국과 제3세계, 공업 국가와 농업 국가 등 각국이 처해 있는 다양한 입장 차이 때문이었다. 그러나 우여곡절을 겪었지만 1993년 12월 모로코에서 최종 협정문이 조인됨으로써 미국과 선진국의 의도대로 매듭 지어졌다. 그리고 세계무역기구(WTO)로 발전되었다.

우루과이라운드 협상의 타결은 국내 경제에 득과 실을 동시에 안겨 주었다. 공업 수출의 무한한 가능성을 열어 준 반면, 쌀 시장 개방을 통해 농업경쟁력이 급속히 약화되었으며, 서비스 시장 및 금융 시장이 개방되어 우리 경제는 큰 변화와 도전에 직면했던 것이다.

그러므로 국제화는 단순히 교통과 통신의 발달로 세계가 좁아지고 교역이 국제적으로 확대되는 게 아니었다. 오히려 지역 경제권의 이기주의와 힘과 힘이 대립하는 시작이었다.

이에 육대주는 살아남기 위해 블록화와 우루과이라운드를 철저히 분석했다. 그 결과 선진국의 이기주의와 블록 체제가 굳어질 경우 제아무리 값싸고 좋은 상품을 생산한다 하더라도 팔 수 없는 상황이 도래하고 있다는 결론에 이르렀다. 이를 타파하려면 사업의 현지화밖에 없었다. 즉, 무국적(無國籍) 기업 혹은 초국적(超國籍) 기업으로 전환하지 않으면 도태되고 만다는 답을 얻었던 것이다.

육대주의 국제화 전략은 그런 제약에 대한 포석으로 시작되었다. 그러나 이미 다국적 기업들은 1백여 년의 역사를 가지고 있었다. 때문에 그들과 우리의 차이는 경험과 자본면에서 다윗과 골리앗만큼 컸다. 그들의 안정된 시스템 속에서 비집고 들어갈 틈을 찾기란 쉽지 않았다. 하지만 지성이면 감천이라, 우리는 틈을 발견하고는 물이 스며들듯 소리 없이 진출했다. 그 미미한 여러 단계의 해외 진출이 모여 국제 경영이라는 우리의 산을 이룬 것이다.

성공한 기업의 분석은 대략 수사적(修辭的)인 내용을 빼면 결론은 비슷하다. 반면에 실패한 기업의 분석은 제대로 이루어지지도 않으면서 모두가 판이하게 다르다. 육대주의 몰락을 어떤 이는 정치적으로 분석하고, 어떤 이는 경제를 이끄는 관료들과의 불화, 또 어떤 이는 경영 방법의 잘못, 또 어떤 이는 몸집을 너무 불린 것으로, 또 어떤 이는 무리한 차입금을 원인으로 분석하는데, 얼른 생각하기에는 모두 맞는 것 같아도 정확한 답은 아니다.

내가 판단하기로 육대주의 실패는 신뢰를 획득하지 못한 데서 비롯되었다. 신뢰는 안에서부터 싹이 터야 한다. 그러나 양적 팽창만을 고집하던 회장의 경영 방식으로 너무도 많은 고급 인재들이 모여들었음에도, 그들을 확실하게 인솔할 지덕(智德)을 갖춘 고위층의 부재가 가장 큰 실패 원인이었다. 수시로 그들의 실책을 나무라고 선도할 사람은 오직 회장밖에 없었던 것이 문제였다는 말이다.

회장의 손짓과 회유로 나름대로 좋은 일자리를 버리고 육대주에 발을 들여놓은 난다 긴다 하는 고급 인재들은 주군인 회장의 말 외에는 조금도 움직이지 않았다. 우리 측근들이 제아무리 그룹의 이익을 위한 안(案)을 내놓아도 쇠귀에 경읽기였다. 오직 회장의 명령만을 따르니, 회장은 신이 아닌 이상 그 많은 업무를 다 챙길 수 없었고, 수수족(首手足)들은 수수족대로 될 대로 되라는 이판사판식 배짱으로 자신들의 밥그릇이나 챙겼다. 그리하여 외부의 적보다는 내부의 적에게 서로 약점을 잡히지 않으려고 머리싸움을 하고 자리싸움을 하는 동안 시대는 변했고, 일등 상품 하나 없는 덩치만 큰 조직은 점점 쇠퇴의 길을 걸었던 것이다. 그 와중에서 어떻게든 분위기를 살려 보려고 더 많은 광고료를 쏟아 붓고, 위기를 벗어나게 할 거물급을 모시려고 돈을 펑펑 써댔으니 어찌 온전할 수 있었겠는가.

결과는 그렇지만, 전성기의 육대주 국제 경영 역사 중에서 미수교국으로의 진출을 가장 눈부시다고 보는 학자들도 꽤 있었다. 그들은 이제 엎어진 우리 그룹을 향해 다시는 미소를 짓지 않겠지만 부탁건대, 뻔한 내용을 갈고 닦아 변별성을 강조한, 그때 한 말들과 쓴 글들

252

은 거둬들이지 말아 달라. 그들의 말과 글처럼 우리는 1977년 수단을 시작으로 78년 리비아, 89년 알제리, 92년 베트남과 중국, 93년 라오스와 해체된 소련과 동유럽, 중잉아시아 등에 정부보다 먼저 진출했다.

게다가 지구촌의 마지막 시장이라고 일컬었던 북한에 90년대 초에 진출하여 조선삼천리총회사 측과 각기 50퍼센트로 남포에 합병회사를 설립했다. 그리고 몇 명의 기술진과 임원들이 꽤 오랜 기간 상주했다.

그러나 갑자기 남북 관계가 얼어붙는 통에 상주하던 10여 명은 귀국도 못하고 3년간이나 인질 아닌 인질이 되어 오도 가도 못하고 북한에 있어야 했다. 훗날 우리보다 늦게 들어간 울산 그룹이 마치 북한의 시장을 처음 연 것처럼 알려졌지만, 우리는 그들보다 수년이나 앞서 들어가 민족 화해를 도왔다고 감히 말할 수 있다.

수치가 경영의 모든 잣대가 될 수는 없지만 외환 위기가 닥치기 전 해에 우리 그룹의 매출은 55조 원이었다. 또 내 주군인 회장의 해외 출장일수는 창업 당시는 연 3회에 57일이었으나, 1980년대부터는 매년 20회에 2백 일을 웃돌다가, 90년대에 들어서는 정치적인 이유도 있었지만 1년의 거의 대부분을 해외에서 보냈다. 그리하여 30년 동안 그의 총 출장 기간은 약 11년이고, 총 출장 거리는 935만 킬로미터였다. 그것은 지구를 240바퀴나 돌고도 남는 거리였다.

내 주군은 정말 미친 듯이 뛰며 육대주의 국제 경영을 이끌었다. 실제로 대부분의 해외 세일즈가 당신의 손으로 이뤄졌다고 해도 틀린 말이 아니다. 당신의 현지 법인에 대한 투자는 그 나라 또는 인접국에서 차입금으로 구성했다. 외환 위기가 닥치자 해외에서 조달한 그 차입금은 국내의 차입금과 더불어 문제가 됐고, 육대주의 목을 조르는 교수대의 끈이 되고 말았지만, 자본금이 적은 우리의 입장에서 다국적 기업과 경쟁할 수 있는 길은 그것밖에 없었다.

싸움에 지고 나서, 군량이 부족했느니 실탄이 부족했느니 너무 한쪽에만 병력이 집중되었느니 하는 말은 변명으로 들릴 것이다. 그러나, 실제로 우리의 전선은 너무 길고 방대했다. 그 큰 전선을 회장이 뛰고 많은 인재들이 뛰었지만 결국은 역부족이었던 것이다.

하지만 우리가 진 이유가 그것만은 아니다. 우리의 운명은 '국제 경영'을 부르짖던 처음부터 이미 정해져 있었다. 사적인 경제 활동이라고 하여 애초부터 정부의 지원 따윈 없었고, 개척 기업임에도 의무와 책임을 감해 주지 않았다. 비유가 맞는지는 모르지만 우리는 자살특공대의 운명이었다. 본대(本隊)의 화력 지원은커녕 연락을 주고받을 채널마저 부여받지 못한 채 적진 속에 뛰어든 자살특공대. 어떻게든 살아 귀대하면 후방의 대원들 앞에 내세워 가슴에 훈장을 달아 주며 잠시의 영웅을 만들고, 돌아오지 못하면 그대로 전사자의 파일에 묻혀 버리고 마는 자살특공대의 운명 말이다.

그러나 한스럽게도 우리에게 개척 전투를 벌이라고 직접 명령을 내린 주체는 없다. 그저 우리들이 그렇게 하는 것이 나라를 살리고 우리가 살길이라고 판단해서 벌인 것이었을 뿐.

자위를 해봐도 억울한 양이 줄어들지 않는다. 왜냐하면 우리가 그렇게 할 수밖에 없었던 이면에는 국가 주도의 강력한 대외 지향적 성장 과정이 깔려 있었던 까닭이다. 국가는 가능성 있는 기업에 다각화를 장려했고 그 반대급부로 금융과 세제의 특혜를 제공했다. 기업은 기업대로 성장하면서 고용을 창출해 내었다. 대단위 고용 창출은 조국 근대화를 앞당기면서 긍정직으로는 중산층이라는 안정된 계층을 이 땅에 뿌리내리게 했다. 하기야 그 모든 것이 강력한 독재 정권의 비호가 있었기에 가능했다.

재벌로서는 문어발 경영도 시대를 읽은 하나의 경영 방식이었다. 세계 경제 및 세계 시장의 동향에 맞추어 공급 체계를 확대시키기 위한 이른바 마케팅 지향적 경영다각화, 곧 복합기업형을 만들어야만 외국으로의 진출이 가능했던 것이다.

그 경영 방식은 정부의 산업 발전 방향과 동일한 궤도로 추구되었다. 풀어 말하면, 국가가 필요로 하는 일을 했다는 것이 된다. 특히 육대주의 경영다각화 과정은 신규 기업의 설립보다는 기존의 기업을 인수하는 쪽을 택했는데, 이는 정부가 인위적인 교통정리로 재벌에 부실기업을 헐값에 넘겨주었기 때문이었다. 그 대신, 정부는 빚을 탕감해 주고 장기 저리로 시드 머니(종잣돈)까지 대줬다. 우리가 원해서가 아니라 서로의 필요에 의해서였건만, 이 점이 바로 우리를 정경 유착의 전범으로 모는 상황이 되고 말았다. 그 부실기업을 빠른 시일 내에 정상화시킴으로써 밖으로는 경영 능력을 인정받고 안으로는 자신감을 획득하려는 나름대로의 전략이었음에도 말이다.

1990년대가 되면서 개방의 바람이 불었고 민주화가 찾아왔다. 선진국 주도의 개방은, 재벌 육성을 위한 국내 제도와 관행을 국제 경쟁이라는 새로운 틀로 바꿀 것을 강력히 요구했다. 새로운 위정자들은 그간 재벌의 정책이 정경 유착 때문이라고 믿고 있는 국민의 분노와 선진국의 개방 요구를 잠재울 수 없자, 오히려 그 힘에 편승해 경영의 다각화를 문어발 경영이라고 매도하며 제재를 가하기 시작했다. 육대주는 준비가 안 된 상태에서 밖으로는 경쟁과 안으로는 제재라는 큰 적을 만났다. 재벌은 더 이상 부러움의 대상이 아닌, 타도의 대상으로 바뀌고 말았던 것이다. 과거의 공로는 없어지고 과실만이 남아, 힘겹게 성장위주정책으로 모은 인재들을 허덕이며 먹여 살려야 하는 위기로 치달았던 것이다.

객관적으로 차분히 생각하면, 재벌의 성장도 몰락도 모두가 시대의 산물이요 한바탕 요란하고 긴 꿈에 불과하다. 그럼에도 내가 억울하다고 거듭 말하는 것은, 그 정책 과정에서 공범이요 종범(從犯)인 정책입안자들의 과실에 대한 단죄는 전혀 이뤄지지 않고 오로지 기업만이 책임을 졌다는 것이다. 그것도 바로 공범과 종범인 그들에 의해서 말이다.

오늘도 두 번째 통화를 시도했지만 역시 마찬가지였다. 전화기를 놓는 손이 떨렸고, 땀이 스며들었는지 눈이 아렸다. 주군과 통화가 됐다면 나는 이런 말을 하고 싶었다.

'역사는 사가(史家)가 쓰는 것이 아니라 역사 그 자체가 쓴다고 합니다. 우리가 달려온 길은 결코 쉬운 길이 아니었습니다. 그러므로 많은 사람들이 그 길을 갈 수는 없겠지만, 언젠가는 우리가 갔던 길을 가려는 소수의 용기 있는 이들이 나타날지도 모릅니다. 아니, 꼭 나타날 것입니다. 그들로 인해 우리의 길이 결코 허황되거나 잘못된 것만은 아니라는 게 밝혀질 것입니다.'

즐거웠던 그날이 올 수 있다면
아련히 떠오르는 과거로 돌아가서
지금의 내 심정을 전해 보련만
아무리 뉘우쳐도 과거는 흘러갔다

1970년대 후반 여운이 부른 〈과거는 흘러갔다〉가 요즈음 내 애창
곡이 되어 버렸다. 노랫말을 잘근잘근 씹으며 부르다가 아내에게 눈
물을 들킨 적도 있었다. 내가 이럴진대 내 주군의 마음은 그대로 갈
가리 찢겨져 있으리라.

그렇다고 내가 회장을 무조건 존경하고 좋아하고 그리워하는 것
만은 아니다. 털어놓건대 나는 회장의 꽤 많은 부분을 경멸해 왔다.
그중에서도 그의 끊임없는 소유욕은 너무도 천박스러웠다. 공개적
으로는 소유와 경영의 분리를 외치면서도 돌아서서는 위장업체를
만들어 은밀하게 경영하는 그를 가까이서 보는 것은 차라리 고통이
었다.

한 예로 중동 건설 붐이 일어나자, 국내 항공업계는 독점이라 제외
하고, 여행업계는 해외 진출 건설업계의 근로자 항공권을 확보하느
라 비상이 걸렸다. 그도 그럴 것이 여행자유화는커녕 상류층에서도
부부 동반 해외여행이 금지된 상태에서 연인원 수십만 명이 움직였
기 때문이었다. 퇴임한 거물들과, 인간의 미래는 가족과의 즐거운 여
행이라고 생각하는 사람들이 여행사를 차리기 시작했다. 그러나 여
행사를 하나 차리는 권한도 정부가 움켜쥐고 있었다. 신고제가 아닌
허가제였으므로 회사를 차리는 것 또한 자본과 회사를 운영할 능력

이 있다고 되는 게 아니었다. 결국 허가된 등록증에 웃돈이 붙어 거래되었고 그 일만 전문으로 하는 인간들도 있었다.

여행사들은 사력을 다해 건설업체와 거래하기 위해 온갖 수단을 동원했다. 회장을 비롯한 경영진들의 동창, 친지, 권력을 업은 이들 등이 항공권을 팔기 위해 그룹 특히 건설 분야로 돌진해 왔다. 담당자와 그 간부들은, 회장과의 관계를 들먹이는 그들에게서 돌아가며 항공권을 사주어야 했다. 그러다 보니 조금이라도 더 팔아 보려고 시도하는 접대와 회유를 비롯한 검은 거래가 물결쳤다. 이 문제는 부서의 담당자를 모두 바꿔 봐도 잠시일 뿐 다시 원점으로 돌아가곤 했다.

그러던 어느 날 느닷없이 회장은 내게 여행사 허가를 받으라고 지시했다. 나는 잘못 들었나 해서 잠시 그대로 서 있었다.

「한 달에 몇천만 원씩 항공료로 나간다는데 그걸 그냥 남에게 주기도 그렇지만 그보다 청탁 때문에 머리가 아파 죽겠다. 우리가 하면 그런 청탁이 안 들어올 거고.」

「그렇지만…….」

나는 그룹의 명성을 생각하고 있었다. 육대주 그룹은 리비아를 비롯한 북아프리카에서 건설업으로만 매년 수억 불의 달러를 들여오고 있었다. 게다가 이미 각 부문의 기업을 인수하여 명실공히 무역, 건설, 자동차, 기계 장치, 전자, 통신, 금융, 서비스, 산업 기술 개발, 정보 지식 업체가 무려 40여 곳이었다. 거기에 여행사를 덧붙인다는 것은 결코 점잖지 못한 일이었다.

「그룹에서 하려는 게 아니야. 이 친구를 만나 봐. 만나서 필요한 거 달라고 해서 그 친구 명의로 하나 차려 줘.」

「……?」

메모지를 받고 멍청하게 서 있자 회장이 부드러운 목소리로 말을 이었다.

「처가 집안 애야. 혼자 하는 게 아니고 거절하지 못할 사람이 소개한 친구도 있고. 일하는 애들한테도 그 친구에게 이것저것 묻지 말라고 주의시켜.」

나는 회장이 건네주는 메모지를 받으면서 아주 잠깐 슬픔을 느꼈다. 그러나 곧 그 슬픔은 내 몸을 훌훌 떠났다. 회장을 위한 일이라면 그 무슨 잔인한 방법도 마다 않던 나였다. 회사를 위하는 것이 회장을 위하는 것이라고 다른 중역들은 생각할지 몰라도 나는 아니었다. 나는 회사의 심복이 아니라 회장의 심복이기 때문이었다. 그러므로 나는 회사에 불리하더라도 회장에게 유리하면 가차없이 그쪽을 택해 왔다. 궁극적으로 회장이 건재해야 회사도 건재하다는 생각이었다.

그렇게 하여 만든 여행사는 물론 그룹의 이름을 쓰지도 않았고 관리도 받지 않았다. 그러나 그룹 관계사의 알 만한 사람들은 회장이 간여하고 있다는 걸 눈치 챘다. 하지만 그걸로 문제를 삼거나 입 밖에 내지 못했다. 오히려 자신들이 알고 있다는 것을 회장이나 혹은 측근인 우리들에게 들킬까 봐 조심했다. 그런 이상한 이유로 비밀은 유지되었다.

그런 일은 서너 해에 한 번씩 늘 생겼다. 앞에서 벌인 회사가 슬그머니 문을 닫는 수도 많았는데, 계열사가 아니라서 도무지 그 경영에 대한 자세한 내막은 알 수가 없었다. 하지만 시작과 마찬가지로 그 뒤처리는 또 우리가 해야 했다. 이게 회장을 진정으로 돕는 것인가 문득문득 회의가 생기기도 했지만 그걸로 끝이었다. 그것은, 그룹이 망할 것이라는 생각을 꿈에도 해보지 못한 데서 기인했다. 회장과 내 인생이 한 줄로 연결된 선로를 타고 가는데 그의 심기를 불편하게 하고 그의 행위를 부정한다는 것은 자살 행위에 다름 아니기 때문이었다. 게다가 나와 비슷한 나이와 연륜을 가진 사람들은 대부분 이사이거나 부장일 때, 나는 이미 그룹 비서실의 전무였다. 책임과 권한이 막대한 중역이었던 것이다.

알 만한 기업들 모두가 안고 있는 위장계열사 애기는 더 하고 싶지도 않지만 이것만은 하고 넘어가야겠다.

1990년대 초반, 그룹은 늘어나는 부대비(附帶費)를 줄이기 위해 외국의 이름난 경영 평가 회사에 그룹 평가를 의뢰했다. 그러자 그룹 전체의 경비원 모두를 용역 회사로 돌리는 것과, 그룹 내의 대표 이사와 부사장을 제외한 전 중역의 운전 기사들을 다른 업무로 돌리고 자가 운전으로 전환시키라는 평가 결과가 나왔다. 경비 절감을 목적으로 한 경영 평가여서 비서실이 앞장서서 그 일을 처리했다.

처음 몇 달은 실제로 어마어마한 경비 절감 효과가 있었다. 그러나 1년쯤 지나자 문제는 생각지도 않은 곳에서 발생했다.

「임원들이 자가 운전을 하면서 차량 관리가 엉망이 되어 고장률이 잦습니다. 이대로 나가면 연평균 경비 절감 효과는 그리 크지 못할 겁니다.」

나는 그 보고를 받고 고민에 빠졌다. 그러나 파고들면 비상구는 있는 법, 나는 차량 관리를 모두 렌터카 회사에 맡기면 된다는 결론을 얻었다. 차량의 구입에서부터 폐차까지 관리시키는 방법이었다. 우리는 그 회사에 대당 얼마씩의 관리비를 다달이 지급하면 된다는 결재를 올리자 회장이 이상한 소리를 하는 것이었다.

「그래? 그럼 내가 알맞은 사람 하나 너에게 보낼 테니까 그 친구 앞으로 렌터카 회사 하나 차려.」

나는 회장이 너무도 쉽게 말해 눈앞이 다 아찔했다. 어떻게 이런 것까지, 하는 생각이 들었고 문득 슬퍼지기도 했다. 아니, 나도 모르게 얼굴이 붉어졌다. 하지만 이해가 되지 않는 것은 아니었다. 이미 그때는 그룹이 가동된 지 20년이 넘어 있었고, 이미 물러났거나 그만둬야 할 간부들과 임원들이 많았다.

기술직들은 그만두면 금세 수평이나 수직 상승으로 취직이 됐지만 관리직은 그렇지 못했다. 기업 문화의 차이 때문이 아니라, 그 눈금에 맞는 회사들에는 이미 그곳에서 커온 사람들이 있었기 때문이었다. 게다가 중도에 그만둔 그들은 주로 회장의 지시를 최우선으로 삼다 사규(社規)를 어겨 그만둔 사람들이었다. 회장은 몇 번 나를 통해 봉투를 보냈으나 계속해서 봉투를 보낼 수는 없었다. 회장이라고 해도 회사의 돈을 꺼내 쓰려면 마땅한 이유가 있어야 했고 그보다 그런 식으로 나가는 돈이 너무도 많았다.

회장은 사회적 요청에 의해 원하지 않는 단체의 총재나 명예 회장 따위를 여러 개 맡고 있었다. 인기 없는 체육 종목은 큰집(청와대)에서 맡으라고 압력이 들어오기도 했다.

이런 식의 이유로 다달이 수당으로 지불해 줘야 하는 인원만도 한때 3백 명을 웃돌았다. 재벌이라고 해도 회사 돈으로 그들을 모두 만족시킬 수는 없었다. 그래서 위장계열사라도 차려 급한 불을 끄려는구나 하는 생각을 했지만, 한편으로는 안쓰럽고 기분 나빴던 것이다. 하지만 내가 주군을 경멸하고 싫어한 부분은 동경한 부분의 10분의 1도 되지 않는다.

쓸쓸한 애기는 그만 하고 다시 신나고 화려했던 애기를 좀 더 해야겠다.

내 주군은 누구도 부럽지 않을 정도로 많은 인재들을 거느렸었다. 뒷날 그 인재들이 서로 밥그릇 싸움을 하느라 몰락에 한몫을 했지만, 채용할 때는 순수하게 제품과 관련된 사람들이었다. 처음 그들의 역할은, 제품이 시장에 나가 과연 고객들의 사랑을 받을 것인가, 고객이 원하는 것은 무엇이며 만약 그 원하는 제품을 생산하면 얼마나 팔리며 또 얼마가 남는가를 조사하는 차원이었다.

하지만 그 조사는 점점 전문가적인 지식을 요구했고, 결국 전문 교육을 받은 사람들로 채워졌다. 또 제품을 연구하고 생산하는 동안 국가의 정책도 알아야 했다. 예를 들어, 개발하는 제품의 전압이 100볼트인데 몇 년 후에 국가의 전력 계획이 220볼트로 바뀐다면, 그 제품은 2년 후에 거의 사장될 위기에 놓이게 되고, 제품개발비도 빼지 못하기 때문이었다. 그래서 향후 국가의 정책은 어떻게 바뀌며 그 변화가 그룹에 유리할지 불리할지를 예측해 내야 했다. 그러려면 당연히 그 분야의 정보를 수집하고 분석하는 인원이 필요했다. 그렇게 인재들이 모여 회사가 번듯해지자 자꾸 손을 벌리는 관료들이 늘어났다. 그래서 이번에는 그들의 횡포를 막아 줄 든든한 거물이 필요했다.

또 은행에서 경쟁사보다 먼저 좋은 조건으로 돈을 빌리려다 보니 그 은행을 잘 알거나 흔들 수 있는 사람이 필요했고, 제품을 들고 국제 시장으로 진출하기 위해서는 제품의 생산 과정은 모르더라도 외국어를 자유자재로 구사하는 사람들이 필요했다. 그리고 그렇게 모인 고급 인재를 조직하고 지휘할 간부급이 필요했다.

시간이 지나면서 제품의 질과 판매와는 상관없이 그들은 하나의 커다란 조직체로 커나갔다. 게다가 논리적으로 무장되어 미래를 설계하고 정부의 정책에도 반발할 수 있는 실력을 갖추었다. 그들을 거느린 총수는 무서울 게 없어졌고 그리하여 권력의 정점인 대권까지 한때 넘보게 됐던 것이다.

여하튼 그런 과정을 거치면서 PI(president identity: 대표자의 이미지)와 CI(corporate identity: 조직의 이익을 위한 동질성)를 담당할 부서도 만들어졌다. 그룹 광고와 대언론 홍보도 질과 양적으로 상승하고 육대주는 재계 서열 5, 6위를 맴돌다 순식간에 2, 3위로 올라섰다. 각사는 각사대로 생산되는 제품을 선전하고 기조실은 그룹의 이미지를 집중적으로 홍보하던 1990년대 중반 나는 어느덧 부사장으로 진급해 그 모든 것을 지휘하고 있었다.

사세가 확장되면서 그룹의 이미지가 나날이 상승하자, 회장은 사회적으로 유명한 인사를 영입해 부문별 회장으로 임명했다. 자신은 그룹의 회장이고 그들에게는 각 부문을 맡겨 경영하게 했던 것이다. 전문 경영인이라는 이름으로 그들은 여론의 지지와 박수를 받으면서 취임했다. 건설 부문의 회장은 해외와 국내에서 각 한 명씩 영입되었다. 회장단의 전력은 하나같이 화려하다 못해 눈부실 정도였다.

장관을 지낸 사람에, 국립대학 총장 출신에, 은행장에, 별을 네 개나 달았던 사람도 있었다.

그러나 그런 과정에서 비서실(그때는 이미 기획조정실이라는 이름을 쓸 수 없었다)의 권위는 나날이 수축되었다. 왜냐하면 내 직급보다 그들의 직급이 높고 사회적으로 모두 명망 있었던 터라 나는 그들을 다룰 수 없었던 것이다. 그래서 늘 회장을 앞세웠는데, 어찌 된 셈인지 그때 회장은 원교근공(遠交近攻)의 전법을 구사했다. 옛 측근보다 외부에서 새로 영입된 임원들과 보내는 시간이 많아지고, 따라서 그들의 제의가 경영에 더 활용됐다.

이해를 못하는 것은 아니다. 이미 나나 우리 부서가 전 그룹을 담당하기에는 능력에서부터 무리가 따랐다. 전 세계 4백여 군데의 현지 법인과 지사는 모두 생산 기지와 판매 기지여서 각 부문의 사장단 지휘권 내에 있었다. 내가 간섭할 수 있는 일은 해외 기지의 간판이나 로고 따위를 일원화시키는 정도였다.

최고 중역단(회장·사장단)들은 다투어 그룹 비서실과 흡사한 부서를 설치하고 공공연히 나를 압박해 왔다. 게다가 부문별로 수출이 늘어나면서 그들은 이미 해외에도 지역본부장제도를 도입하고 블록을 형성하기 시작했다. 예전 같으면 전화 한 통만으로 해결될 일들인데도, 담당자들이 며칠 동안 전화통을 붙들고 있어야 겨우 통계 자료를 받을 지경에 이르렀다.

나는 나대로 모든 힘을 동원했다. 그러자 각사의 저항이 강해지면서 치졸한 일이 벌어졌다. 그룹 비서실은 각사가 각출하는 돈으로 운영되는데, 각사가 연합하여 그 분담금 입금을 미루거나 깎아 달라고 정식 절차를 밟았던 것이다. 그 통에 그룹 비서실은 군림하던 위치에서 사정하는 위치로 전락하고 말았다.

「이거 뭐 하는 거야? 지금 누구 주먹이 센가 겨루는 거야, 뭐야?」

급기야 사장단 회의에서 회장이 탁자를 치며 소리를 지르고 나서야 그 싸움은 잦아들었지만, 회장 비서실의 화려한 잔치는 이미 파장으로 가고 있었다. 그 후에도 겨우 명맥을 유지할 수 있었던 것은 그룹 임원들의 인사 고과(人事考課)였다. 그룹의 임원과 중역들의 인사는 오직 총수 한 사람만의 고유권한이었다. 몇 명 안 될 때는, 머릿속으로 그놈은 이번에 잘했고 저놈은 이번엔 엉망이었다는 계산을 할 수 있었지만, 숫자가 늘어나자 회장은 전무급 이하 임원들의 인사 고과를 나에게 지시했던 것이다.

「비밀을 유지하며 연 두 번 고과를 작성하되, 기준은 나에게 그때그때 듣고 하도록.」

그리고 원활한 업무 추진을 위해서라는 명목으로 나를 사장으로 승진시켰다. 부사장으로 진급한 지 겨우 11개월 만의 초특급 승진이었다.

승진과 인사 고과 지시를 받은 나는 미사일을 사무실에 설치한 기분이었다.

연 2회 인사 고과를 작성하면서 나는 철저하게 내 감정을 섞었다. 그러다가 너무 지나쳐 질문을 받은 적도 있었다.

「이 친구 그렇게 안 봤는데 그 정도로 형편없었나?」

「출장 경비를 너무 많이 써서 말들이 많습니다만 그건 뺐습니다.」

「음…….」

「해외 출장 일주일간 특급 호텔에서 만찬을 네 번이나 열었습니
다.」
「됐어, 그만 하자. 좀 더 살펴보고 그때 다시 얘기하자.」
「알겠습니다.」
나는 회장과의 대화를 흘렸고 그 소문은 곧 회장·사장단들의 귀
에 들어간 모양이었다. 그 후로 그들이 나를 대하는 태도가 조금씩
달라졌다.

이제는 안녕히

회상에 너무 깊이 빠지다 보니 애초에 작정하고 세웠던 시퍼런 칼날도 많이 무디어져 버렸다. 주군을 위해 세상이 깜짝 놀랄 일을 내놓기는커녕 구시렁구시렁 신세 한탄이나 하지 않았는지 모를 일이다.

육대주 그룹이 몰락하고 있다는 여론이 들끓을 때 주군은 두 번 귀국했다.

「자꾸 대마불사(大馬不死) 전략이라고 비하(卑下)시키는데 내 경영 방식은 절대로 그게 아닙니다. 서구적 경영 방식과 동양적 경영 방식이 다를 수도 있지 않습니까. 서구적 경영 방식으로 나를 보면 안 됩니다. 서방 세계, 특히 미국이 자기들 방식대로 따라오라고 하는 것은 틀려 먹은 생각입니다. 일본과 중국은 미국이나 아이엠에프의 권고를 받아들이지 않고 있습니다. 다시 말해, 미국은 중국이나 일본을 마음대로 하지 못하고 있다는 것입니다. 그러나 우리는 어떻습니까. 시엔엔(CNN) 방송은 연일 우리가 당장이라도 망할 것처럼 전 세계를 향해 떠들고, 무디스는 끔뻑하면 신용 평가 등급을 낮춰 우리 그룹의 차입을 차단하고 있습니다. 그들의 행태는 보지 못하고 나에게만 잘못됐다고 하는 건 더 잘못된 것입니다.」

두 번째 귀국해서는 짤막한 말만 던지고 다시 해외로 나갔다.

「사십여 개의 계열 회사를 여덟 개로 정리하고, 자동차 산업에만 전념하겠습니다.」

그사이 나는 여러 경로를 통해 주군을 만나려 했지만 만날 수 없었다. 내 진의야 어쨌든 위기에 몰린 주인을 팽개치고 나간 나에 대한 분노가 전혀 사그라지지 않았다는 뜻이었다. 한번은 내 입장을 잘 아는 수행 비서가 그러한 사정을 회장에게 얘기했더니 이렇게 대답했다고 한다.

「그 자식, 언제부터 미리 예약하고 날 만났어. 버릇없는 놈 같으니라구.」

나는 그 말을 전해 듣고 부랴부랴 달려갔건만 주군은 이미 쫓기듯이 출국한 후였다. 그리고 다시 귀국하지 않았다. 다만 그룹 회장직을 사퇴한다는 이임사를 인터넷을 통해 임직원들에게 보냈을 뿐이었다.

'한없는 미안함을 가슴에 담고 오늘 저는 육대주 가족 여러분께 마지막 작별 인사를 드리고자 합니다.

　존경하는 육대주 임직원 여러분. 그리고 끝없는 사랑을 베풀어 주신 가족 친지 여러분. 그동안의 성원에 진심으로 머리 숙여 감사드립니다. 여러분이 보여 주신 열성과 노력, 그리고 가족들의 따뜻한 격려와 배려를 저는 결코 잊지 않을 것입니다. 여러분과 고락을 함께한 지난 시절은 값진 보람의 세월로, 여러분과의 도타운 정은 마음속 깊이 간직하겠습니다.

　지금까지 우리가 소명처럼 추구했던 창조, 도전, 희생의 여정이 이 순간 못내 가슴에 맺혀 옵니다. 육대주가 살아온 지난 세월에는 국가의 명예와 미래를 지향하는 꿈이 항상 그림자처럼 드리워져 있었습니다. 그러나 그 자랑스러웠던 여정은 오늘에 이르러 국가 경제의 짐으로 남게 되었으며 우리의 명예는 무참히 날개가 꺾이고 말았습니다. 여러분과 함께했던 꿈과 이상 또한 이제 가눌 수 없는 고독이 되어 제 여생의 반려로 남게 되었습니다. 구조 조정의 긴 터널을 지나오는 동안 빚어진 경영 자원의 동원과 배분에 대한 주의 소홀, 용인되지 않는 방식으로 접근하려 했던 위기 관리 등, 예기치 못한 상황에서 초래된 경영상의 판단 오류는 지금도 가슴 아프게 느껴집니다. 하지만 그 책임에서 벗어나려는 작은 몸짓조차 저는 하지 않겠습니다. 육대주의 밝고 새로운 미래를 위해서라면 지나온 어두운 과거는 제 스스로 짊어질 생각입니다. 이제는 뜬구름이 된 제 여생 동안 그 모든 것을 면류관 삼아 온몸으로 아프게 느끼며 살아가게 될 것입니다.

　그동안 험난한 고비를 힘들게 헤쳐 오면서 본의 아니게 육대주 가족 여러분께 한마디 위로나 해명의 말조차 전할 수 없었습니다. 그러나 이제 와 이를 변명할 염치가 저에게는 없습니다. 차라리 그간 전하지 못한 많은 사연들은 그대로 제 가슴속에 묻어 두는 편이 나을 듯싶습니다. 다만 안타까운 심정으로 육대주 가족에게 갚지 못할 영원한 빚만 짊어진 채 저는 물러납니다.'

영국 국민들의 대부분은 영국의 포드 자동차와 울워스 백화점을 진정한 영국 회사로 알고 있다. 또, 아이보리 비누도 영국의 회사가 생산한다고 믿고 쓰고 있다. 그러나 영국의 포드 자동차와 울워스 백화점은 사실 1백 퍼센트 미국 자회사고, 아이보리 비누는 미국의 프록터&갬블의 자회사다. 능청스럽게도 외국 기업들은 그런 냄새를 피우지 않고 영국의 회사인 양 경영과 영업을 해 국민들을 속이고 있는 것이다. 게다가 구조 조정이라는 이름 아래, 롤스로이스는 독일의 폴크스바겐에, 로버의 랜드로버(지프)는 포드에 매각했다. 영국은 1960, 70년대에 이미 자동차 생산 2백만 대로 자동차 강국이었다. 오늘날 많은 영국 국민들이 독일산 자동차를 타며 자존을 팔았다고 가슴 아파하지만, 그 자존을 되찾으려면 많은 세월이 필요할 것이다. 하지만 프랑스는 위기의 르노를 끝까지 지켜 21세기 자동차 강국으로 또다시 뛰어오르고 있다.

대책 없이 재벌의 해체만을 고집하는 이들이 그걸 아느냐 모르냐는 중요하지 않다. 그들은 그들대로 그렇게 주장하는 것이 나라와 정의를 위하는 길이라고 믿을 것이기에.

사직을 한 첫해는 오직 육대주로의 복직만을 꿈꾸며 나 스스로 뭔가 다른 일을 하려고 하지 않았지만, 1년이 지나면서부터는 조급해지기 시작했다. 그래서 적은 자본금으로 할 만한 것이 없을까 찾다가, 혹시 좋은 아이디어라도 얻을까 하여 소주 한잔 하자며 임원 출신들을 만났다. 그들의 말이 새삼스레 떠오른다.

「어느 정치인이 쓴 에세이를 읽은 적이 있는데, 정치인과 공무원이 경쟁력이 없는 것은 내수용(內需用)이라서 그렇다는 겁니다. 세계 시장에 나가서 경쟁을 하는 기업과 달리, 그들은 국제적으로 경쟁할 필요가 없으니까요. 개혁이니 나발이니 다 집어치우고 정치권과 공무원 사회부터 수술해야 합니다. 정치인과 공무원들이 이래 가지고는 만날 미국 똥 닦아 주다가 날 샐 겁니다.」

「정부 부처도 과감하게 아웃소싱을 해야 합니다. 한마디로 하청을 주는 거죠. 하도급 비리가 생길 수는 있지만 그건 그 뒤의 일입니다. 정부의 돈은 눈먼 돈이라는 사고부터 뜯어고치지 않으면 우린 이 꼴에서 벗어나지 못할 겁니다.」

「아이엠에프, 그거, 맞아 죽을 소린지는 몰라도 잘 터졌습니다. 그거 아니면 우리 국민들 이 정도까지 정신을 차리지 못했을 겁니다. 하지만 나라도 망할 수 있다는 위기감으로 한 일 년 좀 자중하는가 했더니 다시 국제공항이 북적인답니다. 나가서는 어떻구요. 시드니 지사장을 할 때였는데 정말 한국 사람들 때문에 부끄러워서 얼굴을 들 수가 없었던 적이 많았어요. 그러니 그 사람들이 우리가 생산한 제품에 신뢰를 보내겠어요. 할 수 없이 덤핑이나 치고 외국 물건 갖다가 상표 우리 거로 붙여서 장사해 먹는 거죠. 그게 상표 도용이지 오이엠(OEM)입니까? 당연히 다르죠. 그러니 만날 살얼음판을 걷는 겁니다. 본부에서는 실적 가지고 조져 대지, 물건은 안 팔리지, 어떡합니까. 정말 힘들었어요. 그래도 그때가 좋았어요. 일을 한다는 건 정말 좋은 겁니다.」

「패러다임이 바뀌지 않으면 우리나라, 마르고 닳도록 개발도상국에서 졸업 못할 겁니다.」

그런 말들 외에도 회사, 후배에 대한 불만들이 봇물처럼 흘러나오곤 했다.

나는 과거의 실수를 되풀이하는 사람을 경멸하고 싫어한다. 애초의 실수는 누구나 할 수 있다고 치고, 그 실수를 되풀이하는 인간은 문제가 있다고 생각하기 때문이었다. 그렇게 말을 해놓고 보니, 나는 같은 실수를 두 번 다시 하지 않는다는 말과 같아서 좀 부끄럽다. 물론 나 역시 같은 실수를 반복하는 경우도 있다. 한 예로 근래의 폭음이 그거다. 다시는 취하지 않겠다고 하고서는 여전히 흠뻑 취해 다음날 술의 명정(酩酊)에서 깨어나지 못하는 것이 그것인데, 이상하게도 이 버릇만큼은 고치고 싶지 않다. 예전 같으면 어림도 없었을 늦잠으로도 부족해 하루 종일 반수 상태로 누워 있다 보면, 몸은 꼼짝할 수 없을 정도로 지쳐 있지만 거짓말처럼 정신은 맑아지는 것이었다.

정신이 맑아지면 이상하게도 사업 구상이니 재테크니 하는 현실적인 것보다도 먼저 주군이 생각났다. 내가 이렇게 그에게서 못 벗어나는 것도 너무 오래 그를 보좌해 왔기 때문일 것이다. 하지만 어쩌랴, 혼자 일어서려고 해도 도통 용기가 나지 않는다. 이대로 있으면 풍족하지는 못할망정 그럭저럭 살아갈 수 있는데, 자칫 패기로 나섰다가 그나마 벌어 놓은 걸 까먹을 수 있다는 불안감 때문에 자꾸

회장만을 떠올리는지도 모른다. 그가 하자면 지금이라도 무엇이든
할 수 있다는 바람만이 가슴에 가득할 뿐.

들리는 풍문에 의하면, 주군은 귀국을 하려고 해도 정부가 나서서
말린다고 한다. 육대주 그룹 사장단 재판을 며칠 앞두고 주군이 귀
국하기 위해 영국 히드로 공항에 나타났는데, 어찌 알았는지 대사관
직원들이 나와 비행기 탑승을 막았다는 것이었다. 그것이 연출이 아
니었기를, 또한 헛소문이 아니었기를…….

또 하나의 소문도 기분이 좋은 것이었다. 그 소문은 내 주군이 지
금까지의 방법을 버리고 재기를 위해서 중앙아시아 5개국에 투자를
하려 한다거나 이미 했다는 것이었다. 그중에서도 우즈베키스탄의
면화 사업을 시작으로 다시 일어서려 한다는 것이었다. 내가 알기로,
우즈베키스탄의 면화는 생산량이 세계 4위인 데다가 수출량은 2위
였다.

그 말을 들었을 때 내 가슴은 터질 듯이 뛰었다. 그럼 그렇지, 내
주군이 이대로 쓰러질 리가 있겠는가. 주군이 다시 일어선다면 내게
도 기회가 올지 모른다. 내게 기회를 준다면 예전보다 몇 배의 충정
으로 그를 따르리라는 생각으로 겨우 가슴을 진정시켰다. 그래, 막으
려면 막아 봐라. 그래도 주군은 들어올 것이다. 동물적인 위기 극복
능력을 소유한 주군이 그깟 대사관 직원 몇이 막는다고 들어오지 못
하겠는가. 두고 봐라, 이제 주군의 서슬 퍼런 양심선언으로 정치인과
관료들은 식은땀을 흘릴 것이다.

그러나 아니었다. 주군은 재판이 열려 온 나라가 시끄러울 때까지

나타나지 않았다.

'육대주 경영진의 무모하고 부정한 차입 경영이 초래한 육대주사
태는 우리 경제에 엄청난 피해를 입히고 사회 전체를 큰 혼란에 빠
뜨렸다.'

'부도덕한 기업주나 경영진들이 관행이라는 명목하에 지속적, 조
직적으로 자행한 범죄 행위.'

'피고인들은 피고용자로서 총수의 지시에 따를 수밖에 없었다고
주장하지만, 기업 투명성 제고와 내실 위주 경영을 도외시하고 소액
주주와 일반 투자자를 보호해야 할 책무를 저버렸다.'

사상 최대 규모의 경제 범죄로 꼽히는 '육대주 그룹 분식회계사건'
과 관련, 법원은 역대 최고액인 총 26조 원대의 추징금과 함께 피고
인 일곱 명에게 징역 3년에서 7년 형을 선고했다.

신문을 놓으면서 나는 울었다. 도대체 회장은 왜 들어오지 않았는
가. 세속에서 말하는 것처럼 비열한 겁쟁이란 말인가. 나는 의문을
어금니에 물었다. 강한 분노가 피를 타고 온몸으로 퍼지는 것을 느
낄 수 있었다.

좋다. 이렇게 된 이상 내가 주군을 찾아 모시고 오리라. 그가 이대
로 나타나지 않는다면 나는 25여 년을 몽땅 잃어버리고 만다. 이제
야말로 거제 조선소에 묻은 플루토늄을 꺼내고 정치인 리스트도 모
조리 꺼내 그것을 카드로 정치권과 담판을 지어야 한다.

그러나 문득, 1980년대 후반 육대주자동차에서 붙은 노사 분규가
거제 조선소로 걷잡을 수 없이 옮겨 붙자, 회장이 2년 동안이나 정상

화를 위해 거제에 상주했었다는 생각이 떠올랐다. 그 2년 동안 나는 비서실을 굳건히 지켰었다. 그러므로 회장의 거제에서의 활동은 자세히 알 수 없었다.

혹시, 그럴 수도 있다는 생각이 들자 눈앞이 깜깜해졌다. 마치 오래도록 귀중하게 간직했던 보물을 잃었을 때처럼 낭패감이 밀려들었다. 아니다, 그걸 처분했다면, 평소 주군의 성격으로 봐 내게 말했을 것이다. 그렇지만, 저토록 궁지로 몰리면서도 거제의 플루토늄을 팔려고 하지 않은 건 이미 처분했기 때문이 아닐까.

제발, 플루토늄을 아직 처분하지 말았기를, 그리하여 그 플루토늄이 우리가 재기하는 발판이 될 수 있기를. 예전의 용기를 되찾아 잠수함에 핵무기를 배치할 수 있기를…….

주군, 제가 모시러 가겠습니다. 며칠 전 아이엠에프에 빌렸던 돈을 다 갚았다는 발표가 나왔습니다. 어떤 신문의 사설은 '아이엠에프는 졸업하고 새로운 위기에 입학하다'라고 썼더군요. 다시 시작하는 겁니다. 예전에 그랬듯이 사막이든 정글이든 따라가겠습니다. 그러나 먼저 우리 국민들에게 사죄는 하셔야 합니다. 두려우시다면 그 옆에 제가 서 있겠습니다. 이십오 년을 그랬듯이 말입니다.

주군, 또 아는 체를 해서 죄송합니다. 하지만 이 얘기는 너무도 주군의 사정을 닮아, 하지 않을 수 없습니다. 일본 나라 시대의 당나라 수도 장안에는 그 융성을 흠모하여 모여든 많은 외국 유학생들이 있었습니다. 그중에서는 일본 견당사(遣唐使 : 사절의 성격을 띤 유학생)들도 꽤 되었습니다. 일본이 견당사를 파견하는 목적은 외교적 측면

보다 선진 문화를 도입하는 것이었습니다.

견당선을 타고 당나라로 유학 간 일본인 유생 중에 아베(阿倍)라는 이가 있었습니다. 그는 대단히 총명했던가 봅니다. 왜냐하면 그의 총명함을 높이 산 당대 대시인 이태백이 현종 황제의 황자에게 낮지만 벼슬까지 주선했을 정도였으니까요. 또 아베가 유학 기간이 끝난 후에도 이태백은 다시 1년 동안 그를 식객으로 맞아들여 시와 학문을 전수했을 정도였으니까요.

그런데 아베가 오랜 유학 생활을 끝내고 귀국하는 길에 배가 태풍을 만나 난파되었다는 것이었습니다. 그 소식을 들은 이태백은 울며 〈아베에 곡한다(哭阿倍)〉라는 시를 지어 아베의 넋을 위로하였습니다.

그런데 몇 개월 후 이태백에게 아베의 편지 한 통이 도착했습니다. 태풍을 만나기는 하였지만 배가 완전히 부서진 것이 아니라 인도차이나로 표류하였다는 내용이었습니다. 그 글을 받은 이태백은 아베가 살아 있다면서 뛸 듯이 기뻐했다고 합니다.

제가 왜 이런 얘기를 하는가 하면, 모든 사람이 주군은 이제 끝났다고 말해서입니다. 그러나 저는 믿고 있습니다. 주군은 죽지 않았습니다. 다만 상처 입은 육대주호를 타고 모진 태풍을 맞아 표류하고 있을 뿐입니다. 그러나 이제 서서히 나타나실 때가 되었습니다. 그리하여 김병수는 죽지 않았다는 걸 보여 줘야만 합니다. 그래서 제가 모시러 가겠다는 것입니다.

플루토늄을 어떤 말 못할 이유로 이미 처분하셨다고 해도 저는 괜찮습니다. 그것이 없어도 주군은 재기하실 수 있습니다. 면화 사업이 뜬소문이라고 해도 별문제 없습니다. 저는 압니다. 시장이 있고 제품을 생산할 만한 공간만 갖춰진다면 주군이 다시 불같이 일어날 것을요.

나는 중얼거리며 멍하게 앉아 있다가 여권을 찾기 위해 서랍을 뒤지기 시작했다.

재벌에 곡한다

초판 1쇄 인쇄일 • 2001년 10월 15일
초판 1쇄 발행일 • 2001년 10월 20일
지은이 • 최용운
펴낸이 • 임성규
펴낸곳 • 문이당

등록 • 1988. 11. 5. 제 1-832호
주소 • 서울시 성북구 동소문동 4가 111번지
전화 • 928-8741~3(영) 927-4991~2(편)
팩스 • 925-5406
ⓒ 2001 최용운

홈페이지 http://www.munidang.com
전자우편 webmaster@munidang.com

ISBN 89-7456-169-7 03810

값은 표지 뒷면에 표시되어 있습니다.